本书得到"南京大学白先勇文化基金"资助

南京大学白先勇文化基金·博士文库

主　编　白先勇

执行主编　刘　俊

台湾当代散文
批评新探索研究

林美貌 ◎ 著

天津出版传媒集团

天津人民出版社

图书在版编目(ＣＩＰ)数据

台湾当代散文批评新探索研究 / 林美貌著. –– 天津:
天津人民出版社, 2024.3
（南京大学白先勇文化基金 / 白先勇主编. 博士文
库）

ISBN 978-7-201-19568-1

Ⅰ.①台… Ⅱ.①林… Ⅲ.①散文评论—台湾—当代
Ⅳ.①I207.67

中国国家版本馆 CIP 数据核字(2023)第 256417 号

台湾当代散文批评新探索研究
TAIWAN DANGDAI SANWEN PIPING XIN TANSUO YANJIU

出　　版	天津人民出版社	
出版人	刘锦泉	
地　　址	天津市和平区西康路35号康岳大厦	
邮政编码	300051	
邮购电话	(022)23332469	
电子信箱	reader@tjrmcbs.com	

策划编辑	王　琤
责任编辑	王　琤
封面设计	汤　磊

印　　刷	天津新华印务有限公司
经　　销	新华书店
开　　本	710毫米×1000毫米　1/16
印　　张	19.5
插　　页	2
字　　数	230千字
版次印次	2024年3月第1版　2024年3月第1次印刷
定　　价	96.00元

总　序

南京大学与天津人民出版社合作出版"南京大学白先勇文化基金·博士文库"丛书。丛书以出版青年学者研究台港文学的博士论文为主，出版由南京大学"白先勇文化基金"赞助，此基金乃由"赵廷箴文教基金"负责人赵元修先生、辜怀箴女士捐赠。丛书旨在鼓励青年学者对台港文学加深研究。文学是最能沟通人类心灵的媒介，通过青年学者的研究成果，把台港文学讲解介绍给读者尤其是高校学生，会产生良好的影响，使他们对台港的社会有更深一层的了解。

"南京大学白先勇文化基金·博士文库"丛书第一批包括以下列七本书：

林美貌：《台湾当代散文批评新探索研究》

王璇：《空间书写与精神依归——抗战时期旅陆台籍作家研究（1931—1945）》

肖宝凤：《消解历史的秩序——当代台湾文学中的历史叙事研究》

徐诗颖：《20世纪80年代以来香港小说中的"香港书写"研究》

蔡榕滨：《杨逵及其文学研究》

宋仕振：《白先勇小说的翻译模式研究》

李光辉：《联合副刊文学生产与传播研究》

这些论著涉及的领域相当广阔，具体如下：

台湾当代散文的质与量都相当丰富，散文家辈出，尤其女性作家数量甚众，值得研究。

在全面抗战时期有一批台湾作家旅居大陆，如钟理和、吴浊流、张我军、洪炎秋等，这些人的作品及生平，在大陆较少受到关注。台湾因经过日本 50 年的殖民时期，光复后，国民党撤退抵台，又一次经历大变动，历史渊源相当复杂，而历史意识常常反映在文学作品中。

20 世纪 80 年代，香港涌现新一代的作家，如钟晓阳、辛其氏、董启章等，他们笔下的"香港书写"又呈现了一种新的面貌。

杨逵是台湾日据时代享负盛名的作家，他的政治背景复杂，曾参加抗日运动，遭日本当局逮捕，光复后，因言论触怒台湾当局，被判刑坐牢。他的生平与作品对当时台湾读者有一定的影响。

宋仕振的研究比较特殊，他研究我的小说的翻译模式，主要聚焦在《台北人》的英译本上。这个英译本，由我本人、共同译者尹佩霞（Patia Yasin）以及编者——著名翻译家乔志高三人合作而成。这个译本花了五年工夫，一再润饰修改而成，修订稿原件存于加州大学圣芭芭拉校区图书馆白先勇特别馆藏中。宋仕振研究译本的修订稿，得以洞悉《台北人》的英译本是如何一步一步修改润饰而成的。

台湾《联合报》是影响力最大的一份报纸，其副刊历史悠久，在台湾文坛享有极高的声誉，曾经培养出为数甚众的台湾作家，联副的文学奖也是台湾文学界的标杆。

　　这些博士论著,是"南京大学白先勇文化基金·博士文库"的第一批丛书,另外,还有一些博士论著陆续进入出版流程,如尹姝红的《大转折时期的旅美左翼知识分子研究:以郭松棻为中心》、陈秋慧的《新文学传统的延续——以20世纪50年代台湾文学教育为中心的考察》等。这些论著的出版希望能激励更多青年学者投身台港文学的研究事业。这项计划完全由南京大学中文系教授刘俊先生一手促成,特此致谢。

白先勇

二〇二二年四月五日

前　言

　　本书以"台湾当代散文批评新探索研究"为题，回返历史脉络和文化场域，对台湾当代散文批评在历史论述中提出、建构的批评术语，进行学术的论析考梳与整合提炼。本书选取台湾当代散文批评新探索中影响较大的四个论题，在观念与历史、普遍性和个性相结合等方法论基础上，厘清和爬梳各个批评面向的基本观念、内涵渊源、理论视角和生发衍变，并借由这种动态的观省，重新思考这些批评或观念各自的历史关联性，以及它们的蕴涵深度与创新品格。

　　其一是台湾当代散文的"出位"之思。梳理台湾当代散文从跨/次文类到破文类的文体"出位"，从真实到虚构的文心"出位"，从"破体"趋向"文体归元"等理论争鸣，探索当代台湾散文批评对散文艺术变革和散文精神的新诠释。

　　其二是台湾当代散文的空间批评。人文科学的空间转向为台湾当代散文批评空间意识的生发提供了历史契机和理论资源；当代散文与空间的相互生产，衍生出各种空间书写现象，为散文的空间批评提供了实践基础和研究动能。台湾当代散文批评在都市散文的空间诗学、散文性别空间书写与女性主体性建构和散文日常生活空间书写的文化表征和深刻意涵等方面取得了初步的研究成果,丰富了台湾当代散文批评的话语形态,拓展了散文批评的研究范式。

其三是台湾当代"杂语化"散文批评。"杂语化"作为中国散文的重要传统之一,具有"文本介入性、社会对话性和声音多样性"的文体特征。政治的介入、作家的逃避和典律的形构造成了20世纪50至70年代"杂语化"散文的隐匿和断裂;在经历了60年代现代主义的提倡、70年代参与与介入散文观的形塑、80年代"多元"论述的建构,以及90年代主题散文的蔚为风潮四个阶段后,"杂语化"散文及其理论建构再次浮出历史的话语地表。抒情散文的"杂语化"、社会批评散文、自然书写和旅行书写等散文的研究批评,丰富了台湾当代"杂语化"散文的理论探索。

其四是台湾当代散文史书写与散文史观构建。台湾散文史书写与散文史观的构建首先要厘清"如何界定台湾现代散文""如何看待台湾现代散文的发展和如何构建台湾现代散文史观?"等问题。通过对散文在文学史中的边缘叙述和散文选集的多元诠释,台湾当代散文史书写呈现了谱系学式、现代性视角和后殖民视角、性别视域等多维度散文史观的构建特征。

上述四个论题,体现了台湾当代散文批评的历史连贯性及其阶段性、复杂性和丰富性,展示了台湾当代散文批评相对于台湾社会与时代演进的独特言说,也产生了一些独有的理论创新收获与新颖思考,不断拓展散文批评发展新的可能,也为当下的散文批评研究提供更为有序的参照与借鉴。

目　录

绪　论

第一节　研究缘起

　　台湾当代散文是中国当代散文的重要组成部分,由于其特殊的历史际遇而形成一些独特的发展面向,从而丰富了中国当代散文的美学形态。台湾当代散文在赓续中国古典散文和五四新文学传统的同时,不断在兼收并蓄中探索和发展,散文批评也产生了一些独有的理论创获与新颖思考。本书指称的"台湾"为写作者的地域归属,即中国台湾这一地理空间;"当代"指的是时间界限,即从 1949 年以降台湾散文批评不断发展演变的一个时间概念;而现代散文中的"现代"是指台湾当代散文的本质是属于五四以来区别于中国古典散文的现代散文范畴。"台湾当代散文批评"即视为 1949 年以降,在台湾这个地理空间产生的现代散文研究。要对台湾当代散文批评做全面的盘点和评析非一时一文可济,因此本书并非要细密地建构台湾当代散文批评发展史,而是聚焦台湾当代以来对散文批评的"新探索",即站在对现有研究缺失的反省上,立足于当代,尝试以目前学术界关注较少、却又能体现当代台湾散文批评新方向和新维度的若干议题,去组建一个论述框架,以期"窥一斑而略知全貌",希望对当代台湾散文批评的新方向和新维度有所回应。当然,要探讨台湾当代散文批评的特质,就必须借由参照加以凸显,故而也会对古典散文批评有所观照。

一、从意义出发:台湾当代散文批评现状考察

台湾当代散文创作盛行不衰,作家辈出,成果蔚为壮观,散文不但成为台湾文学的一大支柱,而且成为最受欢迎的文类。吊诡的是,和小说、诗歌文类的研究成果相比较,散文研究在量和质两方面都明显薄弱许多。如《中华现代文学大系(一、二)(评论卷)(1970—2003)》共收录了125篇评论文章,论散文的只有13篇。张瑞芬指出:"郑明娳在20世纪80年代中期《现代散文类型论》四书,与李丰楙教授《中国现代散文选析》绪论中,对散文源流稍有勾勒,然至今三十年来未见补遗。以学院内教授及博硕士论文题目来看,则小说约为散文研究的十数倍。长此以往,则散文的研究,实如'茫茫荒郊,漫漫长夜'(张晓风语)矣。"①截至目前,几乎所有的散文研究者都会在论文中感叹或是检讨台湾现

---

① 张瑞芬.散文的下一轮太平盛世——二〇〇〇—二〇〇四年台湾散文现象[M]// 狩猎月光——当代文学及散文论评.台北:联合文学出版社,2007:268.

代散文研究量太少、质太差的问题，这类相似的表述反映了散文研究者们对这一问题的共同认知，①足见台湾现代散文创作繁荣而理论批评薄弱的失衡与落差。笔者关注的是，与台湾丰沛的小说和诗歌的理论建设与批评论述相比，台湾当代散文批评确实是相形见绌，那么台湾当代散文批评是否就乏善可陈呢？

美国学者海登·怀特说："学术领域反思自身的一个方法是回顾自己的历史。"②台湾现代散文批评的萌芽应是在 20 世纪 50 年代，但主要是单篇批评或鉴赏性的点评。这一时期的散文批评以介绍散文定义及一般书写技巧理论为主。当时的散文批评主要是探讨散文"文类"的特性，但由于分析的理论与标准不一，也未成系统，因此结果往往莫衷一是，难以取得一致的明确定义，这样的现象延续至今。60 年代，在现代主义文学思潮涌动中，余光中率先发出"剪掉散文的辫子"的变革呐喊，"可谓新散文批评史上最勇悍之先锋"③④。此后在台湾文学界不断求新求变的理论旨趣引导下，到了 60 年代中期以后开始有散文批评

---

① 游唤就曾经指出散文研究上"质"的不足，使得有志之士，每每高声疾呼散文研究的不足。游唤、徐华中.现代散文精读·概论[M].台北:五南图书出版股份有限公司,2002.

② [美]海登·怀特.作为文学虚构的历史文本[M]// 张京媛主编.新历史主义与文学批评.北京:北京大学出版社,1993:160.

③ 何寄澎.导论当代台湾文学评论大系:散文批评卷[M].台北:正中书局,1993:25.

专著的出现①,主要是面向初学者的普及性著作,其中多为感性印象式批评和鉴赏性文字。70 年代,《幼狮文艺》《中华文艺》《中外文学》分别推出散文专号,刊登了一些散文批评文章:如颜元叔《单向与多向》,谈散文语言与诗的语言的分别;专访文章《夏志清谈散文》,论及中西散文比较与散文语言问题;还有许达然检讨当前的散文现象,洛夫论诗与散文的界限,罗青专论小品文,萧白谈散文写作等。到了 80 年代,台湾散文批评开始形成风潮。80 年代中期,郑明娳先后完成了一系列散文研究论著,如《现代散文纵横论》(1986)、《现代散文类型论》(1987)、《现代散文构成论》(1989)、《现代散文现象论》(1992)等,台湾散文理论批评开始有理论建构。② 90 年代以来, 一批著名作家、学者也相继投入散文批评,并取得了一定的研究成果。综观台湾当代以来的散文批评,大致可分为以下三个层次:

一是具有宏观视野、构成体系的散文理论。这类散文理论主要对现代散文做全面性的观照。如季薇是第一位较有意识、有系统性,数十年投注在散文创作及理论并且拥有相当研究成果的散文研究者。他的

---

① 20 世纪 60 至 80 年代台湾有关散文批评的主要著作有:季薇的《散文研究》(台北:益智书局,1966)、《散文点线面》(台北:立志出版社,1969)和《散文的艺术》(台北:学生书局,1975);方祖燊、邱燮友的《散文结构》(台北:兰台书局,1970)、方祖燊的《散文创作鉴赏与批评》(台北:"中央"文物供应社,1983);丁平的《散文、小说的写作研究》(香港:新文化事业供应公司,1974);张雪茵的《散文写作与欣赏》(台北:学生书局,1977);林双不的《散文运动场》(台北:兰亭书店,1983);杨牧的《文学的源流》(台北:洪范书店,1984).

② 林燿德指出,台湾的散文研究"直到八〇年代中期之后,郑明娳陆续出版《现代散文纵横论》(1986)、《现代散文类型论》(1987)、《现代散文构成论》(1989)、《现代散文现象论》(1992)等专著,才呈现完整而宏观的面目"。林燿德.传统之轴与前卫之轮——半世纪的台湾散文面目[J].联合文学,1995,11(12):154.

几本相关论著如《散文研究》(台北:益智书局,1966)、《散文的艺术》(台北:学生书局,1975)基本上都是从散文的历史源流、体式、主题、题材、修辞、文字风格等面向进行讨论。《散文的点线面:季薇谈怎样写散文》(台北:立志出版社,1969)一书则用浅显易见的道理来说明如何创作散文。其三本散文批评著作都是用散文的笔调来介绍有关散文的基本知识,对象是初入门的散文读者,因此论述较为浅显易懂。

郑明娳致力于建构散文理论并初步构成体系,代表作有《现代散文纵横论》(台北:大安出版社,1986)、《现代散文类型论》(台北:大安出版社,1987)、《现代散文构成论》(台北:大安出版社,1989)、《现代散文现象论》(台北:大安出版社,1992)、《现代散文》(台北:三民书局,1999年)、《现代小品》(台北:五南图书出版公司,2004)等。郑明娳计划建构的现代散文理论,主要分成三个阶段——类型论、构成论、思潮论,[①]这三大方向分别指涉了散文研究的几个不同立场。类型论无论是在题材还是体裁方面进行分类,都只能算是一种归纳整理,这是进行散文研究的必要工作——不进行类型区分,就无法限制研究的范围,也就无法进行更进一步的批评。构成论讨论散文组成的几个不同层次,五个子论并非各自独立,而是一个"层叠复合系统"[②],其中,结构论的最后谈及思维结构,包括作家的思想情感,这是创作的原点,也是作品存

---

① 按照郑明娳原先的计划,在《现代散文构成论》(1989)之后应该有思潮论,后来没有写成,而是出版了《现代散文现象论》(1992)。与《现代散文纵横论》(1986)一样,此书并非系统的理论著作,严格说来只能算是散文(作品与现象)批评,不能算是散文理论。

② 关于"层叠复合系统"请参考:郑明娳.《现代散文构成论》[M].台北:大安出版社,1989:1-3.

在的终极价值。①我们会发现，思维结构成了散文构成论与散文思潮论的过渡。②这里郑明娳提示了一条有层次感的散文思维研究路径，即从单一作品到系列作品，从作家思想到时代思潮。思维结构强调单一作家作品显示出来的情感，而思潮则是大时代思想形态与潮流，是个别作家思想论的汇总宏观。③于是，在结构论中，思想结构与形式结构、情节结构、体式结构有较大的不同。思维结构直接影响了我们对散文作品的情感思想进行探究，亦即作品往往带有作者展现的哲思。至于修辞、意象、描写三论独立时，是属于单一静态的呈现，直接关注散文的语言艺术性。最后，郑明娳尚未完成的思潮论，理论上说来应该牵涉了散文的发展与流变，属于文学史研究的范围之一。郑明娳曾表示，类型论、构成论、思潮论三者既有其各自独立的一面，亦有互相叠合之处。例如思潮论与类型论的叠合会产生主题论，构成论与思潮论的叠合会产生技巧论。④郑明娳梳理了现代散文的发展脉络，对散文文本的艺术特色和思想性进行了深入阐释，其散文理论形成了相对完整的体系。同时，郑明娳立足传统古典诗学，融汇西方现代文学理论，建构了自己的一套散文理论话语，为台湾当代散文理论体系的建立提供了宝贵的理论经验。

---

① 郑明娳.现代散文构成论[M].台北：大安出版社，1989：252.

② 郑明娳提出："如果试图透过一篇作品来观察作者，有时固然可以管中窥豹，有时则不免盲人摸象。是故，要解读散文的思维结构，最好能透过作者的历史背景去理解。如果能解读系列散文的思维结构，则可进一步掌握作者整个人格及思想的全貌，这乃是文学研究的终极目标。"《现代散文构成论》[M].台北：大安出版社，1989：253.

③ 同①6.

④ 同①4–7.

二是诠释性的批评。这类批评主要有三类：第一，以作家作品的解析、评价为重点，属于作品鉴赏的层次，如方祖燊的《散文的创作鉴赏与批评》（台北："中央"文物供应社，1983）、何寄澎编《当代台湾文学评论大系：散文批评卷》（台北：正中书局，1993）、何寄澎《永远的搜索——台湾散文跨世纪观省录》（台北：联经出版，2014）。第二，以特定的散文书写类型为主题，辅以社会变迁脉络、媒体传播及商业消费文化等，探讨某一类型书写的特色与发展历程。如简义明《寂静之声——当代台湾自然书写的形成与发展（1979—2013）》（台湾文学长编26，台北：台湾文学馆，2013）、林淇瀁《照见人间不平——台湾报导文学史论》（台湾文学长编23，台北：台湾文学馆，2013）。第三，探究散文的界域、类型、散文出位等文类议题。如《当代台湾文学评论大系·散文批评卷》（台北：正中书局，1993）中的各种散文评论选集及学位论文等。诠释性的批评未有理论做依据，很容易流于各说各话，缺乏一个共同探讨的准据，但这些研究成果能为日后台湾现当代散文的研究提供一个可供参酌的基础。

三是并非严格意义上的评论，而是感受式的随笔，如各类散文选集的序跋、后记等。20世纪80年代台湾出现年度文学作品选集编选潮，其中散文选本更是纷繁多彩，而且是唯一一种能够续刊迄今的文类，如九歌版年度散文选延续至今。在《当代台湾文学评论大系·散文批评卷》中就收录了多篇散文选的序跋，这在其他文类各卷都很少见。主编郑明娳认为，序跋乃为人作嫁，毕竟影响论证的严肃性，本不宜选入，但"很遗憾这种情形在《散文批评卷》中无法避免"，可见"台湾散文批评作品实在欠缺具备纵深的选择空间","我想除了这种矮个挑高个的无可奈何,还因为台湾散文选种类繁多,序跋能体现编者的散文观和散文编选美学,也可视为编选者的'散文研究'"。①从这个意义上说,各类散文选集的序跋应是台湾当代散文批评的重要组成部分。

总体而言,七十多年来台湾当代散文批评已有不少学术积累,是台湾散文理论与批评建设的宝贵资源,皆具研讨价值,理应得到有效爬梳和重新诠释。特别是台湾日据时期的白话文论战、20世纪60年代以来各种西方文学思潮的洗礼,也都在不同时期对台湾当代散文创作与批评有所冲击,因此有其内在与外在的独创性格与追求现代性的倾向。对于它们,如果立足当代,予以精心梳理、辩证分析和综合阐发,对中国现代散文批评建设将会有所助益。这是本书计划以台湾当代散文批评新探索作为研究对象的研究动机之一。

二、从问题出发:台湾当代散文研究的困境探究

对于现代散文研究的困境,在许多以散文为研究对象的学位论文开篇"研究动机"之类的章节大多会提及。这些论文通常论述现代散文因为研究上的困难而造成"现代散文很少被研究"的现象。现代散文作为台湾文学场域中发展最蓬勃的文类,拥有广大的读者与市场,为何研究成果却相对贫乏且不够深入;与小说诗歌研究相比,也相对缺少

---

① 郑明娳.当代台湾文学评论大系[M].台北:正中书局,2000:15.

理论创新和系统建构。台湾散文批评陷入困境的具体症结究竟何在？笔者认为，台湾散文创作与批评之间的失衡与落差有其主客观因素。

(一)散文的"边陲落后"性

本书此处所谓"落后"并非指散文在文体地位上的落后，而主要指散文在台湾文学界的边缘位置和散文理论的"世界性缺乏"。当代以来，台湾学界对散文的文体地位已逐渐形成共识。最典型的莫过于余光中对散文态度的转变，他曾经戏言散文乃"诗余"，20世纪80年代又称诗与散文乃"双目"。在与林燿德的对话中，余光中强调中国素有诗文并重的传统，诗文应等量齐观，更高呼散文是"民族文学的代表"。①叶维廉在《闲话散文的艺术》中，明确反对把散文看成"诗之余""偏房"。②1981年，杨牧在《中国近代散文》中提出散文在中国历史上极为重要，认为"中国散文之广大浩瀚"及其"多变化的本质和面貌"，使得散文成为"中国文学中显著而重要的一种类型"。③郑明娳多次强调："传统意义的散文在我国文学史中，具有诗词歌赋等纯文学文类所无法比肩的重要地位……它一向肩负着经国之大业、不朽之盛事的重任。"④林燿德则指出："台湾散文以源远流长的根茎为轴，又在前卫创新的'进化'驱力之下形成转动不已的轮轴，在台湾新文学体系中的重要地位，

---

① 林燿德.观念对话:当代诗言谈录[M].台北:汉光文化事业公司,1989:49-76.
② 叶维廉.闲话散文的艺术[J].中外文学,1985.13(8):114-128.
③ 杨牧.文学的源流[M].台北:洪范书店,1984:53.
④ 郑明娳.现代散文类型论[M].台北:大安出版社,2007:2.

根本不让于现代小说与现代诗,较诸发展迟滞的现代戏剧犹有过之。"①

但只要研究台湾散文,就会注意到散文在台湾文学界的边缘位置,即散文未能参与美学互动,引领时代风潮。台湾在历经了20世纪50年代的白色荒芜岁月和60年代的现代主义洗礼后,诗和小说有各自的文学流派、文学集团,能明确各个时期的标志而成为文坛焦点主流;而散文从五四以降却看似一脉相承、波澜不惊,散文家亦是没有结社成群的独行侠,且文学史上的重要论争非以散文为焦点,散文一度成为众声喧哗中的沉默者。相对于现代诗、小说显赫的位置与影响(或与文学运动联结,其艺术成就和当代的文学思潮交会,激荡出更璀璨的光芒;或有各自文学流派或社团,鲜活地反映台湾文化论述的变迁;也能明确地确认各时期的特色,成为文坛的主流),散文显然是"落后"的。

余光中在谈到散文与文艺思潮的关系时说道:"散文既是非虚构的常态作品,不像其他文类那么强调技巧,标榜主义,所以不是评论的兵家必争之地,论战也少。二十年来台湾散文的变化,显然不像诗和小说那样剧烈。文坛的风潮,从60年代现代主义卷向70年代的压力之下,引进了后现代主义的理论,并且实验魔幻写实,对传统的写实主义有所反动,而渐至80年代末期,在大陆政策开放之下,'文革'以后'新大陆'兴起的反样板、反遵命文学作品纷纷在台湾转载、出书,并引起

---

① 林燿德.传统之轴与前卫之轮——半世纪的台湾散文面目[J].联合文学,1995,11(12):148.

学者与作家的注意。这连串的变化对台湾文类的影响,首在小说,次及诗,但对散文或戏剧的波及则有限。"①郑明娳也指出:"散文绝少参与论战,几乎没有风潮,更缺乏诸种艺术流派的辩证。"②可以说,战后台湾散文遭受研究者冷遇之因,还在于它缺乏时代性与社会性,无法反映台湾文学的兴衰格局。在西方也有同样的问题,小说、现代诗、戏剧等其他文学艺术形式,自 20 世纪 60 年代起就广泛吸收世界文坛资源、理论、新思维与新形式,追求实验创新,唯独散文以不变应万变,在形式与内容的拓展上它的确是"落后生",不如小说、诗歌富有不断蜕变的生命活力。

散文的"落后"还体现在散文作为"文体之母",相关理论却是"世界性的贫乏"。钟怡雯自述散文研究之路时,表示散文研究的最大困境来自理论的匮乏。"常常我从书架上取下一本又一本的理论,寻找可以支援论述的架构,然后常常也是失望的,把书重又一一上架,用不上。偶尔在理论中搜寻到吉光片羽,零星的概念可以强化论述,则不免狂喜。"③观察当代台湾文学,随着西方文学理论与批评的大规模引进,创作实践和评论批评均备受影响,相较之下,散文于此的接受与影响有限。有论者认为,这可能是现当代散文没有专属理论的问题,但是此一

---

① 余光中.三百作家二十年——序《中华现代文学大系:台湾一九七〇——一九八九》[M]// 余光中.余光中集·第 8 卷 文艺评论.天津:百花文艺出版社.2004:288.

② 郑明娳.从半掩到大开的散文扇面——当前散文走向[N].《中国时报》,1994-7-28(42).

③ 钟怡雯.我的追寻之路[M]// 钟怡雯.无尽的追寻:当代散文的诠释与批评.台北:联合文学出版社,2004:5.

问题不论东方西方都存在，对于现代散文理论框架的建构均凤毛麟角。西方现代文学不重视散文，作家和评论家用力所在主要是诗和小说，自有一套的理论和术语可供施展。因而，以西方文学理论为批评依据的文学评论家，面对现代汉语散文时，往往难以下手。由于台湾文学研究长期受西方理论的影响，且在西方的文学、文化理论大多适用小说的情况下，散文被晾置在文学史的边缘而鲜少被关注。1990 年，游唤《现代散文研究的问题及其解决途径示例》甚至主张取用古典文学术语以济之。①散文成为文学研究对象的先决条件是必须从客观的文本形态和主观的概念提升到如小说、现代诗或其他文学对象那样，具有内在联系和自我整合功能。据郑明娳观察，相关的散文研究却又"乏善可陈"，或许是与散文文类观念的保守，艺术、美学观界定的模糊或僵化，以及理论的缺乏有关。应该说，散文在形式与内容上极为自由，向来以排他法被定义，在西方传统上，谈论文学类型，有小说、诗、戏剧，不是小说、诗、戏剧的书写就算是散文。散文至今"妾身未明"，未形成一套类似诗、戏剧、小说评论的专业评论方法，缺乏坚实的理论体系。散文的边陲混杂特性无疑给散文研究带来巨大隐患，它使散文批评者们无法走出散文范畴论、特征论这样一种怪圈。

（二）批评界的理论家较少垂青散文

　　台湾文学界对现代散文类型化理论的建构虽早见于郑明娳之作，

---

　　①　游唤此文，原载《联合文学》18 卷 9 期（1990 年 2 月），后收入《老子与东方不败》（台北九歌出版社，1997）。

但随着时代变迁需进行理论改易与增值的部分却无以为继,评论家虽多有见解,不过也仅是针对义本(在文学奖领奖时说的话)所做的少数零散提议,而尚无完整且系统性的建构,散文理论与研究的确难有建树或突破。由此可见,散文研究人人皆能进入,但能达到见解精辟与理论建构的尤难。台湾当代散文的研究比起小说与诗的研究向来比较少,余光中谈论散文的文类特性时指出:"散文向来是写实的文体,跟诗、小说等虚构创作不同。散文家无所凭借,也无可遮掩,不像其他文类可以搬弄技巧,让作者隐身其后。散文既如此坦露平实,评论家也就觉得没有多少技巧和隐衷可以探讨。"①作家很难明显地使用艺术技巧经营作品,评论者也不易有系统地分析散文的特色,散文评论自然不如诗或小说来得受人瞩目。郑明娳曾指出:"长久以来,台湾没有人愿意长期投入散文做专业研究"②,并一针见血地提出对台湾散文研究的看法:"四十年来,台湾所有曾经写过散文理论的学者专家,都对散文理论提出一些建设性的见解之后,又放弃后续工作,或者把精力放在其他文类上,台湾散文研究的贫血症,最基本的根源在于评论者未能贯彻其治学兴趣。"③郑明娳指出,台湾现代散文研究的困境是缺乏长期的系统性研究计划和成果,以创作指标或个人品位建立起来的文论,理论与实际批评存在明显差距。散文批评原本就长期受到冷落,再

---

① 余光中.三百作家二十年——序《中华现代文学大系:台湾一九七〇——一九八九》[M]//余光中.余光中集·第8卷 文艺评论.天津:百花文艺出版社.2004:288.
② 郑明娳.现代散文现象论[M].台北:大安出版社,1992:86.
③ 同②158.

加上 20 世纪 80 年代人们急于逐利的心态，导致"80 年代则不写散文的专论文章，仅在为文集写序时才顺道提示而已"。"大部分以个人的创作观为理论范畴的核心，大抵不能以宏观的角度，兼顾各种风格、流派及诸种技巧、形式。"①

上述观点指出了不管散文创作书写还是散文研究，的确都有其局限性，在评价的意义取向上，有时也会面临时风易变而瞬间成为明日黄花的处境。此外，在台湾文学界，创作者本身即为评论者的现象很普遍，其中散文家兼评论者的比例高于其他文类，其结果便造成针对作品的实际批评多于理论批评，感性的批评重于理性的批评。何寄澎认为，台湾散文批评成绩薄弱与两项原因密切相关：一是新文学运动以来，散文的"外烁成分"最少，新散文对于新理论的吸收冷漠无谓，成了最无思维背景、理论基础而全随作者主观好恶的创作品；二是新文学运动以来，受西方观念与社会变迁之影响，传统上不受重视的小说跃为文坛主流，诗歌与之分庭抗礼，散文反而成了不重要的文类。散文创作者因而对一己之创作生命期许高者极少，批评者亦不愿对散文垂青。如此，则散文批评成果稀少而薄弱也就势所必然了。②该分析中肯在理，但不容忽视的事实是，散文对新理论表现出的保守、迟钝恐怕也是"身不由己"。从某种意义上说，西方理论对滋养、启迪现代散文或爱莫能助。

---

① 郑明娳.现代散文现象论[M].台北：大安出版社，1992：160.
② 何寄澎.导论当代台湾文学评论大系·散文批评卷[M].台北：正中书局，1993：22—23.

应该说,自 1963 年余光中发表《剪掉散文的辫子》以来,台湾当代散文批评和历史叙述在自身的发展过程中不断提出、建构一些理论观念与批评术语。这些观念和术语,至今在种种范式和方法的阐述中一直被言说和运用,又在进行历史的和现实的散文批评"对话"中不断被注入各自的理解,使这些观点或术语的内涵与外延的包容性愈加灵活多元、模糊无边,甚至产生某些前后矛盾、互相排斥的观点。这也使得台湾散文批评在前进的步伐中常常处于举棋不定的情境,进而导致有关台湾散文批评的研究陷入趑趄不前的泥淖中。面对这些繁杂的批评言说,如何通过一番历史和理论上的梳理、辨析、整合,以厘清台湾当代散文批评中各个不同面向的基本观念和渊源走向、更新嬗变、误读强解,并借由这种动态的观察,进一步发现其自身的生长轨迹,为当代台湾散文的书写和当下的散文批评研究提供某些更为有序的思考参照与借鉴,成为当代台湾散文批评的重要课题。这也是本书计划以台湾当代散文批评为研究对象的研究动机之一。笔者认为,大声疾呼散文批评的困难,无助于解决目前散文批评的尴尬处境,而是应该努力找寻新的诠释角度,去认识台湾当代散文批评发展的具体情境,尝试呈现散文批评在特定历史时刻与时代环境的细微交锋。本书的观察路径,便是在深刻意识到散文研究诸种局限和困境的基础上,尝试以此作为问题意识的出发点,整理出台湾当代散文批评值得讨论的关键命题。

第二节　研究现状

一、台湾当代散文批评研究的现况

对台湾当代散文批评的研究,在整个台湾当代散文发展研究中属弱中之弱。海峡两岸暨港澳地区有关台湾散文批评研究的论著寥若晨星,目前尚无一部完整的专门研究台湾当代散文批评的专著或学位论文,相关研究文献主要有以下三类:

一是台湾当代散文理论与批评研究的资料汇编。从文学批评的角度,选本也常被看成一种文学批评方式。散文理论与批评资料的归整编辑可为观察台湾散文理论与批评发展历程提供基本的资料,也是开展研究的前提和基础。"编者"是文学批评活动中一个不可或缺的概念,编者的总序、导读亦可视为编者对散文批评的"研究",作用不可忽视。综观目前已出版的涉及台湾当代散文批评资料的编著寥寥无几,主要有郑明娳、林燿德合编的《时代之风——当代文学入门》(台北:幼狮文化事业公司,1991),郑明娳总编、何寄澎主编《当代台湾文学评论大系(散文批评卷)》(台北:正中书局,1993),余光中总编、李瑞腾主编《中华现代文学大系·台湾 1970—1989(评论卷)》(台北:九歌出版社,1989),余光中总编、李瑞腾主编《中华现代文学大系(二)台湾 1989—

2003）（评论卷）》（台北：九歌出版社，2003），郭懿雯主编《时代与世代：台湾现代散文学术研讨会论义集》，卢玮銮编《不老的缪思——中国现当代散文理论》（香港：天地图书有限公司，1993）。

郑明娳、林燿德合编的《时代之风——当代文学入门》的意图了然于名，即作为文学入门教科书，其中收录了四篇散文批评，前两篇诠释散文文类特性及创作、鉴赏美学的基本观念，后两篇介绍当代两岸散文风貌，侧重于散文的写作技巧和鉴赏和作家作品评论，对散文入门者有相当帮助。郑明娳总编的《当代台湾文学评论大系》是海峡两岸第一部以现代文学评论为主题的大系。由何寄澎主编的第四册《散文批评卷》共收录23篇，是展现台湾自1949年以来四十多年里文学批评者对台湾散文创作所做批评的总成果。全卷分为三编：上编9篇"综论"，侧重散文观念与问题的反省；中编8篇"作家论"部分则兼顾前行代、中生代与新生代，呈现台湾散文四十多年来发展变迁的轨迹；下编6篇"作品论"，揭示一些编者认为重要的观念与问题，更具开创意义与启示。编者何寄澎在导论中探讨了台湾现代散文批评薄弱的原因，并对四十多年来台湾散文批评进行宏观客观的评审与反思，肯定成绩，指出不足，昭示前景。《散文批评卷》兼具史的精神，是研究台湾当代散文批评最重要的文献资料。余光中总编、李瑞腾主编《中华现代文学大系》一、二册中的"评"分别收录8篇和5篇散文批评文章。13篇论文中有5篇同时被《当代台湾文学评论大系（散文批评卷）》收录。卢玮銮编《不老的缪思——中国现当代散文理论》只收录了林燿德的《台湾报导文学的成长与危机》，该文也被何寄澎主编的《当代台湾文学评论大系(散文批评卷)》收录。上述编辑出版的几本台湾散文批评资料选集跨越 50 余年，竟只收录了散文批评文章 35 篇，难怪何寄澎在编辑《当代台湾文学评论大系·散文批评卷》时感叹："当实际进行资料之收集与检视时，陆续呈现的事实与我个人原先的预期落差太大，几乎不能接受。"①

二是台湾当代散文理论与批评的研究论著。涉及台湾当代散文批评研究的论著更是凤毛麟角。古继堂著《台湾新文学理论批评史》(沈阳：春风文艺出版社，1993)，涵盖 20 世纪 20 年代初至 90 年代的台湾新文学理论批评。书中第六编《台湾散文理论批评》从台湾散文理论批评对中国散文理论批评传统的继承和沿革入手，以散文理论批评家包括郭枫、王志健、梅逊、李丰楙、张健、杨牧、亮轩为线索，分析了台湾散文理论批评的现状，并专章论述了季薇和郑明娳的散文理论成就。古远清《台湾当代文学理论批评史》(武汉：武汉出版社，1994)全书十章，有两章论及散文理论批评，包括台湾作家的散文评论，余光中、郑明娳的散文理论以及报导文学理论。范培松著《中国散文批评史》(南京：江苏教育出版社，2000)是最早一部研究现代散文批评的专著。该书以作家和学者为线索分析了现代散文理论批评的发展与特点，注重批评研究。全书分为三卷和余论，在余论第二十章《台湾散文批评》中分析台湾散文批评发展情况，并专节介绍了余光中、郑明娳的散文理论。上述三本批评著作着重于对台湾散文批评的初步梳理和对散文理论批评

---

① 何寄澎.导论当代台湾文学评论大系：散文批评卷[M].台北：正中书局，1993：22.

家的理论主张及其理论作品的评介,特别是前两本著作距今已有二十七八年,不论资料、观点,还是论述架构,皆存有很大的讨论空间。

三是台湾当代散文理论与批评研究的论文。以台湾散文批评为研究对象的期刊文章、学位论文同样屈指可数。林幸谦《九十年代台湾散文现象与理论走向》(《文艺理论研究》,1997 年第 5 期)着眼于探讨台湾"后散文"的"主体性变奏",从理论上总结了散文创作对于散文书写模式的重新定义,预期了台湾当代散文发展的新走向。论文论及散文小说化、诗化、虚构、想象等问题,是多年来大陆散文理论界敏感的问题,引起理论界的争鸣。蔡江珍《当代台湾散文理论的审美现代性形态》(《文艺理论研究》,2013)、《世纪之交台湾散文理论的衍变》(《福建论坛·社教版》,2011)、《传承与创新:台湾当代散文理论的基础建构》(2012)等论文从台湾散文理论审美现代性形态审视台湾散文理论半个多世纪的发展,认为从余光中"诗化"现代性取向到以"破体"的方式"辨体",和对散文文学的想象力和虚构性的推崇,切实拓展了散文审美经验视域,并推动散文审美现代性研究的深化;《林燿德散文论述的文学史意义——兼及台湾散文史书写的一些问题》(《闽江学院学报》,2016)指出林燿德提出的观测台湾散文历史的"现代性"视角,他的观测不仅确立了台湾当代散文求新求变的现代文体品格,破除了长期主导台湾文坛的文类偏见,更对其后台湾散文史的书写方向起到引领作用。硕士、博士论文主要论及余光中与郑明娳的散文理论,有张黎黎《在永恒中结晶——论余光中散文理论及创作实践》(苏州大学博士论文,2005)、江春平《余光中散文二律背反现象论》(福建师范大学硕士论文,2006)、兰岚《余光中现代散文理论研究》(河南大学硕士论文,2007)。黄小凤《郑明娳散文理论研究》(台湾佛光大学文学系硕士论文,2006)、史曼曼《论郑明娳的现代散文理论建构》(华侨大学硕士论文,2010)。另有多篇期刊论文对郑明娳散文理论和批评观的研究,主要集中在八九十年代①,与余光中现代散文理论研究相关的论文则集中在 21 世纪以后。②此外还有邱贵芬《评张瑞芬〈台湾当代女性散文史论〉》、刘素梅《张秀亚六十年代的散文理论与实践》等。

　　散文的研究自然包括散文史的撰写,台湾散文批评既为文类批评

---

① 　研究郑明娳现代散文理论的文献有,李汉呈的《呈读〈现代散文欣赏〉》(《中华日报》,1979)、程榕宁的《郑明娳研究现代散文》(《大华晚报》,1979)、黄忠慎的《现代散文的综论与个论:评〈现代散文纵横论〉》(《文讯》月刊 28 期,1987)、言逊的《散文园地的导游:评〈现代散文纵横论〉》(《"中央"日报》副刊,1987)、张火庆的《〈现代散文类型论〉试论》(《文讯》月刊 33 期,1987)、刘方楝的《为散文做适切的诠释:评〈现代散文类型论〉》(《文艺》月刊 223 期,1988)、火宿的《无规矩不足以成方圆:略论郑明娳〈现代散文类型论〉》(《中华日报》,1988)、方祖燊的《郑明娳卓然有成》(《大华晚报》,1988)、台平的《为阅读现代散文导游:评介〈现代散文类型论〉》(《国天天地》35 期,1988)、石冷的《为散文研究开窗的人》(《自由青年》705 期,1988)、陈信元的《一本系统的现代散文理论著作》(《自由青年》705 期,1988)、郭玉文的《对一位文学批评家的好奇:访郑明娳教授》(《香港文学》42 期,1988)、黄坤尧的《散文类型的分合:评〈现代散文类型论〉》(香港《东方日报》,1988)、潘亚暾的《综理出百川汇海的现代散文全貌:读郑明娳两部散文论著》(《台湾立报》,1989)、陈思和的《郑明娳〈现代散文类型论〉》(上海《文学角》13 期,1990)、涂怀章和沈嘉达的《郑明娳散文理论体系初探》(《湖北作家论丛》第四辑,1991)、古远清的《郑明娳对现代散文理论的开拓性研究》(湖北《理论研究》,1992)、林非的《郑明娳的艺术标尺》(《文汇报》,1992)、徐学的《郑明娳散文研究批评初探》(《台湾研究集刊》,1993)、徐学的《散文批评观——郑明娳》(《台湾当代散文综论》,福建海峡文艺出版社,1994)等。

② 　研究余光中现代散文理论的文献主要有范培松的《台湾散文变革的智者和勇者——评余光中散文理论批评观》、肖剑南的《余光中散文理论批评的守成性》(《中共福建省委党校学报》,2012)、王晖的《论余光中的散文观念》(《海南师范学院学报(人文社科版)》,2001)、卞新国的《论余光中散文观》(《江苏大学学报(社会科学版)》,2002)、徐国明的《散文的现代(主义)转折——析论余光中"现代散文"的历史类型意义及其"诗化"内涵》(朝阳人文社会学刊,第七卷第一期)、蔡江珍的《余光中的"散文革命"及其对"五四"的抗争论述》(《海南师范大学学报·社科版》,2013)等。

中最为薄弱的一环,更遑论散文史的书写。不过作为散文史前行准备的散文选集倒是蔚为风潮,硕果累累,学界对各类散文选本的研究也积累了一定的数量,主要集中在期刊论文和学位论文上。期刊论文主要有应凤凰《读两本散文年选的札记》①、林淑贞《九歌版年度散文选述评》②、陈信元《年度散文选的趋势》③、王基伦《选集的功效:从〈八十五年散文选〉谈起》等。此外,钟丽慧曾撰写《近三十年散文选集提要》,自《文讯月刊》第十四期连载到第二十一期(1984.10—1985.1),收录了台湾1954年3月到1984年10月间所出版的共196种散文选集,加以整理提要。这篇汇编对台湾散文研究而言是相当重要的史料。还有黄如焄《当代散文选本与文学书写之考察——以2000—2006年为范围》④。21世纪以后,更多论争对台湾散文选集产生了兴趣,产生了一些硕士、博士论文。如博士论文有吴孟昌的《八〇年代年度散文选作品中的台湾意识与杂语性》(东海大学,2013),硕士论文有陈建宏《台湾年度散文选集研究(1981—2001)》(佛光大学,2007)、孙于清《九歌年度散文选研究》("中央"大学,2007)、蔡明原《八〇年代现代散文中的台湾图像——以九歌与前卫年度散文选为研究对象》(台北教育大学,2006)等。

从上述台湾散文理论与批评的研究成果可见,对郑明娳散文理论的研究为数最多、形式多样(专著专题、硕士论文、公开发表的论文

---

① 应凤凰.读两本散文年选的札记[J].散文季刊,夏季号,1984(4):107–111.

② 林淑贞.九歌版年度散文选述评[J].台湾文学观察杂志,1991(4):97–119.

③ 陈信元.年度散文选的趋势[G].当代台湾散文文学研讨会,1997–3–30.

④ 黄如焄.当代散文选本与文学书写之考察——以2000—2006年为范围[J].花大中文学报,2006(1):263–288.

等）、地域最广且历时最长（30年），足见郑氏对于台湾现代散文研究的贡献与成果，堪称有目共睹。研究者主要关注郑明娳的四本散文理论著作，其中《现代散文构成论》获得的评价最高。范培松在《中国散文批评史》中对郑明娳有高度评价，认为郑明娳"当之无愧是台湾第二代散文批评家的领衔人"，指出郑明娳敏锐洞察台湾现代散文创作与散文理论发展极不平衡的现状，多年潜心研究，吸收中国古代文论与现代西方文论的研究方法，对现代散文进行了全面、深入、系统的阐释，其中不乏许多理论思想上的创新之处。史曼曼认为，郑明娳对现代散文理论的建构以中国古典诗学为基石，综合中西方现代散文理论进行阐发，将中国古典诗学中的意象论引入现代散文研究，创造了"散文的诗学"，并且汲取晚明公安三袁"性灵论"的营养，提倡现代散文应"求真"，以"有我为张本"；"求变"，倡导散文创作不断创新，体现多元意识形态。郑明娳运用西方结构主义文论的研究方法，注重对散文文学性的体认与探讨，肯定了散文文本独特的"散文性"。黄小凤则探讨郑氏对散文的源流、分期、发展的看法，论述郑氏现代散文类型研究及现代散文现象研究。余光中散文研究已经取得了丰硕的成果，相对而言他的散文理论受关注的程度则较低。概括言之，对余光中散文理论研究的几个焦点集中在："现代散文"概念提出的历史类型意义及其内涵研究，余光中散文理论的核心范畴、审美形态、建构重点、美学外延，余光中散文理论对华语散文的贡献和独特价值，其理论与五四现代散文的继承与抗争关系等。

二、台湾当代散文批评研究存在的不足

(一)对台湾散文批评的已有成果缺乏足够的重视,未及时进行总结提升

　　针对一段特定时空环境的理论批评进行反省总结是文学理论建设中的一个重要环节,遗憾的是综观已有资料整理与研究成果,不管是对台湾当代散文理论与批评资料的收集与整理,还是对台湾当代散文批评的系统研究,都没有引起足够的重视。从研究现状看,重视极少数代表作家和散文理论家的理论研究,忽视其他作家的散文批评研究。如学术界的研究集中在余光中、郑明娳两位学者(出现了专著专题、硕士论文、公开发表的论文等多种形式),对郭枫、王志健、梅逊、李丰楙、张健、杨牧、亮轩、张秀亚、张瑞芬偶有提及,尚有许多作家未受到关注,皆值得我们挖掘、梳理和研究。

　　台湾当代散文研究虽然较为薄弱,但并非乏人问津,实际上有一批散文家、学者都曾投入其间。散文作家投入散文的批评工作,甚至成为台湾散文批评界的重要特色之一。正如郑明娳所言:"台湾数十年来,几乎所有的批评或理论都是由创作者提出,而编选散文选集,评审散文奖,大部分由创作者担任。"①很多散文家、学者对散文创作做了很多精细的探讨和精辟的阐释,从余光中、颜元叔、季薇、郭枫、张建、王

---

　　①　郑明娳.台湾的现代散文研究:现代散文现象论[M].台北:大安出版社,1992.8:158.

晓波、梅逊、亮轩、夏志清、张雪茵、方祖燊、陈必祥、叶维廉、杨牧、归人、旅人、李丰楙、张秀亚、郑明娳、林燿德、唐捐到张瑞芬、沈谦、张堂锜、鹿忆鹿、齐邦媛、钟怡雯、黄锦树等，都对散文批评和研究做出了独有的贡献。我们发现不少散文家的散文理论散见于各篇文章中，虽不成体系，但真知灼见不少。也有不少评述是论者就自己的经验发而为文论，或许没有严谨的学理思考，但这一层次，却最能看出散文批评的具体成绩及其批评路向。林燿德也关注到此一现象，提醒学界"散文家本身以创作或评论提出的'隐性宣言'，才是真正值得重视的"①。

　　20 世纪 90 年代以来，台湾散文自我变革的呼声首先得到新世代作家的应和，钟怡雯、张惠菁、唐捐、孙维民等散文新锐的实验性写作，对传统散文观提出挑战，提出"'变'是 21 世纪现代散文的视窗"②，这其实也是散文家对散文求新求变的"宣言"。应该说台湾散文批评之所以能在荒野中有所成，很大程度上是拜赐于散文家的介入。遗憾的是，长期以来，许多散文家的评论未受关注，很多关于散文的评论零散无章，乏人研究整理，是亟待开发的领域。因此，不仅台湾现有的散文理论与批评资源未得到充分盘点、深入辨析和科学吸纳，而且一些新的散文批评观念出现后，亦常常缺乏必要的跟进式的评析、总结和发展。可见，基础研究的备受忽略和文本史料的逐渐消失，都凸显了台湾当代散文批评研究的重要性和紧迫性。

---

　　① 林燿德. 传统之轴与前卫之轮——半世纪的台湾散文面目［J］. 联合文学, 1995.11 (12):148–157.
　　② 颜崑阳.21 世纪台湾现代散文首途的景象[J].文讯,2009(280):50–56.

（二）疏于观念梳理，缺乏历史复杂性的构建与理论探究的深度

　　既有的散文批评研究中缺乏宏观的审视与分析，有明显的缺失，体现出研究的零散性。长期以来，对台湾散文批评的研究较多停留在历史片段与具体评论家的评论上，更多地局限于印象化的"点"式研究、"线"性研究，没有把台湾散文批评作为一个有机整体来加以考察，整体性、系统性，以及广度和深度不足。单正平在《散文批评的理论问题》中列举了当前诸多研究成果后，指出这些研究有一个共同的问题，那就是缺乏一个能对散文达成相当共识的理论背景，或者说缺乏一个具有普遍意义的散文研究方法论。因此，造成散文研究始终局限在对散文自身的清理、梳理和个案分析当中，无法上升到一定的理论高度，从而对整个文化生产乃至社会文化生活产生广泛影响。①郑明娳提出，散文评论者多以创作指标或个人品位建立文论，难免受限于框架束缚。散文的理论建构应避免旧式自由心证的批评理论。②可以这么认为，数十年来的台湾散文批评研究未能形成较完整系统的理论体系，缺少丰富有效的批评话语。任何知识谱系中的认识与创造活动，都不能忽视和历史传统之间的关联性与连续性，从而遮蔽应有的历史视野，研究散文批评不能不顾及散文自身的历史性与创造性。观测目前台湾当代散文批评研究的论文，可喜的是研究已经逐渐由对个别理论

---

① 　单正平.散文批评的理论问题[J].海南师范学院学报,2003(6):16-20.
② 　郑明娳.台湾的现代散文研究:现代散文现象论[M].台北:大安出版社,1992.

批评家的点的研究积累到面的扩大，并慢慢朝向为台湾当代散文理论发展勾勒整体图像，但遗憾的是，格局宏观，能够对台湾现代散文批评做全面思考的立论，仍然鲜见。

(三)研究视野不够开阔

一是忽略了对文学生态的宏观性、整体性的研究，未能很好地将台湾当代散文批评置于互为联系的政治经济文化结构中加以关注。要讨论一个时代的文学，需综观政经环境对文学的影响与操控、背后交织罗列的现象，才能突显文学时代的意义，文学理论与批评同样不例外。当代台湾文化场域结构经历了剧烈改变，其间，经济面的资本主义、殖民主义和帝国主义，均对台湾文化造成冲击与影响，也对散文及其理论批评产生了深远影响，这些生态因素与散文批评的互动关系皆值得探讨。譬如在不同的历史时期，散文批评出现哪些不同的批评术语或观念；或者同一个批评术语或观念，在不同的历史语境中，它的内涵和外延都产生了哪些衍变，等等。目前，许多学者似乎尚停留在资料肯定、印证的阶段，而对这些现象做系统性、抽象性的分析讨论较为缺乏。

二是忽略了散文批评与其他文类理论或其他学科之间互动互联、交叉融合方面的研究。台湾散文理论在当下各种新锐文艺研究思潮中如何既保持学科特色，同时又积极建构开放性的对话场域，进而探寻散文批评在新的历史语境中的进化和拓展之路方面的探究不足。拥有更开阔的视野，将使散文批评获得更广阔的资源和更丰富的理论话语形态,这点对本就相对薄弱的散文批评尤为重要。

(四)缺乏对新批评话语的关注

20 世纪 80 年代以来,台湾社会历经"解严"和所谓"民主转型",呈现多元化、都市化、后工业化等特征,西方流行的各种理论思潮和批评方法纷纷涌入,对台湾文化场域产生了重要影响。台湾文化界开始大量译介西方理论批评著述,几位理论大师的相继访台在岛内掀起了一波波热潮。1987 年美国后现代主要批评家詹姆逊(Frederic Jameson)和伊哈布·哈桑(Ihab Hassan)相继来台讲学,对台湾建筑界、文艺界与学术界产生了强烈冲击。詹姆逊的《后现代主义与文化理论》中译本结集出版以后一年之内再印数次,标榜后现代和后结构批评的《台北评论》创刊,紧接着魔幻写实主义、女性主义、新马克思主义、后结构主义、后殖民主义、解构理论等种种西方文艺批评和思想流派的大量译介和讨论,不断促发台湾社会和文化论述的裂变。同一时期,《人间》《南方》《岛屿边缘》《台湾新文化》等新兴人文杂志发刊,成为当时知识传递交流和发言的通道。各种新锐理论活络了整个台湾知识文化圈,鲍德里亚(J. Baudrillard)、阿多诺(T. W. Adorno)、德里达(J. Derrida)各派理论大家的名号不但耳熟能详,一批新的批评术语,包括如意符、解构、颠覆、断裂、去中心、不确定性、作品互涉、众声喧哗等,开始成为知识分子的批评框架、分析视角以及彼此间的沟通用语。到了 20 世纪 90 年代,台湾文化领域包括文学批评研究呈现多元纷杂的面貌,诸如族群、家国、身份、性别、情欲、身体、离散、主体性等词汇广泛地成为文学研究及文化论述中的热门术语。除了各种标举族群身份、家国认同和历史经验的大论述之外，女性文学、同性恋/酷儿文学、生态环保文学及批评也分别从性别、情欲、自然等小叙述观点挑战既有书写模式和主流意识形态，其他如都市、饮食、旅行等多种主题也得到开发拓展。新马克思主义、新历史主义、后结构主义、女性主义、后现代主义、后殖民理论，伴随着消费社会与信息社会的形成而次第传播于台湾。"西潮"以一种极为快速、多面、流行（全球的论述同步）的席卷现象，冲击台湾社会，造成"众声喧哗"、多元声道的兴起。这三十多年来风起云涌的思潮与多元议题不断更新，文学场域自然置身其中，诸如性别论述、后现代后殖民、族群书写等"多元""异质"论述风头正劲。西方文学理论的引进，使得文学表现技巧更加多元。张瑞芬指出："散文此一文类，并没有脱离文坛互动成长的激流，而成为一个孤立区域，20世纪80年代以来，尤其已成为一种实验性、前卫性甚强的多元复合崭新文体，也成了现代文学领域的新挑战。"①

活泼的文学想象力总是能带动文学批评的酿造。多元思潮和西学理论流行，实施在不同场域收到不同的反应，这些被引介的思潮都有"在地化"的过程，也就是在台湾本土文化场域中扩散、生根、转化等过程。那么台湾散文批评如何响应现代性、后现代性、后殖民、全球化、结构主义、解构主义等一波波世界理论流行化的脚步，散文批评作为一种"话语"，它发出了什么声音？这是值得研究者关注的议题。囿于笔者

---

① 张瑞芬.台湾当代女性散文史论[M].台北：麦田出版社，2007：33.

能力，本书并无建构当代台湾散文批评体系之雄心，而是站在对现有研究缺失的反省上，立足当代，尝试以目前学术界关注较少，却能体现当代台湾散文批评的新方向和新维度的若干议题，"窥一斑而略知全貌"，去说明社会的变迁和时代思潮对于散文批评发展的影响。

综上所述，本书拟以"台湾当代散文批评新探索"为观测点，关注的焦点在于散文批评界对散文的概念界说，是否具有前进意识、批判或改革的力量出现，是否完成了文类秩序的重建。如果说当代台湾小说、现代诗的发展，能反映台湾社会与时代的变迁，而在后来风起云涌的台湾文学研究中逐步演变为以之为中心的文学史观，那么在台湾社会文化嬗变的过程中，作品量与接受度都比小说、现代诗高的散文，能不能在以小说、现代诗为中心的文学史观外，展现其相应于社会与时代演进的独特言说？台湾散文批评能否作为一个环节体现中国传统散文批评的延续？散文批评的新探索产生了哪些理论创获？这是本人在萌发上述研究动机时所思考的问题和主要研究任务。

第三节　研究路径

如前所述，本书拟站在对现有台湾当代散文批评研究缺失的反省上，立足当代，梳理台湾当代散文批评迭现的新方向和新维度。主要研究目标和内容如下：

第一，拾遗补阙。林燿德曾直言，散文创作者"沉默的宣言"和实践成就被忽视,说明台湾散文的问题在于散文言谈的匮乏以及理论批评的迟钝与滞后。挖掘、梳理未被关注的台湾重要作家、评论家关于散文的批评,包括台湾作家对散文创作的文本实验和理论探讨、散文观或散文创作观、台湾散文编选序跋、散文编选美学和散文"典律化"问题探讨、当代散文史书写与散文史观念等,这些都是当代散文批评的重要组成部分。本书拟围绕论述主题,挖掘被忽略或遗忘的重要批评资料,在历史资料与文本考察的基础上建立论述基础。

第二,系统阐述。针对以往研究的零散性,本书将在对台湾当代散文批评的总体概况、发展演变、取得的成就与贡献予以精心梳理、辩证分析和综合阐发的基础上,凝聚中心议题;同时,围绕论述主题,立足当代,在深广的社会历史背景中,对台湾当代散文批评涌现出的新的理论话题做整体系统性研究,以期展现台湾当代散文批评的历史连贯性及其阶段性、丰富性和多样性。

第三,问题探讨。沿着台湾当代的散文批评概况分析与深入思考,本书将梳理出若干批评主题,以理论问题为基本的逻辑框架展开论述。台湾当代散文批评涌现出的新的批评话语尚处于一种未完成的探索阶段,本书从基本问题出发,关注散文批评与外部社会时代的关系、文体在流变过程中内容的裂变等,将散文批评作为一个自身有生命的整体加以研究。本书将带着对这些问题的思考,爬梳台湾现代散文与现代语境、现代语言的复杂纠缠,以及散文批评与文本实践的同生共长。

在研究方法上,本书将广泛吸收古今中外优秀的理论资源,借鉴新的研究视角和方法,综合运用史料学、文体学、社会学、阐释学、政治学、文艺生态学等理论方法,消化融合,以归纳法分析文献材料。

第一,注意运用"整体性思维",将研究对象置于互为联系的结构中加以观照。以历时性和共时性兼备的"整合式的文学观"梳理台湾当代散文批评脉络。从台湾散文批评自身的空缺处着手,在以往的研究经验中发现其理论生长点,既注重站在历史高度、理论高度做整体性的宏观把握,又注重更具体、细致的微观研究,深入各理论内部分析,具体到对某些具体问题的辨析理解。

第二,重视互动关系研究。文学从来不是孤立存在的,散文批评与文化思潮、散文创作、学术观念等是互动关系;台湾散文批评与中国散文批评、文学理论,是部分与整体的互动关系;散文批评自身的传播与接受亦是如此。

第三,注重比较研究。对研究对象进行整体综合、纵横比较的研究,如古今比较、中外比较、理论家之间比较、理论家个人前后不同比较;尤其重视推动式、互动式的动态比较,而不是静态的、平面的比较。

第四,注重动态研究。研究中国当代散文批评绝不只是静态地进行,而应该"动态"地加以考察。散文批评虽然是文学理论建设的弱项,但中国是散文古国和大国,前人积累了内涵丰富的散文批评遗产,本书力图打破文学研究的古今壁垒和地域界限,将中国台湾地区散文批评置于中国散文批评发展演变的历史大背景中加以考察,注重分析它与古代文论、当代中西方文论及文化的渊源关系。

第四节　研究框架

　　本书聚焦当代台湾散文批评新探索的讨论，但限于篇幅与精力，势必无法全面性地处理这个领域的各个面向。因此，本书采取策略性的研究方法切入问题点。为了回应本书的问题意识，笔者着眼于台湾文学环境的巨大转折加以衡量，仅仅选择在台湾当代散文批评新探索中影响较大的观念或论题，在史料查阅选择的基础上，分别进行层层剥茧式的论述。对于这些散文观念的最初提出、内涵源流、理论视角、生发衍变等，予以细致的论析考梳，并进行对话，以期勾勒这些散文理论或观念各自内在的历史关联性，以及它们达到的蕴涵深度与创新品格。当然这并不是要对当代台湾散文批评进行一个完整的历史叙述，而只是一种"论述"。在有限的论述篇幅中，本书拣选特定的研究视角与讨论文本，达成最有效率的研究对话与建构工程。本书每一个章节之间并不是采取一种互为有机体的方式进行紧密的联结，而是都由特定的研究关怀所产生出的操作策略所建构。本书含绪论与结论，共六个章节，每一章探讨一个独立的主题，兹将各章列举概要说明如下：

　　绪论部分主要提出以台湾当代散文批评新探索作为研究论题的缘由，对台湾当代散文批评的总体概况、发展演变、取得的成就予以精心梳理、辩证分析和综合阐发，在此基础上凝聚中心议题，对研究范围、研究方法和研究框架等做出界定和说明。

第一章聚焦台湾当代散文"出位"说。台湾当代以来散文的频繁"出位"使得散文面临重新定义的挑战。散文"出位"说也引起了台湾散文界的争鸣,成为诸多散文批评中聚焦最多、争鸣时间最长的一个理论议题,三十多年来经多人引述,彼此附和者有之,相互颉颃者亦有之,不论各家理论主张如何,均各有所本。文随代变,散文理论无可避免地必须与时俱进,这是一项值得开发的议题。该章对台湾三十多年来散文"出位"的论说及发展作爬梳与检讨,借以探讨在台湾后现代语境和台湾散文的特殊生产情境下,如何论述散文的文类形式与精神。

第二章探讨"空间转向"视域下的散文批评。20世纪80年代,西方学术界发生"空间转向",各学科不同程度地经历了一场空间范式话语转型,空间问题也开始成为文学研究的热点,空间批评成为文学研究的重要范式之一。回顾台湾的现代散文创作,无论散文作家有意还是无意依循"空间意识"进行创作,都出现了许多有意无意的空间书写形态。特别是20世纪80年代以来各式各样散文题材的勃兴,如旅行文学、都市散文、自然书写和女性散文书写,都是与空间书写密切相关的文类。该章探讨台湾当代散文批评空间意识如何生成、台湾当代散文批评的空间维度如何构建,试图对台湾当代散文空间批评的生成与建构进行较为系统的理论梳理,探寻散文这一文体与空间相互生产之间的内在关联,揭露散文建构表征空间的内涵意蕴。

第三章论述台湾当代"杂语化"散文批评。20世纪80年代以后,台湾当代散文介入书写的新视野,彰显了相当鲜明的"台湾在场"意识,其中观照的层面,贯穿了自我、他者、自然与社会。在这样多重的关怀层面下,散文的书写便是一个不断地和纷杂的社会语境对话的过程,其表现形式也充满多样化的可能性。"散文必须以参与、介入社会为支点,方能由以官方政治意识形态为中心所发挥的'向心力'中解脱,其形式在 80 年代之后的解放,正呼应着台湾意识在某些程度上对于威权体制的反叛与离心。"①散文的介入书写,也使战后单一性的散文体式趋向多元,还原了散文的"本来面目",这也验证了台湾散文与社会政治之间纠缠难解的关系。该章主要探讨当代台湾散文批评对散文"介入书写"的观照,探讨台湾当代除了恒常建构的"诗化"散文之外,先隐后现的一条"杂语化"散文的发展脉络。对台湾当代"杂语化"散文批评进行理论的阐述,还原台湾当代"杂语化"散文发展的原貌,并以"诗化"和"杂语化"散文彼此渗透融汇、起伏消长探寻台湾当代散文批评发展的线索。

第四章以当代台湾散文史书写和散文史观的构建为论题。由于特殊的政治地理环境,台湾当代散文的源流演变和散文史观是当前台湾散文研究中备受关注而又特别重要的议题。随着台湾散文史研究的拓展和深度挖掘,散文史观便面临重新厘清和建构的可能。笔者认为,目前台湾无散文专史的局限,很大程度上在于未曾厘清的散文史观,这也是该章主要讨论的问题面向。

---

① 吴孟昌.八〇年代年度散文选作品中的台湾意识与杂语性[博士学位论文][D].台中:东海大学,2013:172.

结语部分总结前面各章的研究论点,阐明台湾当代散文批评取得的成绩和贡献,指出研究中尚待解决的问题。20 世纪 80 年代以前,台湾散文批评或停留在中国传统鉴赏性的评析,或陷入散文"文类"特性研究的窠臼趑趄不进,这个可视为台湾散文批评的固守。直到 80 年代以后,台湾散文研究才渐渐形成风潮。随着西潮/西学对台湾社会多元进程具有主导/启发/模仿/趋同等作用,台湾文学批评形成很大的转向,对当代散文创作、批评产生变革性的影响。学界对当代散文创作的实际批评在采用传统批评方式的同时,更有新领域的开拓和新风格的呈现。本书通过对台湾当代散文的"出位"之思,对台湾当代散文的空间批评、"杂语化"散文的批评和台湾当代散文史书写,以及散文史观的构建等四个台湾当代散文批评的新探索进行细致的论析考梳,并进行对话,展现台湾当代散文批评的历史连贯性及其阶段性、丰富性和多样性。最后要说明的是,台湾当代散文批评作为中国散文批评重要的组成部分,其具有自身独特的理论构建和批评言说的历史贡献和意义。

第一章　丸之走盘：

台湾当代散文"出位"之思

　　20 世纪 80 年代以来,台湾散文的创作实践与理论批评表现不凡,甚至一反"十分宁静"①的常态,占了诠释 80 年代台湾文学的先机。在诸多散文批评中,聚焦最多、争鸣时间最长的是散文"出位"说。"出位"并非专业的批评术语,《易·艮》曰:"君子以思不出其位。"古文中的"出位"是指超出自己的职位言事,现广泛用于时尚娱乐文化中,表示"行为出格"。将"出位"一词用于散文批评沿自台湾学者林央敏《散文出位》一文。林央敏将"出位"概念借来说明散文文体,指称的是现代散文在文体形式方面的突破,即散文的"破格"。关于散文的"破格",比较常见的说法还有"文类越界""文类跨越""文类融合""中间文类"等,这些称谓的功能不尽相同,有的是为了代表创作技巧(如林央敏的《散文出位》),有的是为了体现"辨体",有的则是为了指称现象。本章为了兼顾讨论的各种需要,统一将之归以"出位",泛指散文"破格"的跨文类现

---

　　①　郑明娳分析台湾现代散文理论批评,认为其乏善可陈,指出:"现代散文总是处于十分宁静的生态环境中——绝少参与论战,几乎没有风潮,更缺乏诸种艺术流派的辩证。"郑明娳.现代散文[M].台北:三民书局,1999:1.

象。散文"出位"说因触碰散文研究的传统棘手难题，即散文文类的问题，引起了台湾散文界的争鸣，三十多年来经多人引述，彼此附和者有之，相互颉颃者亦有之，不论各家理论主张如何，均各有所本。这些理论争鸣，探索当代台湾散文艺术变革，带来了散文精神和散文理论的新诠释。本章拟对台湾三十余年来散文"出位"的论说及发展作爬梳与检讨，在诸家言说的异同或交汇处辨析、质疑，引发对存在问题的深入思考，借以探讨在台湾后现代语境和台湾散文的特殊生产情境下，如何论述散文的文类形式与精神。

第一节　文无定位：
从散文"出位"与"虚位"之辩说起

　　1984 年，《文讯》第 14 期刊发当代散文专号，林央敏以"散文出位"为题，论述散文不守规矩，向小说、诗歌借鉴艺术手法：向诗歌出位，主要表现在"语言出位"和"意境出位"上；向小说出位，主要体现在"对白出位""情节出位"和"技巧出位"等。[①]此后，散文"出位"现象引起台湾散文批评界的关注。郑明娳以散文和诗或小说结合的"中间文类"谈散文出位，并在专著《现代散文》[②]中以专章论散文的出位。杨昌年在《现

---

　　① 林央敏.散文出位[M]//何寄澎.导论当代台湾文学评论大系：散文批评卷.台北：正中书局，1993：113–121.
　　② 郑明娳.现代散文[M].台北：三民书局，1999：371.

代散文新风貌》①中也认同郑明娳"散文的出位"的说法,并分出诗化散文、小说体散文、寓言体散文。20世纪90年代以来,大量关于新世代写作的评述中多以"跨文类"谈论散文文类"出位"现象,如所谓诗的意象、语言,小说的虚构、意识流等现代主义艺术手法在散文中的运用。王鼎钧以"越区行猎"形容散文的跨界出位……80年代以来,台湾散文"出位"频繁,已然为创作者和评论者所认知。

与"散文出位"说相颉颃的,是"散文虚位"说。林明昌以《散文虚位》辩驳指出林央敏的《散文出位》是先假设一个不存在的"传统散文观"——"'语言单调,意念比较直线的散文'为散文本分的散文观,从来不是史迁及陶王李诸人以至现代大多数散文家的散文观,万万称不上'传统的'散文观,只是刻意扎出的稻草人,只能算一虚位"②。林明昌逐一辩驳,论述有理有据,把林央敏的"散文出位"驳得支离破碎。

一般认为,台湾当代散文承袭"五四"文学传统,"五四"现代散文不仅是当代散文的源头和高峰,也是研究往后散文运行轨迹的标杆和参照系。但笔者认为,在散文这个特殊课题上,追溯到五四运动时期应为不够,应溯得更全面、更彻底。正如唐捐所说:"今天散文的若干问题和它的特殊地位(包含奖项、选集、课程及市场),都要摆在'我们的'系统中才会清楚。散文的理论资源就在里面,不能总是往当代或西方去找。"③我们知道,西方古典文学形式不以散文为文类,在西方传统中,

---

① 杨昌年.现代散文新风貌[M].台北:东大图书股份有限公司,1998.
② 林明昌.散文虚位[J].文学人,2008(16):64-65.
③ 唐捐.散文的逆袭[N].联合报,2013-6-20(D3).

谈论文学类型，有小说、诗、戏剧，不是小说、诗、戏剧的书写就算是散文。杨牧透过对中国和西方文化的比较来厘清散文在中国文学中所具有的特殊定位与价值，认为散文拥有与"西方价值"全然不同的"中国属性"，"散文之为文类，只有在中国文学传统中才看得出它显著的重要性"，"散文是中国文学中显著而重要的一种类型，地位远远超过其同类之于西方的文学传统"。①这也是为什么现代小说和现代诗取径于西方文学"快捷有效"地确立了自身的文体形式，散文却不无尴尬地在西方文论中"投靠无门"。而在"我们的系统"中，虽然"散文"一词是宋代才出现的，②但自古以来，古文书写早已呈现散文书写的文学艺术性与美感价值，其源远流长可追溯至先秦时代。"在中国，具有文学素质的正统散文来自先秦两汉时代两个大的系统：一为诸子文，大率兼有哲学及文学的特质；一为史传文，兼有历史及文学的特色。它们是基于哲学和历史的价值而被看重，却意外的，又成为日后文学的重要养料。"③

一般认为，我国古代历史上有过四次散文繁荣时期：先秦诸子散文和两汉史传散文、汉魏六朝的辞赋骈文，唐宋古文、明清小品，它们都深深影响后来的现代散文的发展。如五四散文以杂文（鲁迅为其代表）和小品文（周作人为其代表）为两大种类，两者都可以从"我们的系

① 杨牧.中国近代散文[M]// 何寄澎.当代台湾文学评论大系5——散文批评.台北：正中书局，1993：125.

② 张国俊在《散文概念的演变》一文中认为，散文之称最初见于南宋罗大经《鹤林玉露》卷二中记杨东山论文曰："诗骚妙天下，而散文颇觉琐碎。"另见于《鹤林玉露》卷六："四六特拘对耳，其立意措辞，贵浑浊有味，与散文同。"张国俊.散文概念的演变[M]// 中国艺术散文论稿.北京：中国社会科学出版社，2004：3-4.

③ 李素伯.小品文研究[M].北京：新中国书局.1932：28.

统"中找到它们的先驱——鲁迅推崇六朝文中嵇康、阮籍的沉郁愤激和明代小品不平、讽刺、攻击和破坏的一面,周作人则偏嗜六朝文中陶潜、颜之推的闲适平易和公安竟陵的抒写性灵。周作人主张白话散文可以上溯古文传统,"下有明朝,上有六朝",并主张五四散文从古典作品中吸收营养,因为中国文学一直有强大的散文传统。王世颖《龙山梦痕》引言说:"所谓新形式的散文小品,在我国简直不是新的东西,周秦诸子中,你尽可以读到他们从现实生活中得来的感想,你尽可以领略他们所亲切地看到的人生之片段……这种精美的画片,直到现在,还发着镭冶似的光芒,不但欧洲古代没有,即在现代也是少见的。"①散文当之无愧是我国古代文学的大宗,具有相当高的文体地位;我国古代文论也主要是散文理论,也有相当的理论积淀。追溯现代散文的源流,应该包含了中国古典散文、中国传统通俗文学(特别是白话小说)和外国散文。今天讨论散文,应该追本溯源,厘清相关问题,这是我们展开讨论的前提。

综观中国散文史,林央敏等所谓散文艺术手法"出位"的现象,正如林明昌所言,自古以来都是散文的天然属性、文体常态。比如司马迁的史传体散文有很多便是近于小说的,苏东坡前后《赤壁赋》虽为散赋也近乎诗歌,陶渊明的《桃花源记》本与诗同胎,还兼容了志怪小说的特色。即使到了五四时期,对于"散文"作为一种"新文学""现代文学"的文类,也具有相当多歧异、复杂的要求、规定与认知,"美文"仅是当中

---

① 李素伯.小品文研究[M].北京:新中国书局.1932:28-29.

一个讨论项目。即便是周作人的《美文》，他所指认的"美文"，亦"可以分出叙事与抒情"，且"很多两者夹杂的"①，也非限定仅能抒情。五四时期的现代散文观，其实远比台湾现代散文"抒情"加上"美文"双重限制下的"美文传统"要宽广得多。对于五四现代散文而言，鲁迅与周作人兄弟二人是两大备受尊崇的标杆，如郁达夫就称："中国现代散文的成绩，以鲁迅周作人两人的为最丰富最伟大"②，而鲁迅所提倡的"杂文"与周作人所书写的"小品文"，亦为五四散文指出了两条主要的发展道路。

但我们对"散文"的理解，无疑需要还原到具体的、历史的、特定的时间或领域中去。林央敏之"散文出位"论述虽不精细，有些论点甚至不攻自破，但在当时的背景下提出仍然具有重要的文学史意义。在台湾地区，由于二战后高抬了抒情美文的地位，赋予它纯粹、正统的光环，现代散文被建构等同于抒情美文而被窄化、僵化。正如张诵圣指出的，国民党"'政府'统御很大程度上是透过建构一种正面的、保守的、尊重传统道德的教化性'主导文化'……对文艺品味取向的特殊引导奠定了某一种女性文学发展的基础"，在这种时代背景下，抒情文类获得正统性，在文学场域中获得很大的发展空间。台湾散文圈也逐步向主流意识妥协，继承了以冰心、徐志摩、朱自清等为代表的抒情、写景、叙事美文，甚至形成了"冰心体"散文。1955年，"台湾省妇女写作协会"成立，培育了徐钟珮、张秀亚、琦君、艾雯等一批女作家，她们基本上都

---

① 周作人.美文[M]// 俞元桂.中国现代散文理论.南宁：广西人民出版社，1984：3.
② 郁达夫.中国新文学大系·散文二集导言[M]// 俞元桂.中国现代散文理论.南宁：广西人民出版社，1984：441.

是"冰心体"的继承者;同时她们又都是当时各报纸副刊的主要撰稿者。这些作者的文章长期大量地在副刊上刊登,成为年轻一辈作家在学习创作时模仿的对象。在后来很长一段时间里,台湾的散文几乎发展成带有女性特质的文类。久而久之,在抒情美文氛围下成长的散文,已被陈旧的格式套牢,不管世界文坛如何变化,散文总是以其"以不变应万变"之姿屹立不动,终究走在文体因循守旧的老路上。

这种以抒情为大宗的散文观一直到 20 世纪 80 年代初仍是主流观点。如林锡嘉在《七十年散文选》编者前言中首先提出"纯文学散文"一词,"对现实社会、生活百态批评与议论的所谓文章性的'杂文',以及表达思想观念的'论说文',它们已有另一番气象,我们也意识到它们逐渐走向各自独立的道路。因此,我们目前一般所谓的'散文',大家已都有了一个共同的意念,那就是文学性的纯散文"①。林锡嘉于其后的《七十一年散文选》和《七十四年散文选》中阐述了相同的概念。可以说,在经过"美文传统"的典律的拣择洗刷后,五四散文在战后台湾散文典律中仅被标榜出美文一支,以致在台湾现代散文的研究中,"五四散文"被局限成"五四美文"的代名词。王钰婷认为抒情美文是一种被20 世纪 50 年代女性散文家所发明的传统,其来源其实是五四传统的选择性传承,仅选择了五四文学当中不具攻击性和颠覆性的作品,而构成之后主流美学的基调。②杨昌年所谓的"现代散文新风貌"便是在

① 林锡嘉.七十一年散文选[M].台北:九歌出版社,1983:1-6.
② 王钰婷.抒情之承继,传统之演绎——五〇年代女性散文家美学风格及其策略运用[博士学位论文][D].台南:成功大学,2009.

"散文等同于抒情美文"的框架之下提出的。杨牧自己都不讳言："我对散文曾经十分厌倦，尤其厌倦自己已经创造了的那种形式和风格。我想，除非我能变，我便不再写散文了。"①向阳论述知性散文于战后在台湾被忽视，主要将之归于散文圈长期以感性散文为主流所造成的画地自限，这种自限，造成了散文文类的局限。②在这种背景下，林央敏提出"超越传统的散文观，而向其他文体伸手插足"的散文出位，③针对的就是二战后台湾散文写作数量丰盛但风格趋同单一的现象，其所谓"传统的散文观"是台湾战后高度体制化的"狭隘的散文观"（抒情散文主导的"纯散文"观），而非中国"传统的散文观"。20 世纪 80 年代以来，台湾散文的频繁"出位"，正是对台湾战后高度体制化的狭隘散文观的解放和创新。颜崑阳在总结 21 世纪初已蔚然成风的散文跨文类这一特点时，提出所谓散文"出位"现象是"文体归源"，而不是一般意义的"跨文类"，④认为所谓散文"出位"实则是散文"归位"。

要讨论散文的"出位""虚位"或"归位"，必然要回到散文的"本位"即"什么是散文"这一根本问题上。向阳认为："中国古典散文（古文辞）文类的确定，直到清朝桐城派的姚鼐编纂《古文辞类纂》之后才算完备。"⑤当五四新文学运动展开后，新文学作家们对现代散文的论辩也对"散文"这个文类的定义产生了相当不同的解释。清朝桐城派笔下的

————————————

① 杨牧.年轮[M].台北：洪范书店，1982：178.
②⑤ 向阳.被忽视者的重返：小论知性散文的时代意义[J].国文天地，1997（13）：77-99.
③ 林央敏.散文出位[J].文讯，1984（14）：58.
④ 颜崑阳.21 世纪台湾现代散文首途的景象[J].文讯，2009（280）：50-56.

"散文"和新文学家口中的"散文"早已名同实异,相差万里。就是五四时期的作家们心中的"散文"也有各种不同的界说和诠释。这也造成了"什么是散文"长久以来只有否定性的定义,而无一套约定俗成的文类标准。关于散文的定义是什么,叶圣陶在《关于散文写作》中提出:"除去小说、诗歌、戏剧之外,都是散文。"郑明娳的观点与之如出一辙:"我认为在中国现代文学的发展上,散文一直是个极为特殊的文类,经常处于一种'残留文类'的地位,也就是说,把小说、诗、戏剧等各种已具备完整要件的文类剔除之后,剩余下来的文学作品的总称,即为散文。"①陈平原也提出,"散文"与其说是一种独立的文类,不如说是除诗歌、小说、戏剧以外无限宽阔因而也就难以定义的文学领域。②黄锦树也提出类似看法:"作为一种文类,散文其实是以排除法来建构自身的(不是……,不是……)以寻找区分性差异。在现代文学系统内,它的位置在小说与诗之间"③,因此"散文作为文学体裁,总有几分可疑"④。正如雷蒙·威廉斯在《马克思主义与文学》中所言,在类似的习惯性术语运作中,"不仅术语的意思发生变化,而且术语本身的历史也影响着术语的现代用法"⑤。"散文"的概念,在不同年代与不同作者的界定过程中产生了不同的符号意涵。而现代散文经过一个世纪的生成发展,仍处于未完成的探索状态,至今"妾身未明"。现代散文尚无"定位",而试

① 郑明娳.现代散文纵横论[M].台北:大安出版社,1989:4.
② 陈平原.中国小说史[M].北京:北京大学出版社,2010:3.
③ 黄锦树.面具的奥妙:现代抒情散文的主体问题[J].中山人文学报,2015(1):33.
④ 同③32.
⑤ 向阳.被忽视者的重返:小论知性散文的时代意义[J].国文天地,1997(13):80.

图讨论散文"出位"，必然导致探讨焦点模糊不清，难以自圆其说，甚至出现前后矛盾。因此，与其在散文"出位""虚位"或"归位"之辩的窠臼里纠缠不休，倒不如腾出笔墨来着重挖掘 20 世纪 80 年代以来在台湾散文的特殊生产情境下，现代散文所呈现的独特的文类形式与精神。

第二节 文无定体：从跨 / 次文类到破文类

20 世纪 80 年代以来，台湾散文最重要的"出位"现象之一是"文类跨越"，并由形式问题延伸到美学意境等不同范畴。

所谓散文"跨文类"，有散文与其他文体艺术手法的交融。其中最典型的是"诗化"散文。诗人散文家"用诗歌的方式写作散文"是台湾当代散文的一个重要特色和优良传统。如 20 世纪 70 年代余光中的《听听那冷雨》、80 年代杨牧的《年轮》，可视为散文化的新式诗；到了 90 年代以后，台湾散文的试验性更强，从语言、内容到结构、题材，都与其他文类进行大幅度的融合，比如林燿德的后都市散文就具备了散文的形式、诗的思维和小说的叙述。这些诗化散文对古今中外诗歌因素的化用、融合，是现代散文在不同历史阶段发展和繁荣的一个明显标志。林燿德明确指出："追求现代性，一直是台湾现代散文发展过程中的一个巨大轴线。"①在台湾现代散文史上，"诗化"一直被视为散文"现代化"的必要程序。台湾散文的"诗化"与现代性追求可视为台湾当代散文发展的一条脉络。刘正忠曾指出，"诗化"几乎是汉语散文从传统到现代一贯的特质，只不过诗意从传统的"情调""意境""即兴""抒情"等，转换成受西方影响的"行动""冲突""象征""戏剧性"等现代情境，②"台湾战后至80年代以降的散文，似乎全不脱'诗化'格局，而所谓'诗化'也因此具有一种'永恒'的色彩"③。应该说，自60年代以来，散文与诗歌的缠绵辩证在台湾文坛经过了充分的讨论而形成了较为成熟的认知。当然，这种散文与诗歌的文体交融，并非80年代台湾散文的新生态，而是散文诞生以来始终不绝如缕的存在。

在中国文学史上，就有诗文有别但又互相融合的传统，散文的"诗化"是相当普遍的现象，因为历代文人一直深受"以诗为文"的创作理念的影响。张晓风就曾表示："诗与散文，三千年来实是中国文坛的一对丽人"，又说："到今天，现代诗和现代散文仍然恩爱逾恒。"④正因诗、文的关系如此紧密，所以今人在厘析其差异时，往往认为它们并非南辕北辙的两种文类，而是仅有细微的不同而已，所以散文自古以来就难以摆脱"诗化"的色彩。五四运动时期鲁迅的《野草》、朱自清的《匆

---

① 林燿德.传统之轴与前卫之轮——半世纪的台湾散文面目[J].联合文学,1995,11(12):148-157.

② 刘正忠.诗化散文新论:汉语性与现代性[G]// 郭懿雯.时代与世代:台湾现代散文学术研讨会论文集.台北:东吴大学中文系,2003:80.

③ 吴孟昌.八〇年代年度散文选作品中的台湾意识与杂语性[博士学位论文][D].台中:东海大学,2013:172.

④ 张晓风.散文,在中国[J]."中央"月刊,1980,13(5):105.

匆》，也可视为散文化的新式诗。当然，鲁迅、朱自清等人类似"变体散文"的出现可视为一种"不自觉的跨越"，而余光中、杨牧、林燿德等人的散文创作则是一种"自觉的跨越"。

早在 20 世纪 60 年代，在现代主义文学思潮涌动中，余光中就率先发出"剪掉散文的辫子"的变革呐喊。在《剪掉散文的辫子》一文中，余光中提出以"现代散文"对比于五四白话文的革命新呼声，提倡新的"现代散文"应兼具质料、密度与弹性的文字特征。余光中所谓的"弹性"，指对于各种文体、各种语气能够兼容并包的高度适应，在口语基础上，加入文言、欧化句法，甚至方言俚语的活泼运用。余光中从自身"诗人"创作主体出发，思索五四以来白话散文发展的局限，以"诗化"的中间形式将生动的语言文字、诗学、美学融入散文，填补身体经验与语言间的断裂状态，具有不可抹灭的文学意义。张秀亚在《创造散文的新风格》中强调：新的散文必须侧重"人类的意识流"，融入意识流小说的哲学基础；必须致力新词汇、新语法，这是侧重诗质的表现。"新的散文"须有知性取向，是一种"文字炼金术"。①刘正忠在《诗化散文新论：汉语性与现代性》一文中对此有细致且精辟的爬梳与阐述。他除了详述汉语散文的"历史诗学"，指出"诗化"乃古人视为理所当然的汉语散文现象与技巧之外，更指出每到文体变革的时刻，"诗化"往往成为突破陈规的重要凭借。尤其现代散文的形塑期，亦是汉语诗意"由古典向现代"转换的关键期，因此现代散文的"诗化"，就呈现在古典诗意（《诗

---

① 张秀亚.创造散文的新风格[M]//人生小景.台北：水芙蓉出版社，1981：1-2.

经》《离骚》以下的汉诗传统)转换为现代诗意(得自西方诗学,具有回应当代时空的新感性与新精神)之上。值得注意的是,刘氏对于"诗"的诠释,是立基于"持续建构的概念"之上,亦即随着时空的流动与转换,诗意、诗质或有所变易、更迭,然而散文的"诗化"则是始终如一的。正因如此,他在看待台湾 20 世纪七八十年代以来的现代诗文时,便认为"广义的诗化"是更多散文家突破格套的重要手段。英国诗人柯立基曾形容散文为"一切文体之根",因为小说、戏剧、批评等都脱离不了散文;诗则为"一切文体之花",因为它赋予一切文体气韵,是艺术达到高潮时呼之欲出的那种感觉。①黑格尔说:"诗适合美的一切类型,贯穿到一切类型里去。"诗歌是最典型的包蕴深刻思想的语言形式。由此观之,诗歌是一切艺术的灵魂。

除了诗歌,散文还与其他文体相交融。杨牧在《散文的创作与欣赏》中提出"文学繁复,全靠表现手法推陈出新"②,所以他说:"散文何不试探小说、诗和戏剧所惯于处理的体裁呢?"③琦君也曾提出:"要想把散文写好,要想一篇散文产生吸引人非读下去不可的魅力,我认为必须具备两种条件。其一要涵泳诗的气质,也就是说,要有诗的韵味、诗的精简、诗的含蓄美;其二要有小说戏剧鲜明的形象化、立体感。"④而后,林央敏率先使用了"散文出位"一词,指出散文企图超越传统的

---

① 余光中.分水岭上[M].台北:九歌出版社,2009:275-276.
② 杨牧.文学的源流·散文的创作与欣赏[M].台北:洪范书店,1984:84.
③ 同②79.
④ 琦君.灯景旧情怀[M].台北:洪范书店,1983:3.

散文观,而向其他文体伸足插手的现象,便是借此衍生而来。郑明娳对散文"出位"说着墨最多。她在《现代散文类型论》一书中提出了"中间文类"之说,她认为:"散文家对于其他文类的基本形式,可以完全不理会,但也可以参酌选用。散文是'水性'的,完全看作者放它在怎样的框架之中,作家有绝大的发挥余地,所以有人试图将散文出位,而吸收其他文类的优点,成为一种更具'弹性'的文体"①,并进一步阐释道:"这种诗与散文结合、小说与散文结合、寓言与散文结合等等的现象及作品,与其说是无法归类的文章,倒不如说是作者突破传统文类新的尝试,也因此产生了新的文类。"②之后,她在《八十年代台湾散文现象》一文中提出"文类的整合融汇"之说,并在《现代散文》中专章论散文的出位,提出"各种艺术手法互相渗透使文类出位已经是一个既成的事实,小说和电影的叙述手法有共通之处,电影蒙太奇手法运用于文学,而今,还有'诗质电影'。在各种文类中,散文为文类之母,比其他文类更具有边缘性及包容性,所以它出位的可能及机会都最大,我们不能不正视"③。郑明娳在接受李瑞腾专访时说道:"在我的观念中,散文是母亲,她生出了小说和诗,小说和诗发展出自己的体系后,脱离了母亲,又怎能说她们彼此之间没有关系? 所以小说中也有散文的技巧,散文也可应用到小说的技巧,文类之间其实是环环相扣的。"20 世纪 80 年代以来,文体之间艺术表现手法的相互交融已然成为台湾散文家的共

---

① 郑明娳.现代散文类型论[M].台北:大安出版社,2007:28.
② 郑明娳.现代散文类型论[M].台北:大安出版社,2001:297-298.
③ 郑明娳.现代散文的出位[M]// 郑明娳.现代散文.台北:三民书局,1999:371.

识。不过,针对上述"跨文类"现象,颜崑阳曾以较大的篇幅探讨了"文类"与"文体"二词相互依存与混用的情形,认为一般人所谓"跨文类"之说,大多指在散文的写作中掺入"小说的叙事"或"诗的意向"等文类的内容,这其实是"体"的越界,而非"类"的跨越。况且,"叙事"与"意向"原是各文类界域间的交集,并非小说与诗所专有,因此主张所谓"跨文类"现象不过是"在概念上先过度规格化地界定文类,然后再去量度那些不符规格的作品,而说他们越界了"①。颜崑阳的主张在相当程度上建构了文类界域的概念。

除了产生不同文体之间艺术手法的交融和相互影响的"跨文类"现象,散文也和非文学类的其他领域融合,催生了新的文类,即"次文类"。如散文与新闻学交融产生的报导文学、与历史学结合产生的传记文学等。当然,最典型的"次文类"是类型散文的盛况空前。简媜在编选《八十一年散文选》时提出"类型化"一词,并指出多元化、全方位发展的社会提供了不同类型散文建立的可能性,"作家有意识地寻找自己的焦点题材做计划性的深层耕耘,为自己进行定位与塑性"。② 20 世纪80 年代以来,台湾散文以类型聚集的方式,适应时代的剧烈变革,与其他领域融合,自然书写、饮食散文、宗教散文、运动散文、旅行散文、园艺散文等以散文为主干支出的次文类散文开枝散叶,蔚成荣景。何寄澎在《当代台湾散文的蜕变:以八〇、九〇年代为焦点的考察》一文中指出,台湾八九十年代散文的特点,除了跨越文类表现外,尚有次文类

---

① 颜崑阳.现代散文长河中的一段风景[M]//九十二年散文选.台北:九歌出版社,2004:20.
② 简媜.繁茂的庭园——编后记[M]//简媜.八十一年散文选.台北:九歌出版社,1993:392.

交融之变："所谓'次文类交融'，乃借用'文化/次文化'之观念，强调在'文类'的概念下，已独特发展的'次文类'间彼此跨越交融的现象。举例言之，都市散文、自然写作、性别书写、专业散文以及少数民族散文等，俱为台湾八九十年代散文此一文类中独特发展的次文类，作家以之为书写内涵与主题时，往往跨越其本然之属性而与他者互涉。"①钟怡雯认为，这般"主题式"的散文创作不仅展示作者的经营能力，同时也预示"主题散文"将是散文创作可供开展的面向。②张瑞芬指出："九〇年代以降，散文书写的专业取向，反而成为不可忽视的主流……写作者依据自我的专业领域与关注焦点，在长期的经营不辍之下，自然而然形成的写作倾向与路数。"③类型写作的深化已成一种趋势，如廖鸿基的海洋书写、陈冠学的田园书写、夏曼·蓝波安的少数民族书写、阿盛与吴晟的乡土散文书写、刘克襄与王家祥的自然生态书写、吕正惠与马世芳的音乐散文书写、张小虹与王浩威的性别书写，由此我们可见专业分化的纵深成果，既含有主观体验及客观知识，也有精深的美学基底，长期经营累积了系列性的作品，这对于散文的多样化有正面的意义。痖弦在为年轻诗人罗任玲的散文集《光之留颜》作序时谈道："这一代的散文家所进行的试验，还不仅在语言，连内容、结构、题

---

① 何寄澎.当代台湾散文的蜕变：以八〇、九〇年代为焦点的考察[G]// 何寄澎.文化·认同·社会变迁：战后五十年台湾文学国际学术研讨会论文集.台北：台湾大学出版社，2000：28-29.

② 钟怡雯.散文巡航——八十八年散文出版概况[M]// 焦桐.八十八年散文选.台北：九歌出版社，2000：390.

③ 张瑞芬.散文的下一轮太平盛世——二〇〇〇—二〇〇四年台湾散文现象[M]// 狩猎月光——当代文学及散文论评.台北：联合文学出版社，2007：264.

材也与其他文类进行大幅度的融合：与诗结合，成为散文诗或诗意的散文；与小说融合，成为故事性的散文；与批评融合，成为时论方块（杂文）或文化评论；与知识融合，成为科学小品；与新闻融合，成为报导文学。这种大融合的现象，使散文与其他文类的界限趋于模糊，散文的内涵因此而更加丰富，传统散文的定义已经无法诠释今日新散文的形式与内容，这种发展，就文学类型互动、互补的观点来看，是非常具有建设性的。"①

何寄澎针对这种文类跨越与次文类交融的现象，提出了具有前瞻性的省思："一是文类跨越与次文类交融反映的是散文文体界线的泯除以及体式的解构；它们代表了散文作者在技巧上追求更新、在形式上追求更美，在内涵上、主题上亦务求更深更广的企图与实践；它们似乎成为台湾散文在跨世纪的前夕，正逐渐迈向成熟兼美的指标。但另一方面，文类不断跨越，愈演愈烈，是否将增添作品的艰难，演变成表现方式的卖弄？而次文类的交融若无休无止，是否又造成主题的离散与焦点的模糊，并且加速同一题材发展空间的局促困窘？而主题意识太强，是否又显示另一种'载道'浓厚的创作观，因之可能妨碍了作品应有的艺术性？"② 20 世纪 90 年代末至 21 世纪初，在"在全球化的解构风潮和去中心议题下，边缘成为主流，多元化书写愈加普遍，饮食不

---

① 痖弦.融合与再造——罗任玲散文中的新消息[M]// 罗任玲.光之留颜.台北：麦田出版社，1994：7.

② 何寄澎.当代台湾散文的蜕变：以八〇、九〇年代为焦点的考察[G]// 何寄澎.文化·认同·社会变迁：战后五十年台湾文学国际学术研讨会论文集.台北：台湾大学出版社，2000：28-29.

再谈饮食，正如旅游书不再只是谈旅游"①。钟怡雯编选《一〇〇年散文选》时提到："今年的散文选非常特别，几乎无法以主题归类。即便勉强分类，旅行、饮食和怀旧这三大类型也都有了混杂跨界的风貌，跟前几年清晰可辨、单一主题式的写法相去甚远。"②跨越单一主题、糅合多种题材，成为 21 世纪写作者尝试的写作模式，展现了文学创作的多重性与广度。这种次文类跨越的现象，固然产生了不少令人惊艳的作品，却也蕴含了另一种可能的隐忧。次文类跨越代表散文在跨世纪的前夕对于写实与抒情框架的挣脱，一方面反映了作者对文学本质与功能传统观点的扬弃，但另一方面"框架"的拆解是否反而会造成作品旨意的模糊、主题的失焦、形构的失序，以及资料堆垛、知性太强、主观色彩太重、感染力太弱等弊端？③

林燿德则提出"破文类"说，主张散文突破文类界限。在《传统之轴与前卫之轮——半世纪的台湾散文面目》一文中，林燿德开宗明义表明他的"破文类"观："'破文类'意即打破各文类的固有界域，互相借取彼此之长以补原来之短，小说的虚构、诗的跳跃、戏剧的张力无不可以渗入散文创作思维，使得散文的文类框限和'刻板印象'得以解除魔咒。"④

---

① 张瑞芬.散文的下一轮太平盛世——二〇〇〇—二〇〇四年台湾散文现象[M]// 狩猎月光——当代文学及散文论评.台北：联合文学出版社,2007:265.

② 钟怡雯.一〇〇年散文选序[M].台北：九歌出版社,2012:16.

③ 何寄澎.当代台湾散文的蜕变：以八〇、九〇年代为焦点的考察[G]// 何寄澎.文化、认同、社会变迁：战后五十年台湾文学国际学术研讨会论文集,台北：台湾大学出版社,2000:32.

④ 林燿德.传统之轴与前卫之轮——半世纪的台湾散文面目[J].联合文学,1995,11(12):148-157.后收入杨宗翰.新世代星空：林燿德佚文选Ⅰ——批评卷.台北：华文网,2001:196-213.

林燿德刻意突破文类界限,试图将自传叙述、诗的语言、小说的结构全部错综地交织在同一个完整的文本之内,产生兼具多方特色的作品,并称自己的散文,可以是散文、诗歌或是小说。他的散文兼采众体,有对话体、寓言体、语录体等。如《未知次元的门》采用的是寓言体,用象征手法描述了一个独立空间通向未知的门。门是人类心灵世界自我隔绝、自我封闭的具体表征,同时预示着都市文明发展的困局。《城》采用语录体,运用边缘化、零散化、游牧化的言说思维,表现了都市生活的错综复杂、难以挣脱的种种现实。《绿屋酒吧》采用对话体,既具小说的情节感,又显示了诗歌语言的机智隽永。林燿德的"破文类"说与阿盛所主张的"文学无派别""文学作品都不须刻意分体"①的看法十分相似。20 世纪 80 年代的新世代作家,除林燿德外,林彧、杜十三等作家也刻意模糊文类的界限,结合小说、新诗与戏剧,进行寓言化的知性散文创作,使散文有了更新的面貌。一批有志于变革散文的旧时代作家也不甘落后,在散文"破文类"写作方面亦有开花结果。如王鼎钧在《左心房漩涡》②展示了散文摆脱旧形式的各种身姿,《明灭》等篇的魔幻写实手法更与新世代小说家大量进行魔幻写实试验的手法相当。又如杨牧的《年轮》③刻意整合文类,没有主题,没有方向,吸收多方艺术手法,诗与散文结构交织,创造出大胆且崭新的文类形式。从创作技巧而言,王

---

① 阿盛.让我们用彼此的心取暖——海峡散文,一九八七年度选序[M]//阿盛.海峡散文 1987 年度代表作.台北:前卫出版社,1988:6.

② 王鼎钧.左心房漩涡[M].台北:尔雅出版社,1988.

③ 杨牧.年轮[M].台北:洪范书店,1982.《年轮》一书最早于 1976 年由四季出版公司出版。

国维在《人间词话》中指出："盖文体通行既久，染指遂多，自成习套。豪杰之士，亦难于其中自出新意，故遁而作他体，以自解脱。""文体代变"是文类发展之必然。大量的西方思潮、文学理论与技巧的传入，令创作者大开眼界，而创作讲究创新、追求独特，创作者们以书写技艺大展身手，或因某议题引起互相竞写而形成一时流行，精彩纷呈。这些实验性的创作技艺并非标新立异，而是为了尝试打破内容、意义、指涉等形式上的束缚，突破固有的美学以作为对僵化的抗拒。这些新老作家对散文"破文类"的提倡躬行，于 20 世纪 80 年代是前瞻者，于当代则更具有启发作用。美国文论家纽曼（Charles Newman）直言："后现代的写作模式是一种无体裁的写作。"①当然，必须强调的是，去文类的现象在文学发展历程中其来有自，并非直接肇始于后现代理论，只是其反中心、反结构、反秩序的特质恰恰符合了后现代语境。散发着后现代气息的散文去文类观，与后现代思想结合，也更能突显文学史意义。

散文从跨文类、次文类到破文类的走向，是呼应克罗齐回归作品的提议。克罗齐有一段著名评论："每一个真正的艺术作品都破坏了某一种已成的种类，推翻了批评家们的观念，批评家们于是不得不把那些种类加以扩充，以至于到最后连那些扩充的种类还是太窄，由于新的艺术作品出现，不免又有新的笑话、新的推翻和新的扩充跟着来。"②克罗齐一贯反对分类，所以用嘲讽戏谑的口吻论述分类的不合理性。

---

① 王岳川.后现代主义文化研究［M］.台北：淑馨出版社，1993：296.
② ［意］克罗齐.美学原理：美学纲要［M］.朱光潜译.北京：外国文学出版社，1983：45.

克罗齐的确揭示了一个重点,即每件作品的独特性。"破文类"其实就是"去文类",不再利用类别作为探索文学作品的捷径,而是把每篇作品均视为独一无二的个体,即阿盛所主张的"文学无派别""文学作品都不须刻意分体"①。当然,去文类,也有可能是另一个走向,即优秀的新作品逐渐出现摹本,类似的作品一多,便形成新成规与新系统。那么所谓的"去",则是"去"旧文类,借助散文这个自由天地的汇合、交流、重组而孕育、催生新的文类。2015年台湾第二届联合报文学大奖就创生了一个新的文类名称——"非非小说类",这是当下台湾时空下产生的特殊文类。正如简媜的观察:"我想,我们没有办法再要求泾渭分明了,创作行业诡奇之处,在于作者的笔总是带刀带剑,不断劈开新的可能。假使把文类比喻成作品的性别,我们显然必须接受双性、三性的存在了。"②新文类的创生,虽然破坏了传统的文类结构,扰乱了旧秩序,却也迫使文学展现出更好的弹性,以适应迅速变迁的新时代。散文包容和超越于其他文类而具有"文类之母"的地位,它原本就是文学的创造性土壤,不仅有拆解文类的本领,更有孕育新体的功能,这是散文区别于其他文类的本质特性——散文性。

各种领域(文学/非文学)都可以在散文的领域内交流、重组,使得现代散文在跨文类上产生了比诗和小说更加驳杂歧异的现象。这以散文的分类为例便可见一斑,台湾地区为散文分类并描述其类型特质的

---

① 阿盛.让我们用彼此的心取暖——海峡散文,一九八七年度选序[M]//阿盛.海峡散文1987年度代表作.台北:前卫出版社,1988:6.
② 简媜.八十四年散文选[M].台北:九歌出版社,1996:263.

人不在少数且观点各异。其中有些照搬西方散文的分类法，如董崇选讨论西洋散文的七种分类法（时间时代、空间地方、文笔功能、文章内容、作品用途、写作风格及文类）①，却始终没有提出什么是较适当的分类法。罗青、杨牧、曾昭旭、余光中等人也都尝试过散文的分类。罗青论小品文时把它分为纯说理或叙事的、纯抒情的、偏重说理或叙事的、偏重抒情的、说理叙事和抒情并重的五类②；曾昭旭将散文分为抒情散文、叙事散文、论理散文三类③；杨牧将现代散文分为小品、记述、寓言、抒情、议论、说理、杂文七类④。余光中则分散文为广、狭两义，狭义专指个人抒情言志的小品文，广义则"凡韵文不到之处，都是它的领土"；又依"功能"将散文分为抒情、说理、表意、叙事、写景、状物六类。⑤郑明娳将散文按类型分为"散文的主要类型"与"特殊结构类型"，前者下分情趣小品、哲理小品、杂文三类；后者下分日记、书信、序跋、游记、传知散文（科普类散文）、报导文学、传记文学七类。⑥罗青则是从散文说理、抒情、叙事的大方向进行分类，曾昭旭则是针对散文的功能观点分类，杨牧的分类已经掺杂了形式和结构的意义以及功能的观点。余光中则首先将散文分为广义散文和狭义散文，他对广义散文的界定过于空泛，

　　① 董崇选.西洋散文的分类法[M]// 董崇选.西洋散文的面貌.台北："中央"文物供应社,1983:23-45.
　　② 罗青.论小品文[J].中外文学,1977(61):222.
　　③ 曾昭旭.谈散文的分类及杂文[J].文讯,1984(14):61.
　　④ 杨牧.中国近代散文[M]// 文学的源流.台北:洪范书店,1984:55.
　　⑤ 余光中.联副三十年文学大系[M].联合报社.1981:33.
　　⑥ 郑明娳.总论[M]// 郑明娳.现代散文类型论.台北:大安出版社,1987:33.

对狭义散文的定义又太过局限。至于其他分类，以功能观点作为分类的依据，完全把形式和结构摒除在外。

沃伦认为，所谓分类，旨在借用抽象的类名，明确事物的统属，意在确立典型，以提供认识事物的参考。当然，抽象的类名只是一套人为的参考构架，不能等同于具体的事物，在各类典型之间还有千千万万种事物，要靠着将它们放进某一参考架构中加以比对，以找出它们的相关位置，才能得出对它们的一些抽象认识。如果某一参考架构设计不良，不能便捷地帮助我们斟酌出具体事物的恰当位置，我们也不应忘记人有反省乃至放弃旧系统而罗列眼前的事物予以重新分类的权利。①托多洛夫指出，文本的持续增添迫使文类开放自己的外延，因而它的内涵亦将不断修订，所以体裁的划分永远是历史的划分。托多洛夫的观点继承了歌德做出的"历史性文类"和"理论性文类"划分的观点。前者可以通过文学史事实加以经验的描述，后者则可以在前者基础上进行相应的理论抽象。这样无疑就造成了"理论性文类"对于"历史性文类"的不断追逐，而文类的数量则在这种追逐中不断增殖。②郑明娳强调散文类型是流动的，随时可能因"作家的实践"而扩充或收缩，也可能因"时势的影响"而创新变化。③

故而，随着社会的发展变化和散文新样貌的不断开启，必然带来散文分类模式的不断发展变化。杨昌年将现代散文归纳为诗化、意识

---

① ［美］韦勒克·沃伦.文学理论［M］.刘象愚等译.上海：上海三联书店，1984：257.

② 南帆.文类与散文［J］.文学评论.1997（4）：93-97.

③ 郑明娳.总论［M］//郑明娳.现代散文类型论.台北：大安出版社，1987：41.

流、寓言体、糅合式、连缀体、新酿式、静观体、手记式、小说体、译述、论评十一种新风貌，修订版多出"超现实散文"，增为十二种。①郑明娴在《当代台湾散文现象观测》一文中认为，意识形态的多元呈现，可依其主题分为山林/乡土散文、生态环保散文、政治散文、私散文四种类型。②张堂锜大致认同郑明娴的观点，在《现代散文的新趋向》一文中，他提出不同文体交融的新尝试——诗化散文、小说体、寓言体散文说法，以及多元题材开发的新风貌，共计环保、山林、都市、旅游、运动、女性、佛理、族群八类。③洪富连主张以"主题"（题材）作为散文的分类依据，他将散文分为八大类：人生历程、生活美学、感情世界、精神修造、人文景观、自然景观、四季风光、万物宝藏。④何寄澎试图突破文学理论中的类型架构和以上文类划分方式，而以台湾实际散文作品内容归类，将20世纪八九十年代散文体式按内涵分类为性别书写、专业散文、少数民族散文、旅行散文、都市散文、自然写作六种体式。⑤上述学者对现代散文所做的分类，一方面是对台湾当代散文定义与类型的总归纳，另一方面也是台湾当代散文文类的总呈现。由于对散文分类的依据和标准不一，加之"现代散文"理论系统还不够严密，各家对"现代散文"的认知与解释不同，各家分类差异性颇大。其实游唤早就指出，这种属于散

① 杨昌年.现代散文新风貌[M].台北:东大图书股份有限公司,1998.

② 郑明娴.当代台湾散文现象观测[M]// 郑明娴.世纪末偏航.台北:时报文化出版,1990.

③ 张堂锜.现代散文的新趋向[M]// 张堂锜.现代文学.台北:空大出版社,1997:1.

④ 洪富连.当代主题散文研究[M].高雄:复文图书出版社,1998:3.

⑤ 何寄澎.台湾散文体式变化之研究——以八〇、九〇年代为对象的考察:Item246246/4253[R].台北:台湾大学中国文学系暨研究所,2006.

文内分类的分法,无法进行"真正"的规范,而关于分类的研究也是无止境的,"有了后设散文后,紧接着又有都市散文、太空散文、地球散文,这种类型是无可规范的……"①从某种意义上说,台湾散文分类的斑驳杂异,正说明了文学本身不可归类的事实,以及分类终属徒然的本质。

20 世纪 80 年代以来,台湾散文从"跨/次文类"到"破文类",一方面是属于文学内部艺术规律发展的必然性,另一方面则基于作家本身的自觉和社会环境的变迁。散文文类范畴的"出位",是台湾当代散文文类范畴的再扩大与再跨越,这不仅是散文艺术性的突破,也是当代台湾散文时代性与社会性强化的表现。巴赫金认为,文类的存在不可能和社会相互隔绝,观众、读者都将代表社会参与文类的兴衰起伏。文类乃是社会历史与语言历史的交叉地。②在我国,"骚盛于楚,衰于汉,而亡于魏;赋盛于汉,衰于魏,而亡于唐"③,就是文类与时代息息相关的绝佳例证,现代散文最典型的小品文与杂文也是例证。简媜认为:"散文比其他文类拥有较广阔的腹地,涵摄现代社会每一寸肌理的变化。"④台湾抒情散文之所以在战后台湾文坛纵横数十年不衰并非偶然,而是台湾社会文化乃至教育领域由上而下扶掖而护翼的结果。20 世纪 80 年代以来,随着台湾政治逐步走向开放,加之社会运动勃兴,

① 杨锦郁."当代文学问题讨论会"之五[J].文讯,1987(32):148.
② [苏联]巴赫金.文类与散文[J].文学评论,1997(4):91.
③ 胡应麟.诗薮[M].台北:广文出版社,1973:40.
④ 张堂锜.跨越边界——现代散文的裂变与演化[J].文讯,1999(167):48.

社会多元化、全方位发展，散文"散"（自由、开放、多维度、多面向，不拘泥于格式、套法）的先天本质得以充分发挥。散文家逐渐走出自我，与社会展开对话，启动了散文创作题材与手法的初步解放。到了90年代，台湾文化场域结构改变更为剧烈，其间，经济面的资本主义、殖民主义和帝国主义，均在对台湾文化造成冲击与影响。吴孟昌分析90年代的台湾散文现象，指出有三个现象值得探讨：一是类型化的深耕，二是散文边界的模糊化，三是文艺腔的消退。①吴孟昌以巴赫金提出的"话语"概念，从文学与社会的互动关系，指陈90年代后的台湾散文，在政治的解严及社会的民主化、自由化等背景下，已然挣脱二战后附和官方意识形态而形成的"纯"散文框架，逆反封闭、个人的"诗话语"倾向，而大步朝向与社会对话，并对纷杂的社会语境具有敏锐觉知的"散文化"方向前进。吴孟昌并指出："散文家的书写趋向于在众声喧哗的社会语境中'发声'，'发声'位置的确立导致类型化书写的成形，而边界的模糊化与文艺腔的消退，则更突显'散'的本色，也回应了后解严时代的来临。"②解严之后，抒情美文独尊"性灵"的这一脉虽没有因此绝迹，但面对一个开阔却又纷杂的时代的来临，散文显然有更多值得关怀、开拓的面向，其题材与形式自也缤纷、多元，类型化的主题散文也蔚然成风。

　　与其他文类相比，散文是最"无体"的文类，其体式千变万化，全无

---

① 吴孟昌.后现代之外：九〇年代台湾散文现象析论[J].东海中文学报，2014(27)：195.
② 同②212–213.

定法。回溯散文在中国文学史上的发展历程，它本来就涵盖许多表现形式与主题内容。清代姚鼐编纂《古文辞类纂》所选古文分为论辨、序跋、奏议、书说、赠序、诏令、传状、碑志、杂记、箴铭、颂赞、辞赋、哀祭十三类，这十三类中虽然排除了经子、史部纪传志，但连奏议、诏令、传状、碑志等含有政治权力意味的官方文书也列入了，足见中国古代散文文类的丰饶。文随代变，每一次社会变革都会给散文带来一次革新，而每一次革新都是对散文文学史价值与地位的重新确立与突破。

第三节　文心凋零：从真实到虚构的破界

20 世纪 80 年代以来，当"写真实"这一散文观念成为大陆散文界主导性和权威性的观念时，台湾散文界对散文真实论已是疑声渐起。张秀亚在《创作散文的新风格》中强调了虚构作为散文艺术应有手段的重要性。郑明娳在《现代散文》中批评了流行于两岸的散文真实观，并专节论述散文艺术创作手法上的"虚构"之美。到了 90 年代，"虚构"的新散文观更加凸显，处于打破界限的临界点。世纪之交，台湾新世代作家更是集体自觉为散文虚构正名。钟怡雯于《天下散文选》自序中写道："我们相信散文的'真实'，习惯在散文里寻找作家的身影和生活，并要求散文家必须与读者坦诚相对，在某种程度上，也满足了读者借阅读以偷窥的愉悦。正是这种特质，使它与理论较远，与真实较近。虽然如此，散文应视为生活的折射，而非反射，因为经验和事件必须再加以处理——无论是哪一种技巧——绝不能以流水账的形式来记录。……当散文作者虚构的时候，我们还能信守散文是真实的阅读契约吗？这当中必须厘清的是真实（real）和现实（reality）的不同。我们说的真实，是指当下叙述的真实，从创作者的角度来看，散文是真实的，但它不是现实的，所以不是现实的反映，只是从创作者的角度来看，散文是真实的这个认知，其实反而更方便创作者虚构。"①钟怡雯指出，散文虽然能够呈现作家的真实生命，然而其中的真实并非照本宣科的流水账，散文是经过作家对于事件及情感的内化后，再以文学方式表现的作品。②张瑞芬在分析 2000—2004 年台湾散文现象时说道："后现代思维越界成习的现在，散文连'非虚构文类'——'尽可能表现历史真实或客观真实'这项异于诗、小说的特质，都遭受了空前的质疑与挑战……'有我为本''文字上的真诚'这些散文特质可能都必须重新定义了。"③然而正如简媜所说："当旧媒体仍执着于散文小说的分野时，网络那儿已出现了人面兽身。时至今日，'跨越边界'既成习见的事实，文类的越位，虚构/纪实的辩证，逐渐都随着世纪末的远扬而波涛止息。"④散文作为文学，虚构/想象是散文的文学性本质已成共识，然而散文"虚构/纪实"的辩证并没有如张瑞芬所说——"波涛止息"。关于散文"真实与虚构"的争论仍持久不衰，辩诘的焦点在于散文究竟可以"虚构"到什么

---

①②　钟怡雯.序·天下散文选[M]//钟怡雯,陈大为.天下散文选Ⅰ.台北:天下远见,2001:6.

③　张瑞芬.台湾当代女性散文史论[M].台北:麦田出版社,2007:10.

④　张瑞芬.散文的下一轮太平盛世——二〇〇〇—二〇〇四年台湾散文现象[M]//狩猎月光——当代文学及散文论评.台北:联合文学出版社,2007:263-264.

程度,它的底线究竟在哪里? 主要有两种代表性的观点:第一种观点认为散文的虚构是"有限制"的,须坚守情感的真挚和"有我"的主体真实;第二种观点则认为散文的虚构没有明确的底线,即使是"主体"真实也不应作为一种限制。

多数提倡散文可"虚构"的批评家坚持第一种观点。"真情实感论"一度是散文理论界影响最大的代表观点,连中国大百科全书散文条都采用了这个说法。《周易·文言》"修辞立其诚"一语一直被视为现代散文的文类依据和文类核心。1927 年,鲁迅发表了其散文批评经典之作《怎么写》,核心就是论述散文要以抒写真情实感为第一生命,提出了散文的重要审美命题:散文"幻灭之来,多不在假中见真,而在真中见假"①。传统的散文批评,强调散文写作的第一个重要条件,就是情感的真实。季薇认为:"散文的创作,特别需要真实而健康的感情,如果一篇散文,在表面看起来,似乎是热情洋溢,但是仔细研究起来,发现它是'因文造情',那么,这篇文章是死的。"②叶维廉也指出:"散文,起码在中国的传统里,完全要真人真事,不可虚构;起码在表达的姿态上,必然要坚守",散文当然也有虚构的技法,比如化身代言就很常见,但"他必须给读者一个印象,他讲的故事是千真万确的,他的文字必须有这样的魔力才可以成为艺术"③。

强调散文"虚构美"的郑明娳阐明散文所应具备的三个必要条件

---

① 鲁迅.三闲集·怎么写[M]//鲁迅全集(第4卷),北京:人民文学出版社,1981:24.
② 季薇.一朵野花,一座天堂[M]//散文研究.台北:益智书局,1974:47.
③ 叶维廉.闲话散文的艺术[J].中外文学,1985.13(8):114-128.

是：第一，内容上必须环绕作家的生命历程及生存体验；第二，风格上必须包含作家的人格个性与情绪感怀；第三，主题上应当诉诸作家的关照思索与学识智慧。她认为："以上三项要件，都以有我为张本，亦即要求其文字上的真诚。所以现代散文的定义是：凡符合上述三项要件，而在形式上未归入其他文类的文学作品，便属于现代散文的范畴。"①"要区分散文与小说语言之异，可就'语境'角度来看，散文乃是真实语境，而小说则是虚构语境。也就是说，散文中编撰作者与叙述者可合二为一；小说则为分离的，作者不能直接介入，在小说中即使使用第一人称叙述观点，作者也清楚地知道其虚构的立场。但是在散文中，即使使用第三人称叙述观点，读者仍然可以感知作者的介入"②，"散文是最被允许有我的文类，作者和叙述者在小说中严格区分，但在散文中两者往往合二为一，叙述者可以采取主观态度处理题材，运用主观的角度进行叙述。因此，散文在内容、风格、主题等方面都离不开个人化的色彩"。③从这段话分析，郑明娳认为，散文语言中叙述者与编撰作者、隐藏作者的三者合一造就了作者主体性的介入，使散文形成有我的主观式语言风格，这正是散文区别于其他文体的依据。杨牧在提倡散文"出位"的同时也强调这种"出位"试探是有原则的，即"以散文的手法'侵略'其他文类的领域时，技巧上不妨把主观加强，创造一个'有我'的世

---

① 郑明娳.现代散文纵横论[M].台北：大安出版社，1989：4.
② 同①8.
③ 郑明娳.现代散文构成论[M].台北：大安出版社，1994：8.

界"①,主张散文书写作家本真的生命体验与独特的主体感受。

痖弦在主编联副名家散文选《散文的创造》时,曾以《散文,人格的直接呈现》一文为序,特别强调,散文是"暴露性"最大的文体。散文是作者直接对读者说话,不是借文中的人物替作者讲话。②廖玉蕙认为,不管是创作、阅读还是评论,虚构在散文中随处可见,但题材的虚构不符合经验法则,情感的虚构显得不够真诚,行文的虚构不符合文章的逻辑,这三种情况都是属于失败的虚构。她强调,创作时在态度上要着诚去伪。③黄锦树提出,"抒情散文以经验及情感的本真性作为价值支撑"④,强调"主体真实"是抒情散文的伦理界限。⑤黄锦树借鉴俄国形式主义理论中的"主导要素"概念进一步阐释文类的演变。依迪尼亚诺夫的观点,文学作品是一个包含诸多要素在内的系统,各要素在系统内所处的地位、发挥的作用被称为"功能"(function)。功能就是统合要素(或成规)所发生的效果,使作品有资格成为文学,若失去此功能,"作品"不过是一堆语言材料而已。⑥文学作品内诸多要素相互比较后,有功能高低之分,其中最具影响力、支配力的,即称为"主导要素"(dominant)。

文类意义的形成,常取决于一两个"主导要素"。如散文、诗、小说

---

① 杨牧.散文的创作与欣赏[M]// 文学的源流.台北:洪范书店,1984:81.

② 痖弦.散文,人格的直接呈现[M]// 散文的创造.台北:联经出版,1994.

③ 廖玉蕙.虚构与真实——谈散文创作与阅读的吊诡[J].世新大学人文学报,2000(2):95-116.

④ 黄锦树.文心凋零?——抒情散文的伦理界限[N].中国时报,2013-5-20(4).

⑤ 黄锦树.面具的奥妙:现代抒情散文的主体问题[J].中山人文学报,2015(1):31-39.

⑥ [俄]尤·迪尼亚诺夫.论文学的演变[M]// 蔡鸿滨译.俄苏形式主义文论选.北京:中国社会科学出版社,1989:100-115.

往往都具备抒情、叙事、说理、场景描绘等程序要素，可是却分属不同文类——正源于主导部分的不同。散文之所以为散文，必然有它恒久不变的主导要素——"主体真实"。黄锦树特别指出，散文细节是否虚构，旁人（读者）往往欠缺必要的参照来验证或否证它，只能由此心自证。他引用卡夫卡的小说《饥饿艺术家》来形象论述此中悖论："作为饥饿艺术家，是不是有偷吃，其实只有自己知道。旁人再怎么监视，也是防不胜防的。这是道德自律的领地。"①上述提倡散文可虚构的批评家仍坚守"情感本真""主体真实"是散文不可逾越的伦理界限。

持第二种观点的代表人物之一，是在《中国时报》与黄锦树展开辩诘的唐捐。唐捐反驳黄锦树关于散文所谓的"本真性"的论点，他认为本真可能是散文的重要倾向，但并非绝对；它可以作为一种要求，不必作为一种限制。唐捐（刘正忠）早在其论文《诗化散文新论：汉语性与现代性》中就对散文主体性变异提出自己的看法："现代散文特别强调'有我'，无论'闲话'或'独白'，强固的'我'，其实压抑了在话语上多方袭取与复调写作的可能。"②他认为："有人愿意用各种虚拟'我'去穿着或叠合各式各样的他人，称为散文，是可以接受的。'以我入另我'，作为'新人'时期的试验之一，它有效用，具丰富台湾现代散文姿态的潜能。"③他认为自我书写与作品面具、自我坦白与他人窥伺之间的反复辩诘，本

---

① 黄锦树.面具的奥妙：现代抒情散文的主体问题[J].中山人文学报,2015(1):50.

② 刘正忠.诗化散文新论：汉语性与现代性[G]// 郭懿雯.时代与世代：台湾现代散文学术研讨会论文集.台北：东吴中文系,2003:81.

③ 唐捐.他辩体，我破体——跟散文的"文心凋零"之说唱些反调[N].中国时报,2013–6–6(E4).

是文学里重要而有趣的事,若硬是以"真挚性"来要求散文,那未免也太浪漫不实了些。简媜的散文就惯常向小说出位,她在《胭脂盆地》的序文《残脂与馊墨》里自承:"这本书的故事,或多或少糅合虚构与纪实的成分。在散文里,主诉者'我'的叙述一向被作者贯彻得很彻底,这本书不例外,但比诸往例,'我'显然开始不规则地变形起来,时而换装改调变成罹患忧虑杂症的老头,时而是异想天开写信给至圣先师的家庭主妇,时而规规矩矩说一些浮世人情。"①简媜为了让文章的张力及密度强化,化身为各种各样她所观察到的角色,以第一人称进行叙述,使文章更具亲和力和说服力。萧萧在编选九歌版《八十二年散文选》时指出:"散文可以撷取诗创作的任何技巧,可以采用极短篇的机智,可以学习长篇小说的情境铺陈,也可以将戏剧的舞台效果展现在笔砚间。"②其后在编《八十五年散文选》的时候更指出:"散文不完全是描写自我,她甚至可以设计情结,推演高潮,铺展、演义,在'小说'领域里开拓疆土,因此文类的'误认'是时常引发的争端。"③作为年度散文选的主编也已经关注到了20世纪90年代以来因散文"出位"而产生的文类混淆现象。

廖鸿基诸多作品的主角——老船长"海涌伯",其实是个虚构的人物,同样以这个角色为主角,1993年的《丁挽》获时报文学奖散文评审奖,而1996年的《三月三样三》则获吴浊流小说奖,可见作者尝试从一

① 简媜.残脂与馊墨[M]// 简媜.胭脂盆地.北京:九州出版社,2014:3.
② 萧萧.八十二年散文选(卷六编者引言)[M]// 萧萧.八十二年散文选.台北:九歌出版社,1994:231.
③ 萧萧.八十五年散文选(卷六编者引言)[M]// 萧萧.八十五年散文选.台北:九歌出版社,1997:252.

个他者/渔人的角度去描述"讨海"经验，并在为读者开启另一个不同的生命视野时，散文作品在虚实之间自由出入，已使作品的归类出现了争议。1999年张瀛太获奖的散文《竖琴海域》更是将这种争议推向了高潮，简媜曾叙述说，当公布获奖作品《竖琴海域》一文的作者是张瀛太时，所有评审"都愣在那里，眼珠在五秒之内没有办法眨下来"，因为文章里的叙述者"我"，跟现实中的叙述者"我"，不仅性别相反，连年纪都相距甚大。焦桐借由《竖琴海域》抛出一个问题："散文作为一种非虚构文类的本质，他的形式价值何在？"这个问题的关键就在于，"虚构/非虚构"的文类本质被跨越混同之后，文类不同的形式是否仍有存在的必要？"散文"是否也将失去其文类的独立价值呢？张瑞芬就指出，自张瀛太的散文《竖琴海域》获奖以来，备受讨论的散文"非虚构"特质几近完全崩盘，新世代写手发明了一种结合诗的语言、小说的主题结构的叙写方式来书写散文。①

郝誉翔、吕政达、张启疆等人的作品都带有此种强烈的虚构倾向。而且这种虚构手法，其实大量存在，只不过作者并未言明，或读者未察觉，因而没被揭穿。正如黄锦树以"饥饿艺术家"所形容的，除非查证作者，否则究竟是虚构还是真实本难以辨明，只有作者自己心知肚明。正如简媜指出的，近二十年来，虚实之间的界域更加模糊，"叙述者我、创作者我、现实者我之间的演绎和变卦，三者之间的边界已趋向模糊，互相渗透、修改"，作者在文章中变身，性别的越界和变身的现象，再一次

---

① 张瑞芬.病爱与救赎——读李欣伦《有病》[M]//张瑞芬.狩猎月光:当代文学及散文论评.台北:联合文学出版社,2007:60.

挑战传统的散文观念。焦桐在《八十八年散文选》序文中指出,当时台湾具有指标性的时报文学奖,其 1996—1999 年的散文首奖作品,几乎全由"小说"囊括(1997 年钟怡雯的《垂钓睡眠》例外),这不但推翻了散文素来被认定的是一种见证生活与表述情感、观念而诉诸艺术手段的价值,也揭示了真实与虚构之间其实存在着非常暧昧的模糊地带。他对于这个现象的观察与见解,相当程度地突显了 20 世纪 90 年代文坛的新散文观:"我们要相信的并非是叙述是否属实,而是文本的艺术手段是否高明;在文学世界里,作者是谁不重要,叙述者是否真有其人也不重要,如何叙述才重要。……我还不知道散文要往哪个方向走,可我明白阅读散文,不必对照生活文本。散文是另一种真实。"①

　　钟文音提出"凡写出即已是虚构"的主张,她认为:"我总认为所有书写再真实也都是虚构,我们的想象力与记忆的剪接跳跃断裂移位嫁接……以及个人叙述的能力种种,都注定了'凡写出即已是虚构'的特质。"②她认为,其实所有的文本在作家写出时,都已经历过作者本身的记忆剪接修饰,早已不再真实,不管作者是以什么文体的形式写出皆然。但若以钟文音这样的说法,俨然是认为所有文体严格来说均属虚构,因为经过作家的记忆剪接,再下笔写成文本,不免经过润色、修改的过程,早已丧失真实性,这显然是驳斥了"散文本真"的一脉主张,与唐捐一致。林幸谦论述 90 年代台湾散文现象与理论,提出散文主体性

---

① 焦桐.博观约取的叙述艺术——序[M]// 焦桐.八十八年散文选.台北:九歌出版社,2000:17.
② 钟文音.凡写出即已是虚构——评袁琼琼《暧昧情书》[J].文讯,2007(265):96–97.

的变奏："散文的小说化与诗化，标志着散文两种主体性的变奏：一为叙述观点的转变，作者不再占据主体位置；一为散文体式的转变与扩大，不再固守旧有窠臼。"①对于文类的规范与书写模式的重新定义，他认为："散文中的叙述者既然并非完全等同作者不可，散文中的叙述者或叙述模式便可获得更广的意义。在此定义下，作者已被叙述者所替代，以一种'隐匿作者'(implied author)的形式暗藏于文本中，间接为读者提供讯息；而不一定必须直接以作者主体身份霸占文本"②，"这种虚构、想象和叙述观点的变更，势必将要求散文作者角色的更替，减少长久以来强加于散文作者的'纪实'角色，从而拓开散文的书写空间。易言之，在作者隐退下，叙述者取代了作者的功能，甚至不惜裂造'可疑的叙述者'以促使散文中的内心独白、指涉对象和叙述空间得以深化广大。"③如果就以上论述而言，连散文创作主体都可以虚构，那问题在于，中国千年散文累积下来的文类核心也移易了，现代散文作为一种文类的核心问题又被悬置。

现代散文曾一度奉"真实论"（即"题材真实、情感真实和主体真实"）为金科玉律正是继承了深厚而悠久的中国散文传统。从前文所述可知，中国最早的散文是应用文，后又与史传结合。应用文和史传的写作要求必须"写真实"，真实是散文最基本的要求和不可动摇的基石，这一传统无疑对现代散文产生了极其深远的影响。此外，从文类本身

---

① 林幸谦.九十年代台湾散文现象与理论走向[J].文艺理论研究，1997(5):69.
② 同②70.
③ 林幸谦.九十年代台湾散文现象与理论走向[J].文艺理论研究，1997(5):70.

而言，文中有我的主体真实成为散文与小说、诗和剧本最显著的差异点，也是散文最能打动读者的关键点。

散文"真实论"这一传统观点，被视为现代散文的"主导要素"和创作基石，在相当长时间里维护了散文的"疆土"。这犹如福柯所称的"权力关系"，在社会中它规范社会和个人生活，在散文书写中，它规范了作者和读者，不使散文溢出权力所控制的"真实"范围。但这种规范，无疑也局限了散文发展的空间。福柯提醒我们："权力关系固然存在于社会之中，但并不意味着已经建立的就是必然的，也不表示在任何情况下，权力都会在社会的中心树立不可动摇的定论。对权力关系进行分析、详细阐述、质疑，以及进行权力关系与自由之间不合作的'对抗'，乃是所有社会关系中必然持久的政治任务。"①所以散文是不是也应该质疑传统，打破栅栏？德里达在论文类法则时曾言："类型一旦确定，就必须服从某种规则，就必须不能超越某一分界线，就必须避免混杂交叉，避免破裂反常，避免破规畸变。以此类推，无论这种类型的法则被解释为一种限定还是解释为一种属性的归宿，不管它归因于其属性的张力或范围多大，它在任何情况下都是这样。"②德里达认为，类型不可信任，质疑文类必须遵循的法则、标准一旦被确立，界限就不能模棱两可，否则分类就毫无意义。当"题材真实""情感真实""主体真实"这曾一度被视为散文不可撼动的创作"基石"被一一颠覆，新的作品不再受

① 向阳.被忽视者的重返：小论知性散文的时代意义[J].国文天地，1997(13)：77-99.
② [法]雅克·德里达.文学行动[M].赵国兴等译.北京：中国社会科学出版社，1998：160.

其旧的主导因素的支配,这些旧的主导要素再也无法左右"散文"的未来了,那么是否意味着"散文"这一文类也将宣告瓦解? 如果我们再借鉴俄国形式主义文论分析,文学本身是个不断演化的过程,文类的生命也是不断发展的, 过去的一批作品, 因共同依循某些旧的主导要素,才被归集为一个文类。新作品的加入,可丰富文类的内容,也会将其他特征掺入旧要素中,久而久之,文类的主导要素可能发生改变,甚至完全消失。那么散文旧的主导要素的变化,是否可视为散文适应新时代,在新作品不断出现,新要素不断被推至台前而导致散文主要要素位移,在形成新系统、完成文类新秩序之前的混乱而已? 上述两种文类走向形成的悖论,无疑使散文文类常常陷入焦虑与矛盾之中。

第四节　文体归元：兼论散文的破体与辨体

台湾现代散文"出位"频繁,一直面临着如何打破界限的问题,笔者谓之为散文的"破体"。关于"破体",钱钟书说:"名家名篇,往往破体为文,而文体亦因以恢弘焉。"①周振甫进一步解释说:"破体就是破坏旧的文体,创立新的文体,或借用旧名,创立一种新的表达法,或打破旧的表达法,另立新名。"②如果沿用旧名,表示该文类已转变出全新的

———————————

① 钱钟书.管锥编第三册[M].北京:中华书局,1979:890.
② 周振甫.文章例话卷二:写作编二[M].台北:五南图书出版社,1994:35.

风貌;若连旧名都不保,则表示该文类已遭淘汰。"破体"是打破文类成规行为的总称。"出位"则是"破体"的一种方法。"破体"与"出位"都是针对"常体"的反叛或出离。《文心雕龙·通变》云"变则堪久",文类不断发展本是文类的常态,只有这样,文类才能拥有鲜活的生命力。在古代把散文推向极致最典型的是八股文,它原本是中国文字精华的凝结,然而一旦成为唯一的评价标准范本,却导致文字书写的僵化,进而成为创作的枷锁。现代以来,大陆 20 世纪在五六十年代出现了号称"南秦(牧)北杨(朔)"的散文名家,又一次把散文推向了极致,但因其程序化,即"引出—描述—联想",千篇一律的"三段式",再次把散文引向了僵化之路。在台湾,二战后散文也陷入了"独抒性灵"的僵局。破体是文类僵化时的转机,散文向其他文类出位,实是以相应文类之法破自类之体。

只有"变"才能保持文体的生机和活力,但如果没有"常"作为基础,"变"就会走向消亡。关于文学体裁,巴赫金认为,每一种体裁都具有一定的观察和理解现实的手法和手段。换言之,不同的体裁可能意味着不同的观察、理解、组织现实("时"和"空",世界和我们自身)的方式,有着不同的认识论意义,也就是文体的"异质"。"或问文章有体乎?曰:无。又问无体乎?曰:有。然则果何如?曰:定体则无,大体须有。"①散文作为一种文类,虽无定体,却有"大体",需识"大体"辨"小异",亦即散文必然具有它的"异质",即散文的"常"(主导要素)。台湾现代散

---

① 王若虚.文辨[M]// 王水照.历代文话第二册.上海:复旦大学出版社,2007:11-50.

文发展至今,散文的"多质"已成共识,散文的"异质"是什么,却是棘手问题。刘正忠(唐捐)在《现代散文三题:本色 破体 出位》一文中总结:"唯有深识本色,谋定而后动,破体与出位才能产生积极的意义。破体之为功,在于纯化散文的艺术性;出位之大勇,在于深化其思想性。散文只有不断地进行破体,乃足以与诗的精悍凝练相角;散文也只有发挥其本色,才能自得而独到,免于成为其他文类的附庸或次级品。"①正如杜牧所说:"丸之走盘,横斜圆直,计于临时,不可尽知。其必可知者,是知丸之不能出于盘也。"散文破体与出位,虽千变万化却知"丸不出盘",容多质而有异质。多质与异质是散文的文体本质。破体出位,是散文的多质;而盘之走丸,保留散文的异质,则是散文的辨体问题。行文至此,我们发现,包括散文在内的文类永远是把双刃剑,既有指引分判之功,也会带来因循守旧等弊病。文类永远处于悖论式的矛盾中,既要破体创新,又要辨体自立。在中国文学史中,自《诗经》四言体始,后演变为骚体诗,骚体诗再演变为汉赋,汉赋又演变为魏晋六朝的抒情律赋,再到唐宋的律赋与散赋,都呈现破立相生的明显轨迹,足见文类的焦虑与生俱来,不可避免。

散文破体与辨体之辩,也说明了资源越是丰富,体系越是开放,重建象征体系与形式秩序并求得普遍认同就更为艰苦卓绝。散文的"破体"虽可有效突破散文的僵局,但由于未能彻底摆脱主导要素的重新选择,并不能真正解除散文的文类焦虑。有学者借用18世纪德国浪漫

---

① 刘正忠.现代散文三题:本色·破体·出位[J].东吴中文学报,2003(9):207.

主义十分标榜的名词——元类（genus universum），提出散文"破体"应走向"元类散文"的回归趋势。[1]元类，意指一种文学形式不须分类也无法分类的状态，它既包含了各文类的性质，却又不属于任何一种文类。浪漫主义者崇尚整体统一的理念，他们对于传统定义下的文类成规，以及文类背后的意识形态感到莫大的不满。因而他们反对文类的区囿，转而追求具有普遍意义的"元类"。[2]"元类"的抽象哲学意涵或让人费解，幸好浪漫主义者提供了可供操作的法则。其中"总汇"（universal）是当中最重要的概念。

"总汇"是浪漫主义精神领袖施莱格尔学说的核心，在价值层面上意味着统一与完善，也就是元类之"元"的本义；落实在技术层面上，则是要求把所有文类都融合在一起，形成所谓的"总汇诗"。[3]"元类"的首要特征就是"总汇"而没有主导要素，这与当代散文缺乏明确的主导要素就相当接近了。那么我们可以尝试定义所谓"元类散文"，即融合了各种文类而无法归类的作品。

饶有意味的是，当我们再追溯到中国古典散文的源头——不管是从《尚书》到《春秋》以至《左传》和《国策》的历史散文，还是先秦时期诸子百家的哲学散文，都曾经造就了一个辉煌的散文时代。按照刘大杰的观点，古代历史和哲学书写都属于散文的范畴，并且"埋藏着各种文

---

① 陈巍仁.台湾当代文学跨文类写作现象研究［博士学位论文］［D］.台北：台湾师范大学，2008：158.
② 张汉良.比较文学理论与实践［M］.台北：东大图书公司，2004：94.
③ 陈巍仁.台湾当代文学跨文类写作现象研究［博士学位论文］［D］.台北：台湾师范大学，2008：158.

体的种子等待后人去培植创造"①，散文即"文类之母"。当时，"在文、史、哲混沌未分之际，散文乃是三者之间通用的文体。这时，散文并未遭受诸种文类乃至文学的规范制约，这种文体如同初民一样朴素自然"②。向阳也认为，最早，中国文学对散文是开放的，哲学、历史、政治书写都属于散文的范畴。散文作为中国最古老的文体，本不受文类的规范制约而尽显朴素自然，这种特征正是"元类散文"。这也就是颜崑阳在总结新世纪台湾散文创作时总结出的——"文体归源"。正如南帆所指出的："文类向散文的过渡犹如一种返璞归真。规则的松弛使散文成为一片缓冲地带。散文成为诸种文类退出竞技舞台之后的安居之地。"③散文的文体归元，对受困于散文文类迷思的作者和批评家而言，正是一剂对症良药。对作者而言，向元类散文回归，既不是逃避也不是放弃，而是先稍事休息，然后重新出发。

不管是中国散文史，还是追根溯源西方文论中的散文或随笔，散文都是范围宽泛的杂文学。向阳在爬梳知性散文书写的历史时，将其放置在中国文学的大脉络底下讨论，他指出："'散文''小品文'这样的概念，在不同年代与不同作者的界定过程中，产生了不同的符号意涵。这说明了我们所熟知的'散文'符号，它的意义其实并不稳定可靠。换句话说，我们正在运作的这个符号'散文'，乃是相当不确定、不中立的工具，它有着由背后深层的历史的、时代的以及社会的约定俗成的一

---

① 　刘大杰.中国文学发展史[M].台北：华正书局.1975：80.

② 　南帆.文类与散文[J].文学评论.1997(4)：95.

③ 　同②93.

套文学价值观和策略所决定的模糊意涵。"①现代散文更能代表文学应有的全部现代、自由的精神。在新文学的发轫期，朱自清就指出，现代散文"有种种的样式，种种的流派，表现着、批评着、解释着人生的各面，迁流漫衍，日新月异"②。如今再读鲁迅那句"散文的体裁，其实是大可以随便的，有破绽也不妨"③，更能理解其中深意。简媜认为，散文是很自由的，它本质上内涵了许多实验的可能性，可以允许不同的散文家捏塑它的意义和价值，允许依照自己的特性去发展出一条独特的路。南帆认为："散文的文类表明，散文的理论即是否定一套严密的文类理论。诗学之中没有散文的位置。散文的文体旨在颠覆文类权威，逸出规则管辖，拆除种种模式，保持个人话语的充分自由。"④"文类概念的'含混'，书写模式的'混杂'，文类边界的'模糊'，自五四新散文诞生以来，这个根本性的症结始终如影随形，它对现代散文的创作、研究与发展，都有决定性的影响。散文的扩张/局限在此，衰落/新生也在此。"⑤散文的"出位"还处于现在进行时，散文文体归元现象势必越来越受瞩目。虽然我们目前无法评估，摒除"文类"这个参照坐标，全面回归文本后，对文学长远而言会造成哪些影响，但可以确定的是，散文在"文体归元"方面的表现将会越来越精彩。而上述这些不同的观点，也在显示

---

① 向阳.被忽视者的重返：小论知性散文的时代意义[J].国文天地,1997(13)：77-99.
② 朱自清.论现代中国的小品散文Ⅱ[M]//俞元桂.中国现代散文理论.南宁：广西人民出版社,1984：406.
③ 鲁迅.三闲集·怎么写[M]//鲁迅全集：第四卷.北京：人民文学出版社,1981：21.
④ 南帆.文类与散文[J].文学评论,1997(4)：997.
⑤ 张堂锜.跨越边界——现代中文文学研究论丛[M].台北：文史哲出版社,2002：10.

这个问题仍将是台湾当代散文中持续被关注、讨论的议题。

近现代以来的中国文学理论一直强调创新性，有创新则活，无创新则死，这在台湾 20 世纪 80 年代以来的散文理论上表现尤为明显。"不忘初心，方得始终"，中国散文走过了漫长的历史，经历了种种理论努力，如今又焕发了勃勃生机。自古以来，散文一直处于迈向他者与主体重申的动态抗衡，须从多重方向性和多重面向性来理解。在清理散文的地基和建构新的散文观念的今天，如何兼顾历史与现实，尊重散文这一文体的包容性和丰富性，进行"重建整合"与"创新开辟"，成为当代台湾散文界的中心问题。如何界定现代散文，在今日的文学史研究中又被提上议程。这种反思工作的重要意义，除了思索和开创散文的新道路之外，重新思考和重新定义散文的意义也将为散文作家试验新写法提供理论根据。

第二章　多维棱镜：

台湾当代散文的空间批评

　　20 世纪 80 年代，西方思想文化界发生空间转向，改变了空间长期受忽视、遮蔽和被支配的状态，进而也改变了人们的生存方式、思维方式和言说方式，促成了跨学科发展的趋势。在"空间转向"中，文学研究受其影响重大，并成为这一转向的重要组成部分。作为"空间转向"语境下的新型批评样态，文学空间批评呈现出不同于传统文学批评的一些特点，掀起了一股持续至今的文学空间研究热潮。在散文批评与理论建构上，一方面，一些批评家关于散文的理论建构呈现了丰富的空间视野；另一方面，散文家们的"空间性"探索也启发了散文研究者，他们将空间理论运用于散文的实际批评中，打开了当代台湾散文批评的层次与维度。本章聚焦讨论两个议题：一是台湾当代散文批评空间转向的生发语境；二是台湾当代散文批评空间转向的建构主题，如散文与后都市空间、性别空间、日常生活空间等。笔者试图以此探讨空间视域转向对台湾当代散文理论建构与批评产生的影响，辨析散文空间批评产生的诸种话语，以便将来对此一专题做进一步深入的研究。有关散文的空间批评虽是"小荷才露尖尖角"，却也是纷纷扰扰各家言。

因此，在本章论述的过程中，也会因文本关注的议题差异，分别纳入相关的理论作为强化论述的发酵剂。例如谈到散文中的"家屋书写"，人文主义地理学对"家屋"的诠释，显然与性别地理学的立场不同，在此情况下，将视文本呈现的样貌与创作者的意图，进行不同理论的比较与运用。

第一节　台湾当代散文批评空间转向的生发

台湾当代散文批评空间转向的生发有其主客观因素。客观上，人文科学的空间转向为散文批评的空间维度建构提供了历史契机和理论资源；主观上，散文创作中空间书写现象的涌现为散文批评空间意识的生发提供了研究动能和实践基础。

一、空间转向与文学空间批评

丹尼尔·贝尔曾指出："文学的空间问题已经成为 20 世纪中叶文化中主要的美学问题。"①"什么是空间？没有哪个定义能做到一言以蔽之，因为空间是复杂多元的。从以往的资料可以看到，有多少种不同的尺度、方法与文化，就会有多少种空间以及在空间中展开的人类活

---

① [英]大卫·哈维.后现代的状况[M].阎嘉译.北京：商务印书馆，2003：251.

动。"①"空间"除了自身难以定义的问题之外，在很大的程度上成为各个领域的"隐喻"，由此更加深了对"空间"定义的艰难与复杂。在此，笔者试图整合各家论点，重点阐述文学空间与空间批评之间的关系。空间批评产生并流行于欧美各国，经历了早期的空间社会定位、中期的空间文化研究以及近年来的空间的后现代属性研究等阶段。

一是早期的空间社会定位阶段。空间批评的早期奠基者主要有亨利·列斐伏尔和米歇尔·福柯等学者。他们主要从社会学角度展开空间研究，将空间从地学研究中的"地点研究"区别出来给空间以"社会定位"。列斐伏尔在其 1974 年出版的《空间的生产》一书中，率先提出了"空间是一种(社会)生产"的观点。他认为，空间不是被动地容纳各种社会关系，空间本身是一种强大的社会生产模式、一种知识行为；空间是实践者同社会环境之间活生生的社会关系。列斐伏尔的空间生产理论将日常生活批判落实到空间反思批判层面，认为空间是社会历史文化的产物，兼备物质、精神和社会多重属性。福柯等学者从社会、权力的角度分析了空间的重要性，认为空间是各种权力关系交锋的场域，权力的操控是通过空间的组织安排来实施完成的。列斐伏尔和福柯的空间理论反映了当今西方后现代语境中出现的空间转向，它倡导一种新的空间，注重社会空间中各种意识形态和政治权力的相互作用及冲突。这些理论成功地为空间进行了社会定位，成为文学空间研究重要的理论基础。

---

① [英]弗兰克斯·澎茨等.剑桥年度主题讲座:空间[M].马光亭等译.北京:华夏出版社,2006:2.

二是中期的空间文化研究阶段。空间批评从 20 世纪 90 年代开始转向空间的文化研究，这一阶段的主要代表人物有英国学者迈克·克朗、美国学者菲利普·E.韦格勒等多位学者，他们的共同之处就是强调空间的文化定位。克朗在《文化地理学》中着重阐述了空间的文化定位，将空间看作赋予了深刻文化意义的"文本"，将空间批评同文化研究紧密地联系起来，极大地丰富了空间批评的理论构成和批评方法。克朗和韦格勒等学者进一步将后殖民理论中的"他者"概念运用到空间批评中，融入身份认同理论，注重空间的自我、身份的研究。克朗认为，空间对于界定'他者'群体至关重要，这种身份认同以一种不平等的关系建立了起来，这一过程通常被称作"他者化"。他提出了"他者空间"的概念，使文本中的空间具有了身份印记。

三是空间的后现代属性研究阶段。近年来，弗雷德里克·詹姆逊和爱德华·索雅等学者从后现代视角阐述了空间的属性。詹姆逊的超空间理论为文学作品的空间解读提供了理论基础。这种后现代文学空间及其异质性和碎片化特征为文学空间解读提供了直接的方法论指导。索雅早年的空间三部曲《后现代地理学》（1989）、《第三空间》（1996）、《后大都市》（2001）阐述了其后现代地理想象与空间阐释学思想，将空间提升为批评社会理论的积极因素。他们的超空间理论和"第三空间"理论呈现极大的开放性。这些理论倡导重新思考空间和社会存在的辩证关系，丰富了空间的多维属性和内涵，进一步拓展了文学空间研究的领域和视角。

研究空间的学者对文学空间的关注和批评，开了文学空间批评的先河。其中迈克·克朗和大卫·哈维最具有代表性。迈克·克朗在《文化地理学》一书中专门用一个章节探讨文学空间和现实空间的关系，基本观点是"文学不是一面反映世界的镜子，而是复杂意义网络的一部分"①。克朗的观点具有地理学家的独特视角，他认为文学空间所蕴含的文化意义、权力关系、情感因素等更值得关注。文学的空间批评改变了学界对文学空间固有的看法，使文学空间成为一个富有生机的批评场域。而哈维更关注文学中的城市空间经验和集城市现代性、空间生产、资本主义政治经济批判于一体的文学批评方法，为文学城市空间批评提供了新的范式。

文学理论界也不甘示弱，积极建构文学空间批评。首次明确提出文学空间形式的是美国文学理论家约瑟夫·弗兰克。他在1945年发表的一篇文章《现代文学中的空间形式》中提出，现代主义文学作品的形式是空间的而非时间的，"作家运用并置、重复、反讽等手法打破了叙事的时间性使文学作品有了空间性的艺术效果"②。弗兰克提出，现代文学作品具有空间艺术形式在当时并不被文学研究界所接受，但随着文学研究空间转向的到来，弗兰克这篇文章被认为是文学空间形式研究的开创之作。《空间形式的理念》一书中提出了著名的"空间形式"（spatial form）和"空间并置"（juxta-position）概念。前者意指文本中时间顺序设置和情节关系的一种象征和隐喻，而后者则强调读者从各种

① ［英］迈克·克朗.文化地理学［M］.杨淑华，宋慧敏译.南京：南京大学出版社，2005：52.
② ［美］约瑟夫·弗兰克.现代小说的空间形式［M］.秦林芳译.北京：北京大学出版社，1991：38.

看似不协调的成分中形成自己的认识。其创造性的概念为后来的学者对现代主义文学中"空间形式"的研究奠定了基础。法国著名文学批评家莫里斯·布朗肖则率先提出了"文学空间"的概念，他在《文学空间》中指出，文学空间从本质上意指一种深度生存体验空间。他从哲学视域阐释文学空间，突破了主客体对立分裂的二元辩证法，转而强调空间的物质性，呼吁作者们将时间视为一种不在场的存在。[1]继布朗肖之后，法国著名理论家加斯东·巴什拉结合哲学和精神分析学，认为真正的艺术应当剥除时间和历史的影响，从而进入完美的空间形式当中。其 1957 年出版的《空间的诗学》致力于现象学与精神分析学的相互融合，从精神分析的层面探寻空间隐藏的生存意蕴。书中认为，现代文学中的空间形式区别于古希腊作为规律几何的空间理论，它不仅从现实的例证中被人感知和体验，更从想象力的层面产生影响，[2]从而将空间视为平等的存在。[3]此外，埃里克·雷比肯的《空间形式与情节》、戴维·米切尔森的《叙述中的空间结构类型》等探讨文学空间形式的专著或文章，为文学空间叙事学研究奠定了框架基础。正如菲利普·韦格纳所指出的，文学理论对空间视角的开发与重视的直接动因是全球化空间重组。但与此同时，历史的维度并未被摒弃，而是强调一种历史性的空间视角，使得人们给予文学与空间更多的关系阐释，继而从思维范式

---

① ［法］莫里斯·布朗肖.文学空间［M］.顾嘉琛译.北京：商务印书馆，2003：12.］
② ［法］加斯东·巴什拉.空间的诗学［M］.张逸婧译.上海：上海译文出版社，2009：8.
③ ［法］巴利诺.巴什拉传［M］.上海：东方出版社，2000：358.

方面重塑了人们对文学史和当代文化时间的考量。[①]时至今日,文学空间的研究已被运用于多个场域,如后现代主义文学、后殖民主义文学、生态文学和女性文学等。

空间批评不仅为认识当代社会提供了一种途径和思维方式,同时也为文学批评提供了阐释文本的方法。文学空间批评这个概念首次由菲利普·韦格勒提出,他认为:"空间批评就是空间理论从各个角度进入文学研究,我们把空间、场所、文化地理学等拉入文学批评的领域。这一改变有助于促进更多地关注文学文本中对空间的表现,同时对空间关系的关注进一步引发对文学经典之构成的质疑,改变了我们思考文学的方式。"[②]结合了文化地理学、哲学、社会学、文化研究、女性主义、身份认同等诸多批评理论,文学空间批评发展成为一种跨学科、开放式的批评方法与理论。

根据空间批评以及文学空间概念的发展轨迹,"文学空间"不仅是实实在在的文本空间的物理呈现,还是创作者个人精神空间的再现,更囊括了作者进行社会空间体验后对作品空间的塑造。[③]文学空间批评的对象是文学作品中所呈现的空间,由作者所建构的空间和空间化的叙事形式组成。文学的空间研究将文本中的空间看作一种蕴含多维文化信息的指涉系统,注重探究文本中空间所蕴含的诸多社会文化要

---

① 阎嘉主编.文学理论精粹读本[M].北京:中国人民大学出版社,2006:135.

② 吴庆军.社会·文化·超空间当代空间批评与文学的空间研究[J].广西社会科学,2010(10):105.

③ 黄汉平,王希腾.文学空间的殖民／后殖民阐释——以詹姆逊对现代主义文学的批评为例[J].广东社会科学,2017(5):161.

素,还原作家的空间建构过程及其意义,进而揭示文学空间的多维意义。这些理论探索和实践,为台湾当代散文批评和理论的空间维度建构提供了历史契机和理论资源。

二、散文与空间的相互生产

空间本身无法单纯被反映,同样也无法完全被编造,应是个人与空间"相互定义"的文本世界,空间设置可能引导社会关系的实践,但社群生活实践过程中的冲突协调也可能重写空间的意义。①散文与空间相互生产,相互投射,互为正文。

(一)散文生产空间

本雅明在《作为生产者的作者》中提出,艺术是人类的一种实践活动,艺术家的创作活动也是一种生产。他强调,在艺术生产过程中,艺术家就是生产者、艺术品就是产品、读者观众就是消费者、艺术创作就是生产、艺术欣赏就是消费的概念。②文学作为文化的特殊样式,运用想象、虚构、隐喻、象征等手段,生产出符号化的表征空间。散文作为文学艺术生产的重要形式之一, 必然构成文化空间生产的重要组成部分。据此观点,散文创作即被视为一种生产。郑毓瑜曾提出"文体"选择

---

① 郑毓瑜.文本风景:在我与空间的相互定义[M].台北:麦田出版社,2005:1.
② [德]瓦尔特·本雅明.作为生产者的作者[M].王炳钧等译.开封:河南出版社,2014.

和书写活动的关系之说，认为每种文体皆受传统累积的读写经验影响，具有独特的语句格式与叙事氛围："作者不是反映环境的客观中介，但是也无法全然主观率意，文体是主客观联系的焦点，作者从文体的程序规范、寓意形式中恍然看见被书写出来的在世界中的自己。个别的生活遭遇透过文体的模塑，因此参与了一个累积的公共传统；这个文体传统累积了世代的读/写经验，提供作者印证、阐发与扩大个别经验的机会。"①每种文类有其独特的表现方式，选择以某一文类书写，便是选择承继这种文类的书写传统，并借此方式表达自我。因此，散文文类的"选择"也是"生产"的一种，代表选择了散文这一文类的程序规范和书写特色。同样的书写题材，在散文中必不同于在小说或现代诗中的表现方式，这便是不同文类在书写传统上的区别，因此生产出截然不同的创作内容。一方面，散文是最接近作者生命实况，展现本色，贴近真实自我的一种文体；另一方面，散文的形式自由，发挥的范围较为宽广，选择以散文表现空间，便是选择以自由的形式和真实的角度呈现空间，这是文类规范对于创作内容的影响，以散文形式书写空间，亦是空间生产的一种方式。

散文创作的过程也就是赋予空间以意义的过程，即散文生产了空间。社会空间特定的生命意蕴与文化内涵正是散文所赋予、所生产的。从修辞学的角度来看，隐喻表现为一种修辞格，表示在一种事物的暗示下谈论另一种事物。在台湾当代散文创作中，散文生产空间的书写

---

① 郑毓瑜.文本风景：自我与空间的相互定义[M].台北：麦田出版社，2005：21.

有着庞大的作品存在，并在不同的历史阶段表现出不同的空间书写形态。20 世纪 50 年代，它以女作家散文的日常生活空间书写为代表。张瑞芬针对 50 年代台湾女性散文重构的具体表征指出："空间，取代了时间的地位，是现代主义美学影响下的具体化表征，也是女性美学与男性不同的地方。实际生活（门、窗、房间）与虚构空间（心灵、情节转移）的衡突与张力，我们从张爱玲笔下已然熟悉。"①此阶段台湾女性散文对日常生活的空间书写已然着重实际生活与心灵空间的冲突与张力，空间不再单纯只是事件发展的背景，而是具有意义的。此时，女性散文空间书写的不再只是外在空间的日常琐碎事物，而是以女性独有的敏感，写出和所处空间互相指涉后的感触，以及在潜意识中幽微的感觉。

台湾当代散文空间书写最具代表性的，应该是 20 世纪 80 年代台湾都市散文。80 年代台湾散文的观念仍比较保守，散文的"标准"基本上被设定在以小品文为主要类型而相对稳定，②但此时却有另一批新世代③作家悄悄崛起，努力造就不同于大众化散文的知性散文，铸造出独异的文学形式和文学语言，成为台湾散文重要的潮流之一，这就是

① 张瑞芬.台湾当代女性散文史论[M].台北：麦田出版社，2007：63.
② 郑明娳指出，从历来台湾编辑出来的文学大系、散文选、年度作品选和相关的散文论述，20 世纪 80 年代台湾散文的"标准"基本上被设定在以小品文为主要类型的以下特色：一是格局精致，二是以写实为主，三是意境独到，四是不论造境或写境，其境必含情、趣、韵等因素。郑明娳.现代散文类型论[M].台北：大安出版社，1987：43-46.
③ 林燿德给新世代下的定义："所谓'新世代'在未被确切定义前，是一个因时空转移而产生相对诠释的名词，在此我们以出生序在一九四九年以后的小说家作为编选的主轴，并以四五至四九年间出生者为弹性对象，换言之，就是一般而言'战后第三代'以降的小说作者群。"

林燿德等新世代作家揭橥并大力倡导的"都市散文"。他们的理论创新和书写实践深刻体现出鲜明的后现代时空体验特征。主要代表作有林燿德的都市散文系列,黄凡的《黄凡的频道》《黄凡专栏》《东区连环炮》,林彧的一系列寓言散文及杜十三的散文等。这些都市散文跳脱出贯时性的思维,朝向讲究并时性的美学观念的开展,创作者更关注空间性所蕴含的意义,开启了远异于以往都市散文的新创作风格。空间视域转向以及对都市空间的多维阐释成为 80 年代以来台湾都市文学(包括都市散文)的最大特征之一。

到了 20 世纪 90 年代以后,旅行书写、自然书写、饮食书写和家族史书写等类型散文蔚然成风,这些散文作品中描写了都市空间、家屋空间、微型空间等日常生活空间,海洋、河流、山林等自然空间,异国他乡等旅行活动空间,身体、房间等性别空间。如在自然空间书写方面,以廖鸿基为代表的海洋书写,可以看作海洋与陆地或平滑与阶序两种不同空间的对照、比较、糅合与转换。作家本人也穿梭在两个空间之间,仿佛体现了两个不同空间之间的通道与运动。空间移动书写方面主要体现在旅行散文中,表现"空间移动"所产生的张力,往往使人在原有的视野上拓展出不同的世界观。而有关空间移动的书写本身,亦形成一"文本空间"。再者,近年来出现的同志散文,则描写了以同志社会族群来观看城市空间与同志情域场域之间的关系。

(二)空间生产散文

列斐伏尔提出,低估、忽视或贬抑空间,也就等于是高估了文本、书写文字和书写系统(无论是可读的系统还是可视的系统),赋予它们以理解的垄断权。①面对文本或者各种书写系统更应保持理性距离,以更客观的角度解读文本和空间的关系,空间不只是行动的背景,它还是行为发生的基础。作家是散文的生产者,空间就是作家生产散文的产地。当然,空间并非只是人类行为发生的背景,它还是人的各种生活实践的"产物","只有当社会在空间中得以表达时,这些关系才能够存在:它们把自身投射到空间中,在空间中固化,在此过程中也就产生了空间本身。因此,社会空间既是行为的领域,也是行为的基础"②,各种社会关系及人类的行为都必须在空间中表达和存在。"空间既包含事物,又包含着事物间的一系列关系。空间生产不仅体现在空间的生产上,也体现在空间所包含的社会关系的生产。"③在人文地理学的视野下,人类的生活让空间的范畴支配着。20世纪60年代,张秀亚在《创造散文的新风格》中揭示:"新的散文已逐渐摆脱了往昔纯粹以时间为脉络的写法,而部分地接受了时间与空间、幻想与现实的流动错综性。在描写方面,不只是按时间顺序排列起来的贯串事件,而更注重生活横断面的图绘,心灵上深度的掘发;不只是叙述,不只是铺陈,而更注重分剖再分剖。"④她又说:"新的散文由于侧重描写人类的意识流,记录不成形的思想片段,探索灵魂的幽隐、心底的奇秘……笔法遂显得更

---

① 迈克·迪尔.后现代血统:从列斐伏尔到詹姆逊[M]//包亚明.现代性与空间的生产.上海:上海教育出版社,2003:93.

② 同①97.

③ 童强.空间哲学[M].北京:北京大学出版社,2011:35.

④ 张秀亚.创造散文新风格[M]//张秀亚全集6.台南:台湾文学馆,2005:274.

为曲折迂回。内容的暗示性加强,朦胧度加深,如此一步步地发展下去,文字更呈窅缈之致,而逐渐与诗接近。"①张秀亚当之无愧为台湾第一代女作家中"翻译文学与散文理论的先行者"②,在其理论主张中显然已经注意到空间在散文创作中的重要性。林燿德认为:"每一个作为建筑内部元素的空间,都是等待重新被书写的正文。人类对于空间的支配是一种单纯的幻觉,人类只不过和空间互为正文罢了。"③过去人类认为的那种自身对空间的无限支配性如今被视为一种单纯的幻觉,人类和空间其实是互为正文的关系,书写的当下,亦被书写。因此,空间性能够"反过来影响、指引和限定人类在世界上的行为与方式的各种可能性"④。这是空间力量的具体呈现,反转固有的位阶进而影响人类行为。

散文书写空间的当下,亦被空间书写,最终创作出符合空间意涵的散文,从这个意义上讲,不仅散文生产了空间,空间也生产了散文。如台湾当代以来历久不衰的怀乡散文中涌现的大量空间书写。陈伯轩在《文本多维:台湾当代散文的空间意识及其书写型态》中将1949年国民党迁台后直接催生而出的大量怀乡散文,视为当代台湾散文"空

---

① 张秀亚.创造散文新风格[M]//张秀亚全集6.台南:台湾文学馆,2005:274.

② 张瑞芬.张秀亚、艾雯的抒情美文及其文学史意义[M]//台湾当代女性散文史论.台北:麦田出版社,2007:234.

③ 林燿德.空间剪贴簿——漫游晚近台湾都市小说的建筑空间[M]//郑明娳.当代台湾都市文学论.台北:时报文化出版,1995:290.

④ [美]菲利普·韦格纳.空间批评:批评的地理、空间、场所与文本性[M]//阎嘉.文化理论精粹读本.北京:中国人民大学出版社,2006:137.

间"叙述的起点。他认为，当时国民党到台湾之后，岛内的文学和政治语境产生巨大的变迁，直接催生了大量的怀乡散文。这些南来的作家将乡愁转化成文本中绵绵不绝的空间记忆，故乡鲜明的在地文化和生活情境，都投映在"北国"的空间叙述当中，①包括后来的乡土文学和近几年蔚为风潮的地志书写、家族史书写，亦在"空间"书写的涵盖范围之内。家族史散文书写通过对空间移动的书写，充分展现了时间的痕迹、时代变动的记录、文学地景与文化符码。这种"地方感"书写，既是作者自身对于生命状态的一种情感检视，也是生命与空间之间的对话关系。

　　文本和空间既是相互投射、互为正文的关系，阅读文本即必须观照其中的空间性，不可忽视空间的意涵。唯有思索空间意义，厘清空间的参与和定位，才能更完整地了解文本世界。台湾当代散文的空间书写，在与理论时而平行、时而交错的文学文本里，衍生出各种空间形式，其所呈现的各种空间意涵也将被持续关注，为台湾当代散文批评和理论建构空间意识的生成提供丰富的研究动能和实践资源。

第二节　台湾都市散文空间诗学建构

　　20 世纪 80 年代以来，都市化进程使当代空间问题日益复杂多变，

---

　　①　陈伯轩.台湾当代散文的空间意识及其书写形态[硕士学位论文][D].台北:台湾政治大学,2007.

传统的历史时间叙述难以解释当代空间生产的复杂多变性。一些敏锐的理论批评家和作家积极建构一种全新的"空间化"的散文理论并以书写阐发理论,造成了一股值得关注的面向。其中较有代表性的作家有林燿德、郑明娳和杜十三等。

在展开都市散文理论的空间建构讨论之前,有必要简要回溯台湾都市文学发展的历史。林燿德曾梳理出都市文学发展的三个阶段,分别是 20 世纪 30 年代上海的"新感觉派"、五六十年代纪弦的台湾"现代派"与《创世纪》掀起的"后期现代派运动"以及他所提倡的 80 年代以来的新世代都市文学。①林氏的都市文学三阶段论,既是替台湾都市文学的发展搜索其根源与脉络,也是对长久以来被史学家所忽略的都市文学发展脉络的重新挖掘。"都市"一词在读者的联想中,往往被化约为与"乡土""山林"对立的地域。张大春提到,20 世纪初不少都市研究者在不同的领域和专业立论上采取决定论式的意见,认为都市是现代社会问题的根源。这一看法融入各种大众习见的广泛性的论述之后,不难形成种种以都市、乡村为二元对立的关系。现实(城市)与可爱的过去(乡村)往往形成一种二元对比的张力,并造成"城/乡"对立的氛围或主题。②郑明娳在讨论都市文学时也谈及三四十年代的作家,他们成长于农村之中,亲眼看见都市侵略田园的过程,他们大部分眷

---

① 林燿德.以书写肯定存有:与简政珍对话[M]// 观念对话.台北:汉光文化事业公司,1989:182.

② 张大春.当代台湾都市文学的兴起——一个小说本行的观察[M]// 四十年来中国文学.台北:联合文学出版社,1995:166-168.

恋田园。五六十年代以后出生的作家，生于都市、长于都市，却不免要撰文诅咒都市，显出其矛盾的心态。①这种城乡对立的论点和对田园情结的依恋，直到 80 年代中后期，在台湾新世代作家的笔下终于有了根本性的改变。

20 世纪 80 年代以来，后现代主义与都市空间的结合，已经引起批评界的关注。洛枫认为，从都市社会学的应用角度来看，后现代主义应该被看成社会发展的进程，是都市空间的生产与消费的表现。一方面后现代主义与都市互动的关联无形中扩大了后现代主义的内涵，使其能更深入日常生活的内部结构，更进一步帮助阐释反映生活形态的文学作品；另一方面，"都市空间"的问题，也是后现代主义的一个重要课题，既回应了詹姆逊"后现代主义是关于空间的"，也涉及了布希亚所说的复制现实、模拟现实等后现代城市的特征。②可见，后现代与都市空间的关系是紧密而相互诠释的。陈思和阐述林燿德笔下现代都市的新含义包括以下三方面："一、资讯革命取代工业革命的过程正是后工业时代取代前工业时代的过程，故而资讯结构是体现现代都市文学特征的主要标志；二、新都市文学从传统的工商题材中脱胎出来，它与工商题材的关系不是扩大了后者的外延，而是标志了一个新的美学原则的崛起；三、现代都市文学着重现代审美意识的把握，并不限于写都市，原来

---

① 郑明娳.现代散文纵横论[M].台北：大安出版社，1997：135–136.
② 洛枫.从后现代主义看诗与城市的关系[M]// 中国现当代文学探研.香港：三联出版社，1992：187.

'城市'的概念被打破。"①林燿德所提倡的第三阶段的都市文学,其当代意义并不在于单纯的"城乡对立"关系,而在于它能够透过书写让都市中的建筑空间变成一种有机正文(text),充满着立面的动感和方位的诱导性、透视感,进而提供给读者某种或多种空间交谈的可能性。②第三阶段的都市文学关注到了后现代主义、资讯网络与都市空间的结合。林燿德认为,都市散文是"颇具革命性的一次文体流变,即使没有革命性的宣言或文告,仍然无法视而不见"③。郑明娳认为,都市散文使现代散文"产生精神和文体上的重大变革",在中国散文史上具有革命性意义。

一、台湾都市散文理论的都市空间观

在台湾都市散文理论谱系中,除了郑明娳对都市散文概念进行界定外,林燿德和杜十三都以"观念的提出"搭配"行动的实践",在台湾的都市散文谱系中独树一帜且自成体系。他们的都市散文观和书写实践都体现了鲜明的后都市空间观。

(一)林燿德的都市散文"空间正文观"

论及 20 世纪 80 年代台湾后都市散文,林燿德所建立起来的重要

---

① 陈思和.但开风气不为师——论台湾新世代小说在文学史上的意义[M]// 林燿德.世纪末偏航——八〇年代台湾文学论. 台北:时报文化出版,1990:347.

② 林燿德.空间剪贴簿——漫游晚近台湾都市小说的建筑空间[M]// 夏铸九、王志弘编译.空间的文化形式与社会理论读本. 台北:明文,1993:533-534.

③ 林燿德.导言[M]// 林燿德.浪迹都市——台湾都市散文选.台北:业强出版社,1990:15.

位置无可置疑。这位才华横溢的作家，在他短短十多年的创作生涯里，不仅书写丰硕，且作品涉猎广博，跨各种文类，甚至包括评论、戏剧等。统观林燿德的文学实践，最重要的就是他不断倡导的后现代①、新世代、都市文学等概念。他在梳理中国都市文学发展脉络后，基于历史性判断和对都市文化的理性认知，欲以都市为新典范的文学场域，提供文学变迁的"参考坐标"，进而取得"主流""霸权"的权力核心。②都市散文的理论建构与实践是林燿德都市文学版图中的重要一环。林燿德认为，都市散文"必须建立在远异于过去的世界观之上，才能产生文学史的意义"③。这种"远异"，正是他后都市散文理论建构与书写实践呈现的鲜明的后现代时空观：都市正文观。林燿德从后现代语境出发，打破写实主义粗糙模拟论的迷思，重新思考现代与后现代交界的情境下，全球化"都市"乃至"都市空间"的实质内涵，释放出对"都市"与"都市空间"多

---

① 讨论台湾后现代主义现象较具代表性的理论家大多举林燿德为例，来说明后现代文学的特性，如罗青列举"台湾地区研究后现代主义的重要学者与创作者中，便将林燿德名列其中。吴潜诚说林燿德凸显后现代的"文类混淆""百科全书式的引用典籍""后解构书写"；"后现代主义的鼓吹者、伟大的兽""后现代和都市文学的旗手"；王润华认为林燿德的作品"醉心于反形式、反意义，尤其对传统文学和现代经典的反叛更为激烈"，而认为这便是"后现代主义的现象"。"后现代"俨然成为林燿德的标签。林燿德自我的后现代解读，也一直是诸多研究者争议与质疑所在：究竟他是怎样的使用与误用，如何以后现代作为瓦解旧典范的利器，松动既有体制，挑战文化霸权，建立世代交替理论？这些内容成为 20 世纪 80 年代中期至90 年代中叶引人注目的文学现象。

② 林燿德在《都市：文学史变迁的新坐标》中指出："从一九八零年代初期开始，笔者即对'都市文学'的观念与创作实践产生浓厚兴趣，直到一九八九年黄凡与笔者共同提出都市文学已跃居八〇年代台湾文学主流，并将在九〇年代持续其充满宏伟感的霸业，我们已经为台湾近十年文学变迁的历程，提供了一套参考坐标。"林燿德.都市：文学史变迁的新坐标[M]// 重组的星空.台北：业强出版社，1991：189-202.

③ 林燿德.导言[M]// 林燿德.浪迹都市——台湾都市散文选.台北：业强出版社，1990：13.

元诠释的可能。林燿德从以下两个方面来阐述他的都市正文观:

一是"都市"即"当代"。20世纪80年代的台湾,处在一个转变的世代。①在这种剧烈变革的处境中,人们如何面对都市化与资讯化的生活情境,如何在急速奔流的多元中寻求生命的安顿,如何透过崭新的形式表现支离破碎、无所适从的符号流派,是文学所要面对的时代命题。在林燿德看来,这个"时代命题"应当是"如何进行和世界的深层对话"。②而这种"深层对话"显然体现在林燿德不断强调的"后现代"与"都市文学"上。林燿德在《以当代视野书写八〇年代台湾文学史》中指出,80年代后现代主义提供了另一种文学的选择,另外值得注意的,是都市文学因为被提倡,它变成了一个新的文学类型,与后现代主义有极为相似的血统,两者均十足反映了当代社会及文化环境的变迁。③林燿德在《八〇年代台湾都市文学》一文中指出:"对于'都市'一词的诠释,完全牵动到对于'八〇年代台湾文学'一词的诠释;在此笔者赋予'都市'一词一个非常武断的定义——流动不居的变迁社会。"④在林燿德的概念里,将"都市"视为一个主题而不是一个背景;"换句话说,我在观念和创作方面所呈现的'都市'是一种精神产物而不是一个物理地点……'都市'即'当代'"⑤。林燿德指出,他心中的"真实的空间"在

①　20世纪80年代对台湾文学的特殊意义笔者已在绪论中专门论述,此处不再赘述。
②　黄凡,林燿德.新世代小说大系总序[M].台北:希代多媒体书版股份有限公司,1989:6.
③　黄凡,林燿德.新世代小说大系总序[M].台北:希代多媒体书版股份有限公司,1989:10-11.
④　林燿德.八〇年代台湾都市文学[M]//林燿德.重组的星空.台北:业强出版社,1991:203-244.
⑤　林燿德.钢铁蝴蝶[M].台北:联合文学出版社,1997:290-291.

都市中并不对应"真实地点"，它们在一切地点之外，又可能在一切地点之内，飘零、破碎、时刻变化，没有统一的形而上学概念维系着它们存在的规则，因为这种"真实世界"或是"真实空间"乃是对应于现实空间创造出来的虚构/后设空间。①痖弦在为林燿德散文集《一座城市的身世》所写的序文中提到，在林燿德的观念里，人类进入后工业文明后，城乡的定义已与过去大不相同。古时的城市以城墙为界，墙内为城，墙外为邻，一目了然。现在的城市概念不但延伸到"城"外的卫星市镇，甚至在大众传播家的眼睛里，凡是现代科技、现代信息所笼罩的地方，都是都市的范围，这么说来，所谓现代城市也应该包括乡村在内。②都市作为一种"主题"，不单单是作为物质空间而存在的，它同时昭示了一种新的生活方式和人文景观，是为现代经验和现代感觉提供凝聚和发散的场地。他在《都市的儿童》中预言："他们的故乡不再是一个'地方'——一些固定的自然景观与原始建材的组合；而是一套"系统"，一套由无数预设概念、随机变数和人工规格造型所架构的庞大精神网络。"都市不是地点，而是"当代"。

二是"都市"即"正文"。林燿德进而提出了"都市空间正文观"。他认为："每一个作为建筑内部元素的空间，都是等待重新被书写的正文。人类对于空间的支配是一种单纯的幻觉，人类只不过和空间互为

---

① 林燿德.空间剪贴簿——漫游晚近台湾都市小说的建筑空间[M]//郑明娳.当代台湾都市文学论.台北：时报文化出版，1995：120.

② 痖弦.在都市里成长——林燿德散文作品印象[M]//林燿德.一座城市的身世.台北：时报文化出版，1987：11-24.

正文罢了。"①"都市与人互为主体、互相投射、互为正文。"②这点适恰地说明了"都市"本身无法被贬抑为某某次文类，或是被看成某种书写的题材及客体，亦不能被单纯看成与"田园""山林"等相对立的场域，而是以一种新的价值体系的身份出现。这种自觉式的价值体系的出现，从林燿德的论述来看，正是"都市"作为书写之正文的一种展现。这里显露出一个重要观点：林燿德并不将"都市"作为一种次文类看待，而是认为"都市本身即正文，一种非书写符号构成的正文"③。在这之中便有着"都市作为正文"跟"正文作为都市"间的巧妙辩证。"都市文学"就是其都市正文的文学实践，同时，创作活动本身正形成都市的社会实践，创作者同时兼具了都市正文的阅读者，以及正文都市的创造者的双重身份。④林燿德这种空间正文观，与克朗文学空间理论的基本观点不谋而合。克朗认为："文学不是一面反映世界的镜子，而是复杂意义网络的一部分。"⑤他并不强调文学和现实世界的对应关系，反对把文学空间视为我们认知现实空间的图式。克朗更看重的是文学空间所蕴含的文化意义、权力关系、情感因素等。在人文地理学的新视野之下，

---

① 林燿德.空间剪贴簿——漫游晚近台湾都市小说的建筑空间[M]//郑明娳.当代台湾都市文学论.台北:时报文化出版,1995:290.

② 黄凡,林燿德.新世代小说大系总序[M].台北:希代多媒体书版股份有限公司,1989:13.

③ 林燿德.八〇年代台湾都市文学[M]//林燿德.重组的星空.台北:业强出版社,1991:203-244.

④ 林燿德.都市:文学史变迁的新坐标[M]//林燿德.重组的星空.台北:业强出版社,1991:189-202.

⑤ [英]迈克·克朗.文化地理学[M].杨淑华,宋慧敏译.南京:南京大学出版社,2005:52.

过去人类所认为的自身对空间的无限支配性如今被视为一种单纯的幻觉，人类和空间其实是互为正文的关系，书写的当下亦被书写。因此空间性能够表现为一种"力量"，它能够"反过来影响、指引和限定人类在世界上的行为与方式的各种可能性"①。孟樊指出，林燿德的空间正文观，不但受后结构主义者罗兰·巴特(R. Barthes)和福柯(M. Foucault)的影响，而且受到意大利小说家卡尔维诺《看不见的城市》的影响。在林燿德的观念中，抽象化、流动性、开放性、多元化与多重性是都市空间的突出特点。"这种抽象化的空间界定，正是后现代作家后现代社会情景中空间感觉结构发生的一次巨变，这也正是与现实主义、现代主义作家在空间感觉结构上产生的重大区别。"②

这种后现代时空体验转型给散文思想与文体带来巨大的冲击。在这种后都市空间观念之下，林燿德对"都市散文"的界定呈现出鲜明的后现代特征。林燿德定义下的新都市文学(包括都市散文)，"主要是表现人类在'广义的都市'下的生活情态，表现现代人文明化、都市化后的思考方式、行为模式。它具有多元性、复杂性，以及多变性。它不再着力于描写都市景观，对工商社会现实问题挖掘的用心也与写实主义作家不一样。新都市文学要捕捉的，应该是都市现象背后的精神"③。他认为，凡"资讯发达的国家，事实上整个国家已经形成一个城市，再与其

---

① [美]菲利普·韦格纳.空间批评：批评的地理、空间、场所与文本性[M]// 阎嘉.文化理论精粹读本.北京：中国人民出版社，2006：137.

② 林强.台湾当代散文空间诗学研究[M].北京：人民出版社，2017：238-239.

③ 痖弦.在都市里成长—林燿德散文作品印象[M]// 林燿德.一座城市的身世.台北：时报文化出版，1987：14.

他国家的都市系统构成连线，这种人类生活的新结构新关系，应该是现代都市文学的新内容"①。"林燿德一再强调的是，'都市文学'是一种观察的、经验的角度，而非一种先验的理论框架或者具体的文学运动。'都市文学'不是建立在'城乡对立'的思考上，而是设定都市是现代人身陷其中的一座'迷宫'，一个'精神漩涡'。"②对林燿德而言，"不一定写摩天大楼、地下道、股票中介、大工厂才是都市文学，凡是描写资讯结构、资讯网路控制下生活的文学，都是都市文学"③。林燿德借由编选都市散文集，由四辑的标题建构了他心目中的都市散文概念："城市素绘"（呈现都市景观和现代生活素描），收录古添洪、曹又方、叶庆炳、叶维廉、薛荔的作品；"人间浮掠"（都市人的浮光掠影），收录李昂、林彧、旻黎、黄凡、郑宝娟、苏伟贞的作品；"资讯思考"（以都会交通、视讯及其他传播网路为描写对象的作品），收录古添洪、杜十三、李赫、保真、黄建仁、赖声羽的作品；"幻域灵视"（叙述者能运用立体化的思考方式穿梭在不同的物理时空和心灵时空的错置之间），收录林彧、林燿德、竺溪、珞沁的作品。④从空间的角度来说，林燿德都市散文概念充分体现了"都市即当代、都市即正文"的"都市空间正文观"，这是对传统空间解构式的思考与观察，将对都市的诠释从宏观进入微观的层次，从结构到解构，从贯时的时间思维挪移到并时的空间思维。

---

①③　痖弦.在都市里成长——林燿德散文作品印象[M]// 林燿德.一座城市的身世,台北:时报文化出版,1987:14.

②　杜国清.台湾都市文学于世纪末[J].台湾文学,1999(6):7.

④　林燿德.浪迹都市——台湾都市散文选[M].台北:业强出版社,1990:13—15.

（二）杜十三的"四度空间观"

在都市散文作家中，杜十三和林燿德都是以不安分的"文坛异形"，以全方位的方式开启他们的文艺生涯，都以无比的热情触及包括诗、散文、剧本、小说、评论、编辑、绘画等领域。杜十三从观物角度的变化提出了他的"四度空间观"。其一，后现代语境下四度空间的"历史社会"观。他认为，资讯社会改变着人类的时空观念，也改变着人类观看事物的方式和观看的内容，从而深刻改变了人类社会的生活形态和人类的感觉结构。在资讯社会中，资讯网络覆盖全球，电子媒介可以将人类的历史压缩、呈现，而"现代"成了虚无缥缈的"宇宙的现在"。在"数字化""网络""复制""虚拟"……的环境中，人类已然活在"一个包含所有人类呼吸，以及古人喷嚏和来人胎动的历史社会里，是四度的，而不是三度的空间里了"①。"艺术家们所面临的已经不是传统的三度空间的'再现'问题，而是如何超越物理时空的限制，而以人类历史的时间和宇宙地球的空间为新坐标，重新架构、多元再现的课题了，换句话说，现代的艺术家所需要的，乃是一种更为宽广的、四度空间的'历史社会'观，而不再只是一个惯有的、现实性的地球社会的三度空间观。"② 其二，这种"四度空间观"改变了人们"观看"的方式。杜十三认为："在种种改变过往时空的速度、节奏与本质的'运转方式'中，影响现代人

① 杜十三.四度空间的历史社会观——浅谈资讯时代的艺术形态［M］// 杜十三.鸡鸣·人语·马嘶——和生命闲谈的三种方式.台北：业强出版社，1992：202.
② 同①202-203.

的行为最大的,要数人类'看的本质'的改变——人类的'看'已经从过去'面对面'或'面对现场'的'看',渗入了大量'透过摄影机的看'了——而在这些有如走马灯,大异于人眼'平常看'的'电波传真的看'之外,多的却是经过'选择'、经过'剪接'、经过'编辑',甚至经过'蒙太奇'之后的'看'——我们只能用'传统的看'看到我们周围有限的现象,却必须通过上述革命性的新'看'法,才能'看'到社会、'看'到人类、'看'到世界以及'看'到地球——作为一个散文家,应该如何去掌握这种'看'的本质,而在传统的'看'之外,也能通过'新的看'演绎出更有创意的'叙述'方式,去面对这个日渐光怪陆离的世界,进行更有时代感与更为'真实感'的反映或者批判呢!"①杜十三的"四度空间观"使他的散文书写实践在散文艺术上取得了一定的突破,独树一帜而又有开拓性。

(三)郑明娳"都市散文"概念的时空观

如果说林燿德和杜十三在散文书写中,彻底落实了其都市散文空间理论的"隐性宣言",那么郑明娳则通过详细的文本解读和理论总结,在《现代散文现象论》中对都市散文进行定义。郑氏在论及20世纪80年代台湾散文创作的特色时,举出亮轩、王鼎钧、喻丽清、阿盛、孟东篱、高大鹏等人的作品都有明显的知性成分,且出现崭新的纯知性散文,几乎完全摆脱感性散文的形式与内容,并称之为"都市散文"。郑明

---

① 杜十三.散文艺术的思考[M]// 杜十三.鸡鸣·人语·马嘶——和生命闲谈的三种方式.台北:业强出版社,1992:219.

娴指出，由于社会急骤的变迁与信息社会带来新兴的认知世界的角度，都市散文创作异于以往，兼具时间和空间的层次，进行多元的考察，其具备五项特质。一是思考方式立体化。都市散文作者不再耽溺于以抒情为主流的叙述模式，改以知性的角度观察人生的感官世界，发掘其背后潜藏的多重形而上意义。区别于感性散文注重主题教示意义，都市散文出入于超然哲学的思维。传统散文一般在三度空间中观物，都市散文则在四度空间中穿梭；前者是平面的，后者是立体的。在叙述观点的调度上，都市散文突破抒情散文第一人称的主体中心，驱除创作主体自传性叙述，使得正文能够出入虚实不同的时空。这种叙述方式更近于当代小说，一方面，作者隐藏了自己的身世，读者无法在散文中寻找作者真实的形象与感情世界；另一方面，作者又描绘了独特的心理世界，呈现"抽除了自我的自我"、抽象性的世界观和对变迁社会的批判。二是巨视的世界观。都市散文作者几乎不处理作者个人或少数人物的情境，转而关心人类整体的处境。三是对人类本质的探讨。都市散文作者由人类的殊相而导向人类的共相，不仅关注社会的现象面，也注意人类的心灵层次，并深入到集体潜意识中。四是辐射式的主题投射。都市散文中蕴含多重繁复的意旨，不仅限于单一主轴。五是叙述者与作者划分清晰。在都市散文中"我"为第一人称，叙述者作为"编撰作者"与真正从事书写的"书写者"和"隐藏作者"，三者划分极为清楚。①郑明娴为都市散文所定义的特质，为她所观察到的都市散文

---

① 郑明娴.台湾现代散文现象观测［M］// 郑明娴.现代散文现象论.台北：大安出版社，1992：59—61.

普遍具有的元素，无论是写作内容、形式还是书写的价值观，皆开创出与以往不同的方式，具有更开阔而全面关怀人类处境的面向。郑明娳指出："都市散文的兴起，不仅是社会急骤变迁造成旧社会及旧观念解体的结果，同时也因过去社会从来不曾有过时空以外四度空间的变革，信息社会带给新世代崭新的角度来重新认知世界。所以都市散文之异于以往者，实是作者观物角度有了调整。"①郑明娳还认为，"都市"其实是在社会发展中，因各种不同力量的冲击而不停地处于变迁状态的情境。②都市散文包含以城市生活为描写题材的市民文学，以及掌握社会变迁，运用新的思考方式创作的都市文学，其中的"都市"并非指具体可见的地点，更不是高楼堆砌组合而成的空间。

二、台湾都市散文空间叙事形式批评

　　文学的空间形式是指作者采用各种叙事手段使文本在形式方面空间化。空间化的叙事形式是指作者采用某些叙事手段打破文本的线性叙事，使文本的形式结构呈现立体化和空间化。前文提及约瑟夫·弗兰克《现代文学中的空间形式》中创造性的概念为后来的学者对现代主义文学中"空间形式"的研究奠定了基础。台湾都市散文理论呈现出

---

①　郑明娳.八〇年代台湾散文现象[M]// 林燿德,孟樊.世纪末偏航——八〇年代台湾文学论.台北:时报文化出版,1990:71.

②　郑明娳.台湾现代散文现象观测[M]// 郑明娳.现代散文现象论.台北:大安出版社,1992:59—61.

鲜明的后现代都市空间观，在这个时空并置的年代，作家们用一种突破传统的言说方式和叙事策略进行书写，呈现立体多面的空间叙述结构。在这方面，林燿德、杜十三等进行了都市散文叙事空间形式的理论探索与创造实践。

（一）多棱镜晶体结构并置的空间叙事结构

前文提及弗兰克在《空间形式的理念》一书中提出了著名的"空间形式"（spatial form）和"空间并置"（juxta-position）概念，其中，"空间并置"强调的是从各种看似不协调的成分中形成自己的认识。林燿德后都市散文的独特性就表现在他对结构的高度重视和自觉性的刻意经营，其都市散文的叙述呈现一种多棱镜晶体结构并置的空间叙事结构。他说："我作品中模糊的地方在于结构之间一个奇异的转换，不在语言本身。"①郑明娳也认为，林燿德散文的结构试验性更高，部分作品呈现解构的处理。②这种"解构的处理"即表现为"空间并置"的叙事形式。林燿德常常采取后现代主义碎片化的结构，由若干短章拼接，以一种支离破碎的表面无序来表现后工业都市破碎的人生体验。如《城》，字数不到三千，由 24 个小章节构成，片段式的章节结构趋于跳跃性，各章节之间看似缺乏有机的关联，看似无序其实有着其形成的秩序，即都市主题。这种散文结构具有多面性、立体性和散发性，呈现一种

---

① 痖弦.在都市里成长——林燿德散文作品印象[M]// 林燿德.一座城市的身世.台北：时报文化出版，1987：19-20.

② 郑明娳.林燿德论[M]// 郑明娳.现代散文纵横论.台北：大安出版社，1997：149.

"晶体式结构"，"有着精确的晶面和折射光线的能力"。①卡尔维诺用《看不见的城市》来解释这种晶体结构，他说："(城市)这个形象像晶体那样有许多面，每段文章都能占一个面，各个面相互连接又不发生因果关系或主从关系。它又像一张网，在网上你可以规划许多路线，得出许多结果完全不同的答案。"②这种晶体结构正契合了林燿德的都市"多棱镜"视角，除了一些短篇，像《希腊》《行踪的歧义》《紫色的警句》《房间》《靓容》《颜色》《鱼梦》等多数散文，均是片段缀辑的结构，一篇文章容纳若干互不相关或互相挂钩的短章，没有了传统散文中的逻辑性、连续性、确定性，但都笼罩在同一主题观照下。这种晶体结构也可视为迷宫意象的一种转喻，"透过对书写对象的层层剥除，多层次的申述，旨在营造迷宫情状之余，亦暗藏一股走出迷宫的盼望"。③作为文体实验家，林燿德强调作家的创造力，即一种"包含了丰富想象空间的创造力，对于过去、现在与未来都充满想象空间而使我们走出教条、走向世界的创造力"④，以多棱镜晶体结构并置为主要特征的"迷宫空间叙事形式"正是这种创造力的最佳注脚。

---

① 卡尔维诺在《美国讲稿》中归纳了两种文学生命中的几何形式，即"晶体"和"火焰"，并将自己的作品归为"晶体派"。所谓"晶体派"文学作品，即是说文学作品像一个晶体一样，有着"精确的晶面和折射光线的能力"。

② [意]卡尔维诺.美国讲稿[M]//卡尔维诺.卡尔维诺文集.南京:译林出版社,2001:358.

③ 王文仁.迷宫顽童——林燿德都市散文初探[G].台湾第六届南区五校中国文学系研究生论文研讨会论文.

④ 林燿德.城市·迷宫·沉默(跋)[M]//林燿德.钢铁蝴蝶.台北:联合文学出版社,1997:294.

(二)蒙太奇式的空间叙事结构

"蒙太奇"是法文"montage"的音译,主要是指电影艺术中的一种画面、镜头和声音的组织结构方式。这一技巧最大限度地将不同画面与各种场面成功拼接、调度,从而保证了剧情的完整性。美国学者爱德华·茂莱就曾经提出:"电影技巧似乎特别适用于对一座大城市做全景式的观察。"[1]杜十三对蒙太奇手法的巧妙运用,促成了其对散文文本叙事的革命。

杜十三认为,散文要成为一种富有时代感的独创艺术,就应该正视人类所处的时空转换,运用四度空间,将文字表现的思维形态从"第一自然"或"第二自然"的范畴扩张到包容"第三自然"的时空运转方式,"大胆尝试现代映像中各种'看'法的'蒙太奇'叙述方式,运用文字将现代人间的万象'拍摄'成冷峻、客观、无我的'场景',再充分地运作摇、推、拉、溶入、淡出、全景、特写……等唯我的映像导演手法取代一般文字的主观描摹叙述方式,进而用心地将自己的'文字表现'合成带有诗质的'胶卷',用新的'文学'拍出具有鲜明意象与戏剧张力的现代人生'场景'"[2]。杜十三的散文选《爱情笔记》中收录的作品,充分展示了其影像思维、时空角色替换思维和电影的蒙太奇思维。在散文《海》中,杜十三便充分运用了影像思维,摄影机镜头对空间的切割、拼贴与

---

① [美]爱德华·茂莱.电影化的想象:作家和电影[M].邵牧君译.北京:中国电影出版社,1989:53.

② 同①219-220.

组合,创造出一个违反肉眼视觉逻辑的超现实空间,形成"立体多面交映的水晶体"①。在散文《铜》中,则体现了时空角色替换思维,"铜"从古战场到子宫再到世界战场,多重空间从历时性散布状态变成共时并置;而"铜"在上下几千年的时空变幻中不停地穿梭,参与到人类的生死较量中,这使原本意义相对独立的时空形式在并置中共同产生意义场,亦即"人体外的战争,是人体内战争的延长"②。在《手表》《口袋》《梅》《荷》《刺》等作品中,便充分运用了电影蒙太奇思维的切割、拼贴与组合,创造出一个超现实空间。林燿德评论道:"杜十三的物趣小品大量运用镜头的切割转换,采取全知观点,挑拣片段印象,以冷静笔触串织成篇,借此将主观的思维通过客观素描呈现,或者将形体的意义释放出来,提供了一种专属创造者的崭新的世界观。"③杜十三通过自己多样化的叙事手法为散文艺术的发展做出了新的突破与探索。

正如圣福德·斯克瑞伯纳·阿莫斯所言:"一个作家的语言会创造性地完成于各种有价值的结构中。"④台湾都市散文作家试图以不同的空间并置结构去挖掘"都市"这个意象开放、多元、多种意义阐释的可能,展现都市散文叙事的多种可能性和文本空间的开放性。

---

① 罗门.杜十三作为诗人的存在——他内层创作生命的"基本面"形容杜十三创作特质的话[J].台湾诗学季刊,1998(25):83.

② 杜十三.爱情笔记——杜十三散文选[M].北京:中国友谊出版社,1994:60.

③ 林燿德.杜十三的冷笔热心[M]//杜十三.爱情笔记——杜十三散文选.北京:中国友谊出版公司,1994:7-8.

④ [美]圣福德·斯克瑞伯纳·阿莫斯.结构主义:语言和文学[M]//王鲁湘.西方学者眼中的西方现代美学.北京:北京大学出版社,1992:458.

三、台湾当代都市散文空间叙事功能批评

如果说传统的空间仅仅是提供情节发展的背景说明，是一种平面化思考的话，那么在台湾都市散文理论阐释和书写实践中，空间已转化为叙述中最重要的元素，并呈现隐藏于其后的权力结构与意识形态。都市散文不仅讲究结构的空间感，也注重空间意象的经营。他认为，单就都市散文的意向系统而言，现代散文的内涵已"过渡到以火车铁道为重要象征的工业社会意象，已经穿越许多年头；原本被视为丑恶的钢条，而今车轨被当代作家广泛接受了（甚至可说是俗滥地援用着），绵长无尽的铁轨代替了田埂和山路作为人生和记忆的隐喻。到了资讯统御世界的后工业时代，都市的心灵空间势必逐渐取代田林铁轨的地位，也将显现出更复杂而精致的意义"①。"都市本身呈现并时的、多重编码的空间结构，犹如笔者所使用的'多棱镜'意象，一切历史的、曾经被时间界定的事物在这奇异的、远远脱离牧歌田园模式的多重空间中再现、变形、隐匿、互相结合或者撞击，而作家身处其中，不仅本身以及自己的作品成为都市自动书写的一部分，他在正文中也面对了物理空间和心理空间交错的建筑、路牌、铜像、广场、公园以及梭织其隙的各种意识形态，更重要的是这些生动造型背后所隐藏的世界。"②都

---

① 林燿德.导言[M]//林燿德.浪迹都市——台湾都市散文选.台北：业强出版社,1990:15.
② 林燿德.八〇年代台湾都市文学[M]//林燿德.重组的星空.台北：业强出版社,1991:222.

市空间所隐含指涉的象征，不再只是具体的都市景观，其所构筑的物质与精神之间的关系，是一个文化符号化的过程，是一个内涵了现代化、现代性与后现代性的复杂系统的符号。因此，在他的散文里，都市是一个由严密的抽象概念、无形机制组成的一套独立运转精神系统，它不再是城乡二元对立下的产物，而是一个可以同时承载一切、充斥着迷宫式布景的后现代都市。在这个迷宫里布满了各种生命零件、公寓零件、人类零件、地球零件等，而这些零件构成了都市散文的"迷宫"意象系统。

从空间的角度我们可以洞悉，林燿德以"迷宫"这个空间意象系统贯穿其都市散文书写。"迷宫"一词最早来源于古希腊语，是希腊神话中对结构复杂的建筑物的称谓。"迷宫"作为人类思想最古老的一种图示，是世界各民族文明中都存在的一种生存方式、文化现象和思维模式，迷宫现象存在于人类各种文化类型中。现代以降，文学家们发现，世界本身就是混乱、无序、破碎的，"迷宫"成了作家在现代社会中获得的多重、同质、混乱等一系列世界经验的表现。特别是到了 20 世纪五六十年代，后现代主义思潮兴起，"迷宫"成为后现代作家们努力把握混乱，给予经验一种秩序的文学符号。林燿德以"迷宫"隐喻都市人的迷惘与异化。在《城市·迷宫·沉默》中，林燿德讲道："八〇年代前期我写作一连串《都市笔记》时，逐渐浮现两个主要意象系统，其一是地图，其二是迷宫……我的《迷宫零件》(1993) 是小说、诗或者散文，也是另一座迷宫，关键处仅是由我导游罢了；只不过导游者隐身其中，成为

'零件'的一部分,那个消失的'我'是逃避者又是追索者"①,指涉其欲以"迷宫"意象贯穿其都市散文书写的意图。林燿德用诗人的眼,在"真实—想象"中书写了物理空间和心理空间交错而成的各种都市意象,通过瓦解都市意象进行都市符征的深层探索,在散文意象再塑上常常是写实与象征交织,显示其散文意象的特色。

　　都市作为现代性的起源与核心,人们对时间的感受和生活的理解,来源于如何使用及感受都市空间,并且在异质的空间中,透过再现或者是书写另一个时空,建立起自我对于世界的观感。林燿德都市散文中多重性和差异性的空间书写超越了单向度的空间写实,凸显了后现代散文多重性和差异性的空间美学特征。林燿德散文中摩天大厦与工地、"地下都市"、都市与巷弄等都市差异空间意象,交错着都市人所蕴含的复杂矛盾的心理空间, 揭示了在都市中交织着文明与野蛮、希望与失望、理性与缪性交错的混乱与无序。在林燿德眼中,"后都市"便如同后现代对语言的拆解一般,它不再是静态的结构与空间,而是多元流动且变迁不息的。它同时容纳各种不同空间形态、无数符征的并列拼贴,如同一座没有起点也没有终点的"迷宫",在现实与想象的灰色地带中游移。在都市这座复杂的"迷宫"里,都市的物理空间与都市人的心理空间交错成复杂的"迷宫"意象,真实与虚幻充斥着都市人的心灵观感,人们面对无法走出的迷惘不断提出问题,并且不断探索。最大的"迷宫"不是地图上的不明区域,而存在于人们最深的心里,人类

---

① 林燿德.城市·迷宫·沉默(跋)[M]// 林燿德.钢铁蝴蝶.台北:联合文学出版社,1997:293.

迷失于自己所建造的"迷宫"中无法自拔,这就是都市人的真实写照,也是林燿德散文"迷宫"意象系统的意义所在。在林燿德作品中,"迷宫"既是人类文明本身,也是现代都会扩张发展的原型。诚如郑明娳所言:"在他的都市散文中,具体反映了都市中被视而不见的异化现象。"①林燿德在多年散文创作的轨迹上,贯穿以"迷宫"意象来挖掘散文文本可能展开的复杂空间,并将都市思维推进至生存层面和世界观层面,展现了散文多样化的图景,也将台湾都市散文推进到新的高度。

意象是杜十三散文的核心。杜十三散文中的意象多取自现代生活中的客观物象,几乎所有的散文都以物象的名词命名。如《太阳》《月亮》《悬崖》等的"第一自然"命名;《铁轨》《楼梯》《超级市场》等体现"人造式第二自然"的命名;《传真机》《电视机》《电脑》等的体现"再现式第三自然"的命名,就如同他散文《新世界的零件》中的零件一样,这种以物为象、避免主观情感介入的冷峻,将散文中的意象凸显放大到了极致。他通过蒙太奇式运镜的白描手法,将散文中的意象分割、串联、融合为一幕幕发人深省的人间百态,体现了空间意象的强大叙事功能。

都市散文作家用诗人的眼,借助种种都市日常生活中的意象来突显都市的本质,是都市散文的重要书写策略。他们在"真实—想象"中书写了物理空间和心理空间交错而成的各种都市意象,通过瓦解都市意象进行都市符号的深层探索,在散文意象再塑上常常是写实与象征

---

① 郑明娳.当代散文的两种"怪诞"[M]// 郑明娳.当代台湾都市文学论.台北:时报文化出版,1995:169.

交织，显示出其散文意象的特色。杜十三认为："人间存在的所有静默物象，似乎也都具备了人性之中存有的爱、欲、憎、妒，以及颠簸、坎坷之后的种种感应和灵动。"①因此，他擅长自生活中提炼超常的感官经验，唤醒沉睡的心灵，使平凡事物重现令人惊奇的魅力。杜十三凭借着蒙太奇的时空调度去除虚幻的表象，进而直达事物的本质。

20 世纪 80 年代以来，"都市散文"确实是台湾散文中一个极具特色的类型，在理论探索和创作实践上都开了花结了果，文学史上自有其一席之地。不过都市散文在 80 年代并没有形成共象，而成为一种主导文类。进入 90 年代以后，因为都市化的社会本质使然，社会普遍都理解并接纳都市的存在，已不再大张旗鼓地强调书写"都市"的特殊性，都市文学不再引领风骚，而是以更隐微的姿态隐遁于小说、诗与散文等各种文类间，呈现了更加多元化的都市风貌。钟怡雯表示，"进入九〇年代以后，因为都市化的社会使然，好些新生代作家选择了都市作为书写的背景或素材，无论是都市人的生存情态情欲模式、消费心理还是空间意识都有相当的成果。都市变成一个不需要刻意标示的主题/题材，都市散文的旗帜遂厕身于其他主题"②，如散文的地志书写等。这个观点说明了"都市"的精神与特质为各种类型的散文所撷取，也间接实践了林燿德"都市即当代"的意涵。

---

① 杜十三.人间感想——人间的抽象与艺术的具象(后记)[M]// 杜十三.人间笔记.台北：台北时报文化出版，1984：172.

② 钟怡雯.序·天下散文选[M]// 钟怡雯，陈大为.天下散文选Ⅰ.台北：天下远见，2001：6.

第三节 台湾当代散文性别空间书写批评

地理的空间再现,除了与政治相关,还与性别有着密切联系,空间是性别关系建构的场域。20 世纪 80 年代以来,性别与空间关系越来越多地进入西方文学、文化研究的视野,成为人们关注的热点问题。女性空间概念的构建也和文化地理学与女性主义理论的发展交叉有关。当从女性主义的角度审视空间时,我们发现,空间的经验其实也反映了性别的价值与形塑。作为文化地理学与女性主义理论交叉的女性主义地理学,将"空间"和"性别"当作其关键词,聚焦于揭露空间中的性别不平等现象,解释空间区分和性别划分的关系,揭露空间与性别的互相构成与深层含义。梅家玲在《性别论述与台湾小说》中编辑了"性别与空间阅读专辑",认为"以'空间阅读'为切入点,进而探析相应而生的女性书写政治。空间可以是实存的地理位置,是家、是国,也可以是文本、身体,以及文化空间"。[①]女性主义地理学不仅为认识性别和空间的关系提供了一种途径和思维方式,同时也为文学研究提供了新的向度和可能。

本章所谓性别空间,指的是被性别价值观念和意识所铭刻的性

---

① 梅家玲.导言:性别论述与战后台湾小说的发展[M]// 梅家玲.性别论述与台湾小说.台北:麦田出版社,2002:25-26.

别化空间。空间反映并影响着社会中性别建构与理解的方式。在父权制社会，空间按照父权意志来规划和分配，并以此来维持对女性的统治，成为限制女性、维系权力阶层的工具。同时，与男性关系的状况决定着女性的空间状况。性别空间正在被许多批评家所关注、阐释，诸如空间设置怎样塑造性别观念、空间设置怎样隐喻权力规训、空间与性别如何互相生产等。批评者们注意到，女性存在流变的本质即女性空间位置的不停转换。于是，就女性存在而言，时间（历史）让位于空间；或者说，时间（历史）成为空间的手段。对位置的想象或描述，给空间定位提供了话语条件。女性在空间中位置感的获得，是其存在的保证和证明。无论是内部空间、外部空间抑或空间移动都是性别文化研究的课题。

性别空间书写与女性主体性构建是台湾当代散文研究的重要课题之一。自 20 世纪 80 年代解严之后，台湾现代文学界便展开众多关于"主体性"的研究，无论是国族论述、后殖民理论还是性别研究等，都关注"主体"议题。谈到女性主体性建构时，我们必须先理解何为"主体性"（subjectivity）。主体性是西方人道主义的核心理论，即以人作为思维中心，超越于神、自然，把人的个体置于社会的整体架构之上，并将具有意识的心灵与物质性的身体对立切割，强调个人的自我意识及自主能力。①福柯则以身体取代主体，认为身体不单是表面上所见的"肉

---

① 陈玉玲.寻找历史中缺席的女人:女性自传的主体性研究[博士学位论文][D].嘉义:南华管理学院,1998:25.

体"而已,而是与文化建构、权力、知识共同形成的体系,它们都有很密切的关系。①研究者普遍认为,心灵与身体同时与自我主体性的建构有重要关联,心灵与身体均具有主动与被动的双重特质,因此关注人如何在空间中通过心灵与身体展现其主体性。李癸云认为:"研究女性主体性的意义,在于探讨女性主体如何被文化与社会所塑造。文学作为一种书写形式,在表达女性主体的过程中,可以不断逸出常规,寻求更自由的主体性建构。"①主体从来不是一个固定不变的状态,正因为主体拥有如此开放的流动特质,主体研究才具有不断开展的各种可能。

台湾当代散文批评吸收借鉴了女性主义理论,将文学批评、文化地理学以及空间理论结合在一起,探究文学作品中各种空间形式的身份认同。他们在对文学空间的研究中,将空间的身份特征凸显出来,关注的焦点转向对女性主体性的研究,注重空间的自我、身份认同的研究。当代散文研究者关注经常被忽视为生活背景的空间书写,分析作家笔下的各种空间形态,以及空间如何展现人的主体意识,并关注现代人在空间中的主体表现。性别空间是女性主体性的重要表征,空间的转换、位置感的追求隐含着女性主体性的具体状况。台湾当代散文性别空间批评,探讨散文、性别、空间三个领域的交集的文学再现,注重女性主体在压制之下如何展现其能动性,如何与世界展开互动,并

---

① 廖炳惠.关键词200:文学与批评研究的通用词汇编[M].台北:城邦文化事业股份有限公司,2003:33.

② 李癸云.朦胧、清明与流动:论台湾现代女性诗[M].台北:万卷楼图书有限公司,2002:5.

再现为丰硕的文本。

一、寻求"自己的房间"与女性主体性建构

英国知名女作家弗吉尼亚·伍尔夫的著作《自己的房间》一书是公认的女性主义经典之作，书中便是针对性别与空间这两大主题展开叙事的。在伍尔夫的理论中，女人得有自己的房间，能够安静地思考、独立地工作，如此才能有生存的尊严。"自己的房间"就是自我的私密空间，身处于自己的房间中，人能够放下虚假伪饰，回归本然的样貌，其行为、思想最贴近原初的自己，因此可视为主体高度展现的场域。比如，"在家中拥有自己的一片空间，是和谐的情感关系或家庭关系的基本条件。属于自己的卧室、书房或工作室，便是属于自己的'堡垒'，它让人得以享受隐私，并向他人清楚宣示自己需要独处的时间。这种空间的重要，也因它让人透过带入此空间的食物、装饰墙壁的方式、抑或展示其中的物件，借以表达出自己的身份认同"①。批评者们研究女性追求"自己的房间"对于女性自主和反抗制约的意义。

人生存活动于"空间"之中，家是人类栖身和日常生活最重要的物理空间和隐喻空间，能够折射出特定文化中的两性关系。麦道威尔说："在所有社会里，家都不只是个实质构造而已。住屋是生活关系的所

---

① ［美］克莱尔·库伯·马库斯.家屋：自我的一面镜子［M］.徐诗思译.台北：张老师文化事业股份有限公司，2000：220.

在,尤其是亲属关系和性欲的关系,它也是物质文化与社会文化交往的关键连结;住屋是社会位置与地位的具体标记。"①家屋作为女性散文家表现生活经验的重要部分,能充分满足作家的精神需求,常常成为女性作家笔下重要的文学表现题材。她们以家屋为依托,建构起自己的文学大厦。在作家笔下,家屋空间切分得更为精巧,在不同形式的家屋空间里,在生命历程与所思所想之中,存在着不同异质性的家屋空间。散文研究者关于家屋空间有各种维度的探讨,其中女儿房、新房、厨房、书房等进入散文书写的意象蕴含多重含义,运用在散文书写题材上也产生了多面性变化,但不管是什么形式的家屋空间,女性追求自我的空间,进而建构自我的主体性,是贯穿其中的主题,成为批评者们关注的重点。对女性而言,房间的转换不只代表生活空间的改变,更意味着"角色"的转换。

(一)从女儿房到新房(夫妻房)的流动

研究者关注到,女性生命之中的一个房间是附属于原生家庭的"女儿房"。这也成为女性散文家着墨较多、散文批评关注的一个家屋空间。女儿房看似是属于女儿自己的房间,但本质上却是拥有流动性的房间。在一般情况下,女儿终有离开家的一天,主人的离开会使房间

---

① [美]琳达·麦道威尔.性别、认同与地方——女性主义地理学概说[M].王志弘,徐苔玲译.台北:群学,2006.

陷入流转的命运。"家庭不单只是一物质单位，或纯粹幻想对象，而是两者皆是，因为它提供空间给人确定、建构及变换身份"①，周英雄指出，家庭让人在空间的基础上发现自我，转换生命角色。郑丽贞的《失去的阁楼》②、杨佳娴的《流动的房间》③、方梓的《第四个房间》④诉说女性种种和女儿房渐渐疏远的生命过程。"女儿房"这一流动的空间蕴寓了女儿的角色在家中没有主导地位。

当女性步入婚姻，便从"女儿房"走入"新房"。从"女儿房"到"新房"，正是女性脱离自己的血亲家庭系统，踏入婚姻家庭中，成为一个外来者，开始断裂的生涯的第一个空间据点转换。女性的生命注定在房间之间流转，尤其在传统的婚姻制度中，每个女人更只能借由回望曾经拥有的女儿房，提醒自己前半生的家庭归属。女性步入新房，面对的则是新的情感与空间挑战。"研究者提出，女性从'女儿房'迁移至夫妻同居的'新房'，空间的转换以及家庭结构的重新适应，都考验着女性主体的自主性。"新房之"新"正是女性必须面临的生命难题。新的空间蕴含了新的家庭空间权力结构。女性以"外来者"身份重新习惯新房间，摸索新家的权力结构。周芬伶有一篇名为《自己的角落》的文章，通篇便是依伍尔夫的说法，去验证日常生活与丈夫互动的情形。作者认为房间可以共用，但需要留有一个"自己的角落"，"在那个角落里，跟自我很接近，离别人也不太远，刚好在不隔不腻的地方。在时空的坐标

① 周英雄.文学与阅读之间[M].台北:允晨文化,1994:86.
② 郑丽贞.失去的阁楼[M]// 郑丽贞.蒸馏水之恋.台北:城邦文化,2001:46.
③ 杨佳娴.流动的房间[M]// 杨佳娴.海风野火花.台北:印刻出版公司,2004:127.
④ 方梓.第四个房间[M].台北:九歌出版社,1999.

里,总有一个点,它小小的,却是最炙热的,自己的角落就应该在那里"①。自己的角落,是周芬伶得以自我保护的一个安全禁地,无论是丈夫还是孩子,都不会侵犯到作者保留的这个小角落。当婚姻出现裂缝,原本平稳的空间关系也开始出现动摇。拥挤的个人空间让周芬伶发现了婚姻的缺失,也因其婚姻关系的不和谐,她在房间中更找不到自己的位置,形成一种新的婚姻与空间的关系,周芬伶也因此产生了转换生活空间的想法。可见空间的转换及家庭结构的变化,都考验着女性主体的自主性。

(二)对厨房的认同与逃离

在以客厅、卧室、厨房、书房、卫浴分类的家屋里,厨房往往被当作女性穿梭的地方。厨房是家屋中最被赋予性别想象的女性空间。以色列心理学家——阿札·丘奇曼、瑞秋·撒巴针对家中领土权指出,即便是在空间归属不清的情况下,屋里没有独立餐厅,没有家庭娱乐室,只有厨房是家人齐聚用餐的地方,超过一半的人还是会说厨房是母亲独有的。②这与女性被预设的性别角色大有关联。在文学书写中,厨房给予的心理投影是复杂的,女性与厨房的关系是具有矛盾和冲突的。整体观察台湾当代散文中的厨房意象研究,大体呈现了具有冲突感的两方面内涵。

---

① 周芬伶.自己的角落[M]//周芬伶.花房之歌.台北:九歌出版社,1989:176.

② 蔡玫姿.幸福空间,区隔女人,才女禁区——初论1960年后厨房空间的性别议题[J].东海中文学报,2009(21):337-370.

　　一方面,研究者们大体上从传统的人文地理学出发,赋予了厨房作为情感生产器的传统温馨意义①——爱与母职的认同与延伸:首先,厨房是女性"母职"认同与延伸的幸福空间。琳达·麦道威尔认为:"空间不是无生命的, 不是社会行动的容器,而是认同构成里的重要元素。"②厨房是女性"母职"的认同与延伸的空间,这种空间上的划分也使女性产生自我认同。女性在家庭中担任的角色,一是妻子,一是母亲。这是典型的父权社会对女性的角色定位。"母职",简而言之,就是身为女性所肩负的职责,是一种出于母亲的生物性对家庭的无私奉献与守护,对子女无微不至的照顾与爱心。"母职",是女性的性别特征,以及这种性别特征所带来的社会和家庭责任。"母职"是大多数女性的共同和集体生活经验,在以男性为中心的社会中,女性仍旧必须在赞扬"母职"的价值与意义之下,借由不同的策略运用找到个人主体性发展的机会,"母职"是一种女性实践自我的方式。

　　"母职"是从家庭职能出发的,厨房成为一个女性实现自我价值和社会价值的场所。女性在家庭中当贤妻良母,靠自己的家庭劳动和抚育儿女实现自我价值,同时也间接地实现自己的社会价值。女性自我定位厨房是家庭主妇的管辖区,代表良好的属于美德的一面。因此,自古以来,"近庖厨"暗涉女性的贤惠或者能力。如蔡颖卿对厨房的经验

---

① 许圣伦,夏铸九,翁注重.传统厨房炉灶的空间、性别与权力[J].妇研纵横,2004 (72):60.

② [美]琳达·麦道威尔.性别、认同与地方——女性主义地理学概说[M].王志弘,徐苔玲译.台北:群学,2006.

与母职认同之间关系密切,对她来说,厨房是家庭中亲子互动、厨艺传承与延续家庭意念价值极为重要的空间,她曾说:"在经历过生命的五十几岁中,我先在厨房受母亲的养育照顾,了解她的工作思维,观察她透过厨房努力经营的家庭人际关系,体会女性'居家理而后事业成'的信心,继而自己在厨房调教两个女儿,设计并实践生活的梦想。现在,我更透过与许多亲子的分别相处,来领受无穷的创造力,并从自己的厨房走向社会关怀的途径。"①她在对传承所努力的实作中,一步步更认同自己的"母职"。女性主体性的追求与自我认同有着相同的轨迹,女性自我认同的追索,就是在建构女性的主体性。

其次,作为女性自我认同空间的厨房意象,空间不只是性别,还是权力关系运作的空间。厨房背后牵动着家的空间与权力。厨房是一切家务的象征空间,厨房空间固然能够成为女性自我认同、持家的缩影,甚至会成为不同权力关系运作的地方。廖玉蕙《厨房的专制君主》写的是其母是个专职的家庭主妇,乐于做菜也练就了一身好手艺,当儿女各自成家后,母亲仍然不肯轻易放弃掌勺的想法。

最后,作为情感生产器的厨房,成为缔结不同世代女性的场所,是感情与记忆的幸福场所,这主要体现在美食散文中。美食散文擅长以在厨房烹饪食物串联起母女亲情,厨房被当作两代女性交流的女性空间。焦桐主编的《台湾饮食文选》一书中指出:"颇有作家喜欢借食物描

———————————

① 蔡颖卿.我想做个好父母[M].台北:亲子天下出版社,2016:76.

写亲情,将饮食作为一种话语策略。"①黄宝莲《司命灶君》和简媜《肉欲厨房》呈现复杂多样的厨房空间描摹。《司命灶君》眷恋传统厨房温情,指出厨房空间的世代、地区差异,此空间隐含从属关系。《肉欲厨房》则浪漫化地组织了食、色两种欲望,发挥性欲与食欲的想象边界。

对散文中厨房意象的另一种研究路径,则是从女性主义地理学出发,指涉厨房建构完整幸福一家的意象,但也充满了对女性劳动力被剥削的挣扎的书写;揭露厨房是充满女性劳动力被剥削的挣扎的压抑空间,又是区隔不同身份认同女性的空间。女性主义者认为,近庖厨的贤妻良母形象对女性有着种种的苛刻要求,造成了压力,但却不考虑作为母亲的女性的自我发展与自我成长之需求。潘慧玲认为,母职是社会文化建构的产物,所以母职的概念并非一成不变,而是随着时代变迁而改变的。②以书写厨房为主体的作品,除了记录传统厨房的温馨回忆外,也体现了进出厨房内心的挣扎。

随着社会环境的逐渐转型,越来越多的女性同时兼具家庭主妇与职业妇女的双重身份,这两种角色有时存在矛盾冲突。钟怡雯《厨房》写出女性自我实现上的惴惴不安,担忧厨房工作使现代女性被打回传统女性,只埋首照料他人,忽略自己的心灵需求。"厨房是个深不见底的大洞,一点一点地吸纳着女人的青春和光华,让辛劳的女人终于获

---

① 焦桐.台湾饮食文选Ⅰ[M].台北:二鱼文化事业有限公司,2006:8.
② 潘慧玲.教育学发展的女性主义观点:女性主义教育学初探[G]."教育科学:国际化或本土化?"国际学术研讨会.台北:台湾师大教育学系,1999:8.

得母性的光辉这昂贵的代价。"①她坦白称,自己"巴不得赶快逃离厨房,仿佛逃离一个女人的厨房宿命那样"②。柯裕棻在《蛤蜊的气味》中以隐喻物件——蛤蜊,体现女人抛弃厨房枷锁的挣扎。柯裕棻的母亲不乐意女儿进入阴暗潮湿的厨房,她说:"你进来(厨房)干什么,你不知道女人在厨房里已经几千年了吗?"③该文中那"紧闭的蛤蜊"成为母亲忍受厨房命运的具体象征。厨房也是心智女性的禁区,林文月的演讲稿《讲台上与厨房》举出许多实例来说明大学教授与家庭主妇两个职务互相干扰。张晓风《五点半,赴汤蹈火的时刻》描述厨房是让她感到最寂寞的空间。张让《厨房传来一声响》也描写了自己在厨房煮东西后又到书房而引发的惊心动魄的危险,描述了家务与工作产生的冲突。厨房空间是女性自我认同的空间,是不同世代女性穿梭竞逐的地方,它是女性伸张主权的地方,也是女性被贬低的地方,很难说是一个纯粹幸福的空间。厨房意象指涉幸福空间/压抑空间、缔结空间/区隔空间,蕴含了女性自我认同与逃离的张力。

(三)从厨房遁入书房

当女性不再满足于"成为家庭孩子最佳照顾者"这样的父权社会意识的行为标的,最直接的出口便是书写。伍尔夫在《自己的房间》中再三呼吁,女性应该拥有自己的房间,尤其想要写小说的女性,更需要

---

① ② 钟怡雯.厨房[M]//听说.台北:九歌出版社,2000:41.

③ 柯裕棻.蛤蜊的气味[M]//焦桐.台湾饮食文选Ⅱ.台北:二鱼文化事业有限公司,2006:180.

一个物质条件稳定且具私密感的个人空间，这"自己的房间"在伍尔夫笔下，指涉书房的意涵。从书中的论述可以推论出，如果女性无法跨越性别这道不平等的藩篱，也就无法有自己的想法或自己的空间，更无法从事自己喜欢做的事，或发挥自己拥有的天赋。在前述美食散文中，厨房是不同世代女性缔结的空间。而在美文中，书房才是心智女性缔结的重要空间。张秀亚的美文抒情散文就是 20 世纪 50 年代女性作家逃离厨房、推开窗的典型例子。在张秀亚的美文里，厨房空间再现少见于文字内，书房才是书写空间的主流。且看张秀亚对书房的期望："很早的时候，我就希望自己有一间书斋，满架是书，四壁是书，窗子最好被蔓生植物封闭起来，窗外是一座小园。"①又如对蔡颖卿而言，书房成了她在自我实现前的自我准备。

方梓说："拥有一个房间，同时，可能在失去一个房间；在房间和房间的移出进入中，角色一再转换。女人有房间的问题，男人，似乎没有。"②这正说明女性无可避免转换房间的生命过程，而房间的转换，不只代表生活空间的改变，更意味着"角色"的转换。

二、追寻"自己的孤岛"与女性主体性建构

周芬伶曾提及，"也许一个女学者，不但要有自己的房子，也要有

---

① 张秀亚.书斋[M]// 张秀亚.张秀亚全集 3.台南：台湾文学馆，2005：22.
② 方梓.第四个房间[M].台北：健行文化，1999：156.

自己的孤岛,逃离母性与妻性与社会化的呼唤"①。从家庭出走,通过空间移动,朝着不同的世界出发去探索,是探讨空间与女性主体性构建的另一个重要主题。"空间移动"本身是个概念,此概念需要结合特定研究角度与议题,才产生意义。在文学研究中,作品中所呈现的空间移动,不仅可以成为文学所使用的象征工具,也可被当成角色认知的领域。通过"空间移动",人与外在世界的关系也随着改变。人只要一离开原有的居所与生存空间,便会因周遭世界的异质性而不得不改变其应对世界的方式。而此种"空间移动"所产生的张力,往往使人在原有的视野上拓展出不同的世界观。与此同时,有关空间移动的书写自身便形成一个"文本空间",创造出一种内在想象的世界,具有丰富的社会文化内涵。人作为书写的主体,往往在这样有关空间的记忆或想象中移动。在女性散文作品中,有很多书写主体通过旅游、游学、迁徙等空间移动书写而产生了丰富的内涵,其文本可视为一种空间移动的实践。根据列斐伏尔的空间理论,它既是一种"空间的再现",也是一种"再现的空间",是人真实经验情感的反映,也是想象建构的结果,里面蕴含着许多深刻的文学研究议题。

(一)"他者"视域下女性旅行中的主体建构

　　"他者"是当代西方文艺理论中一个非常复杂而又颇多争议的概念,是后殖民理论、后现代身份认同理论的基础。宽泛而言,关于"他

----

① 　周芬伶.才女与嫌妻[M]// 周芬伶.紫莲之歌.台北:九歌出版社,2006:25.

者"的理论议题，主要围绕着"他者"所指涉的他性与自我的关系展开。主体可以通过"他者"的对比对照来确定和认识"自我"。"他者"概念在台湾当代散文批评中的运用，主要是根据黑格尔和萨特的理论，都强调"他者"对于主体"自我意识"形成的重要的本体论意义。批评者关注到了在散文作品中，许多女作家选择以出去旅游的实际行动，通过旅行中的"他者"（外在世界）来建构自我的主体性，拓展自己的生命领域。

根据女性主义地理学的观点，从性别的角度来看，家不再是一个避风港，而成了另一个压迫所在。毕恒达批评加斯东·巴舍拉（巴什拉）肯定家屋的正面功能，"女性主义者认为他把家视为亲密、安全的避难所，却忽略了家庭暴力，以及妇女的家务劳动。我们为什么理所当然认为家比街道安全？家这个让男人可以做白日梦的避难所，其实正是社会期待女人生产维持的场所。男人把家视为理所当然，甚至要求女人去经营这个空间。对于女人而言，家除了亲密、安全之外，家也经常就是劳动的场所，甚至是遭受家庭暴力的地方。"①家是给人归属感和安全的空间，但同时也是一种"囚禁"，是一种特殊的空间控制。毕恒达还指出："这种控制展现在每天的家庭生活之中，女性感受到的是无时不在的束缚。"②因此，家屋作为"堡垒（避难所）"，有其双重意义，它是安全的，也是有如监狱般受限的，它还具有孤立与距离的意义。正如毕恒

---

① 毕恒达.序：家的想象与性别差异[M]//[法]加斯东·巴什拉.空间诗学.北京：世界图书出版公司，2017：16.

② 毕恒达.家，不是我的避风港[M]//毕恒达.空间就是性别.台北：心灵工坊，2004：86.

达所指出的,我们的环境对妇女是很不友善的。"妇女负责大部分家事育儿的工作,花最多的时间在家里,但是在家里却又经常找不到属于自己、可以独处的空间。"①对于妇女而言,由于她们必须负担家事育儿的责任,因此对家庭有较深厚的情感。

妇女处处"关注"着家,却被家"关住";关住着她的家,又没有让她有家的感觉。多么诡谲的辩证逻辑,却非常真切地发生在许多女性身上。②"女人比男人孤独,她在这个世界上没有家,不管是父亲的家,还是丈夫的家、孩子的家,她处处无家,处处是家。"③因此,"旅行"对于女性具有特殊的重要意义。邱琡雯提到了现代女性旅行的三个意义:一是改变与家的关系,二是改变与父权的关系,三是改变女性建构生命意义的方式。动身远行,不仅是跨越传统的象征,还是一个梦想的实践;出发上路,对于自己的生命来说,更是有着突破性的意义。由此,女性不再只是被观看者,还是主动观看者。人往往身处其中而管窥自限,只有跳脱自我,遍览大千世界,了解他人,才能看到自己在这个世界里的真实情况。不出去看看别人,永远不了解自己。借由"旅行"这种空间移动,女性走出既有生活的空间向外探索,然后不断在旅行与回家之间,思索女性及自我的主体性。旅行文学家丹尼斯·波特(Dennis Porter)在《心念之旅:欧洲旅行书写的欲求与逾越》中提及旅行书写是旅人借由

---

① 毕恒达.女人,你的空间何在?[M]//毕恒达.寻常空间的女人.台北:张老师文化事业股份有限公司,1996:27.

② 陈伯轩.台湾当代散文的空间意识及其书写形态[硕士学位论文][D].台北:台湾政治大学,2007:149.

③ 周芬伶.孤独吟[M]//周芬伶.恋物人语.台北:九歌出版社,1992:123.

旅行时外在世界的刺激来建构自我，"旅行书除了记录旅途的经验表象，更重要的是建构作者的自我主体（subjectivity）与他者（other）之间的对话交锋（a dialogic encounter）。虽然旅行书以记录实证经验自诩，但是潜藏在旅行者心中的求知欲却促使自我主体持续借由外在世界的刺激而生内省，思考'我'与'他者'的定义，以及两者之间的关系"[①]。张瑞芬也曾从女性散文旅游的书写论述女性的空间意识，"借由空间的位移，观点的转变，取代了女性一贯承袭男性而下的，对时间、历史的理解。从外在的旅行要心灵的游荡，甚至有用琐碎记忆建构心灵、生活史的雄图。女性自我意识，在近年来的女性散文中以旅行来铺展，以空间取代时间，为外在到自我，建立了由被观看到观看的新思维"[②]。她并进一步指出，在台湾当代女性散文中，旅行文类之所以特殊，和女性相对于男性的"他者"角色与女性逐渐意识到自我独立存在不无关系。"寻找自我，使旅游本身成为对自我的一种辩证是三毛以降的女性散文美学与早期女性旅游散文最大的不同点。"[③]李黎、黄宝莲、陈玉慧、师琼瑜、钟文音等女性作家在此方面皆有相当的实践。

廖炳惠指出："旅行指的是跨越空间与时间的运动，以及与离开家园相关的经验书写。旅行的动机不外是克服空间距离及逃避工作，形

[①]　林韵文.九〇年代以降台湾女性旅行书写的自我建构与空间［博士学位论文］［D］.台南：成功大学，2010：6.

[②]　张瑞芬.台湾当代女性散文史论［M］.台北：麦田出版社，2007：52-53.

[③]　同②55.

成新的乐趣与经历。"①如张让的旅行来自离家与对生活环境的逃离，企图找寻新的美好。而在旅行书写中，张让以细腻的观察去建构风光，从描写中可以感受到她获得的天地万物之喜。而旅途中她的另一个乐趣是以"他者"的身份爬梳历史渊源，着重于透过空间的自我感受与心灵对话。女作家在不断地出发与回返的空间移动中，在看与被看之间其实存在着一种辩证的互动关系，因为在观看陌生的他者世界时，也在同样看着陌生的自身。正如钟文音在走过无数城市与荒野后有感而发所指出的："四处爬行，原是为了在一场又一场的他者际遇中，和自己交会。"②旅游文学逐渐变成女性发觉自我主体的成长过程。

(二)"回眸凝视"与自我认同

"凝视"(gaze)向来是父权的观点，如主体男性对客体女性的凝视。凝视一词，在拉冈的思想里，在想象的关系之下，自我如何被置放在他人的视域之中，以及自我如何看待自己的立身处境，是经由他人如何看待自我的眼光折射而成的。人总是意会到他人与自我存在的关联，透过这样的帷幕，来构成对自我的再现，也就是经由这样的再现方式，"凝视"的关系与权力得以形成。拉冈透过绘画、摄影和精神分析的理论，特别是"镜映"和"象征秩序"的观念，来建构"男人"和他的凝视对象(客体"女人")之间的关系。但是女性主义者提出"回眸凝视"(re-

---

① 廖炳惠.关键词200[M].台北:城邦文化事业股份有限公司,2003:263.
② 钟文音.永远的橄榄树·自序[M].台北:大田出版有限公司,2002:6.

turning the gaze）以作为对其理论的修正,利用深刻意识到女性主体性的自觉回观,来颠覆父权眼睛的凝视,而形成所谓的"双重回射的凝视"。①阅读简媜与周芬伶的散文,可以读出两位女性作家的散文书写都有"回眸凝视"的观点。女人无法在家中寻找空间,只好向外发展,创造属于自我的异质空间。"我们重视建筑,原因是我们认为自己在不同的地方,就会成为不同的人——并且因此认定建筑物必须以鲜明的方式呈现出我们理想中的自我。"②旅行,意味着主动出走、主动探索、主动寻访。周芬伶以"旅行"之姿,转换新的空间,不论她是客座讲学还是为了逃离她不想待的家,选择去美国而离开了"家/枷"的束缚。对女性而言,"逃离"其实也是进入自由空间的一种选择。当女性逐渐长大成人,她们所要面对的不再只有"家"这个小单位,而必须面对更广阔的世界与认识更多的人。因此,当她们置身于如此宽广的范围里,怎么去挖掘自己对生活的认同,又如何去面对他人对待她们的态度,这都是寻找自己的认同定义必须经历的过程。

巴什东认为,就价值层面而言,家屋空间形成了意象与记忆的共同体,家屋空间也是人类思维、记忆与梦想的最伟大整合力量之一。③关于家与人的关系,王志弘在《性别化流动的政治与诗学》一书中提及:"家与离家、回家、建立新家等等移动,是人类生存的基本样态。在这个过程里,家一向不止一个,而且其中有等级与评价之分。原乡的

---

① 廖炳惠.关键词200[M].台北:城邦文化事业股份有限公司,2003:122.
② [瑞士]艾伦·狄波顿.幸福建筑[M].陈信宏译.台北:先觉出版社,2007:15.
③ [法]加斯东·巴什拉.空间的诗学[M].张逸婧译.上海:上海译文出版社,2009:68.

家、父母的家、己身所从出之家、寄人篱下的家、中途之家、旅途的落脚处、退隐的居家、自己建立的家，以及从己身所出者的家等，这些家在人类的文化想象与社会关系之运作里，各据不同的地位，而展开了复杂的家的社会地图与家的历史。家这个场所揭示了主体对于'根植性'的需要，同时，家也设想其他根植性之具现(社区、故乡、家国等等)的原形想象。"①女性主体是确立与发展的，就必须借由新流动情境的动力来脱离旧的根植性，同时对抗尚属男性支配的流动权力，并在流动的情境里寻找新的根植性基础。③所以女性的出走是为了抵达"那里"，而"那里"不是一个特定的地方，而是一个她向往的境界，她在"那里"的时空里，"不再是旅人，而是进入了时间，成为那个地方的一部分"②。她的心灵回归到她建构的精神空间里，在那里她扎根，像一种回家。

福柯将主体视为"话语建构"，他认为社会结构是由法律、政治体系、教会、家庭、教育制度、媒体等机制以及实践组织而成的，其中任何一环都是一个特定的话语领域。③人就在这层层机构之下服膺权力的安排，成为被宰制的对象。但主体的能动性也正来自对受到的制约做出反抗。④因此，强调女性对空间感的追求，就是强调置于话语关系网络之中的开放意识。例如通过位置的转变，消解原有的权力建构，重新

---

① 王志弘.性别化流动的政治与诗学[M].台北:田园城市文化事业有限公司,2000:178.
② 同①179.
③ 张让.旅人的眼睛[M]//张让.旅人的眼睛.台北:联合文学出版社,2010:177.
④ 李癸云.朦胧、清明与流动:论台湾现代女性诗[M].台北:万卷楼图书有限公司,2002:18.

寻找主体的位置,甚至能进一步改写外在的话语系统,翻转权力结构。空间既是女性对抗与颠覆男权的途径,也是反抗男权社会性别空间结构的工具。女性主体性是由女性自我主体(身体、心灵)及社会多方面主体(历史、语言、社会、家庭等)建构的。因此,女性的主体兼具主动及被动的双重特质,一方面可决定客体,一方面又被客体所决定。①女性并非一味地接受父权社会空间对女性自我的铭刻与桎梏,她们通过自己在空间中的活动和经历来打破所处的空间秩序,诠释和改写空间的意义,从而建构自我身份。在这种控制与对抗的动态过程中,空间的意义不断生成、改变,女性自我身份也随之发生变化——女儿、妻子、母亲到自己。

第四节　台湾当代散文日常生活空间书写批评

综观中国现代文学史,我们不难发现,作为主流意识形态话语,启蒙、种族、革命、阶级始终盘亘于人们的日常生活世界,看似庸常的日常生活被拒绝于以再现广阔社会历史生活为写作宗旨的现实主义文学的大门之外。不过,散文却是个例外。在台湾当代散文史上,我们发现,日常生活世界一直是台湾散文作家展演的舞台,日常生活琐事始

---

① 陈玉玲.寻找历史中缺席的女人:女性自传的主体性研究[博士学位论文][D].嘉义:南华管理学院,1998:28.

终是散文文本展开的叙事动力势能,散文的书写呈现了日常生活的庸常本性与神奇亮点。20世纪德国现象学派的缔造者胡塞尔、20世纪存在主义创始人海德格尔、西方马克思主义理论奠基人卢卡奇、法国哲学家列斐伏尔等"面向生活世界""日常生活批判"的哲学思考,祛除了日常生活被排斥于哲学家思考范畴之外的状态,将存在回归到日常生活空间之中。

日常生活作为人类的一项基本活动,有着自己特定的时空范围和特有边界。巴什拉在《空间诗学》一书中,开展了对人类生活场所所做的系统性分析,认为建筑空间与生命记忆之间有着强大的关联性。"有天地然后有万物",空间是人类安身立命的存在基础。人的一生与空间之间有着无数的纠葛、交织及多重复杂的关系。每一位作家从年幼以家为起点,到青少年游学,再到成年时居住或漂泊某地,一生都在认知与感受空间、交接与体悟空间。因此,散文对日常生活的书写离不开对日常生活空间的建构。日常生活批判理论与空间生产理论,无疑为解读、思考当代散文提供了一个新的理论参照,成为我们重新认识、思考台湾当代散文的一个崭新路径,从而也翻转了散文因表现日常生活而"无论可谈"的尴尬地位。正如齐美尔所指出的:"即使是最为普遍、不起眼的生活形态",也是对更为普遍的社会和文化秩序的表达,因此将日常生活批判理论和空间理论结合起来,经由日常生活空间发掘散文日常生活书写的深刻内涵,成为台湾当代散文重要的研究路径。

在探讨散文日常书写中呈现的隐喻空间时,研究者们主要根据雷克夫与詹森在《我们赖以生存的譬喻》中所提出的概念:"譬喻在日常生活中普遍存在，遍布语言、思维与行为中，几乎无所不在。我们用以思维与行为的日常概念系统，其本质是譬喻性的。"[①]他们认为，譬喻是日常生活中的普遍存在，是人类理解世界的一种感知方式、一种思想体系。而作为承载日常生活的空间，人们对于空间的认知同样也具有隐喻性，在书写生产中则表现为隐喻的书写方式。研究者们从隐喻的角度出发，探讨隐喻空间，从而赋予了空间更加多元的解释层面。如吕怡娜的《散文与房间的相互生产：当代台湾案例》以《隐喻房间》专章讨论四种类型的隐喻空间：一是具有田园隐喻的房间书写，代表恬适的世界观、人与自然的和谐关系；二是以都市隐喻的书写，代表人与空间的关系具有疏离和冲突感；三是以子宫隐喻的空间，能够令人信赖、孕育生命，给主体抚慰的力量；四是以墓穴隐喻的空间则代表死亡、阴暗的情态。陈建志在《恋人的房间》中，以女性身体孕育一个房间，而男人在文本中则扮演"房客"的角色。台湾当代散文批评对散文日常生活空间书写的发现与重构主要有对都市日常生活空间、家宅生活空间、童年生活空间这三种空间书写形态的多维审视。

---

① ［美］乔治·雷可夫，马克·约翰逊.我们赖以生存的譬喻［M］.周世箴译.台北：联经出版，2006：9.

一、日常生活批判对散文日常生活空间书写的观照

（一）日常生活批判：平庸与神奇

长久以来，日常生活被排斥于哲学家的思考范畴之外，他们甚至认为只有摆脱日常生活才能更好地思考。胡塞尔第一个洞见了日常生活的神奇，他以现象学还原的方法，肯定了生活世界的先进性和前提性，认为"所有理想化及其意义基础都起源于生活世界，生活世界使得这些理想化得以可能并且引发了这些理想化"①，他认为"科学的世界和包含它之中具有科学的真理性的东西，正如一切以某种目标为划分范围的世界一样，本身属于生活世界。这正如人、人的群体、人的目标及其相应的创造物都属于生活世界一样"②。这就从正面肯定了生活世界与科学技术、文化艺术等的关系，将日常生活纳入哲学思索的范畴。海德格尔在承继胡塞尔思想的基础上，在《存在与时间》一书中进一步提出日常生活是一个已然的、即成的世界，作为原初的"在世界之中存在"，日常生活是直接的、现实的生存领域，反映和展现着人的具体的生存状态和生存方式。③

海德格尔从日常生活入手，阐释日常存在的生存论。而真正肯定

---

① 倪梁康.胡塞尔现象学概念通释[M].北京：生活·读书·新知三联书店，1999：273.
② 倪梁康.胡塞尔选集[M].上海：上海三联书店，1997：1085-1086.
③ ［德］海德格尔.存在与时间[M].陈嘉映，王庆节译.北京：商务印书馆，2018.

日常生活具有革命力量和批判功能的是卢卡奇,其在《审美特性》一书开篇即明确指出,日常生活永远是第一性的。人的异化首先是从日常生活开始的,而异化和反异化的斗争恰恰只能主要在日常生活中进行。这一观点成为列斐伏尔日常生活批判理论的核心,列斐伏尔认为:"日常生活是一切活动的汇聚处、纽带和共同的根基。也只有在日常生活中,造成人类和每一个人存在的社会关系的综合,才能以完整的形态与方式体现出来。在现实中发挥出整体作用的这些联系,也只有在日常生活中才能实现与体现出来。"①在列斐伏尔看来,日常生活空间成为人存在的起点和终点,是人最现实、最具体的生存实践空间。他认为日常生活具有习惯性、反复性、保守性等普通平庸的特征,但是在辩证分析日常生活所涵盖的特征时,应该看到它背后所带有的异化特征。其历时35年创作完成的《日常生活批判》,将被哲学家拒之门外的日常生活作为研究思考的对象,也从根本上撼动了人们对日常生活的惯有认识,被认为是西方理论界日常生活研究的典范之作。

列斐伏尔最大的理论贡献在于运用辩证唯物主义方法研究现代日常生活问题,以及发现"社会空间",并不断将日常生活概念理解为一个空间与城市领域的范畴。列斐伏尔天才地用马克思主义异化理论推进对日常生活领域的批判。他认为在现代都市生活中,空间(特别是代表国家权力的政治空间)取代了时间并成为最重要的统治工具。在

---

①　谢纳.空间生产与文化表征——空间转向视域中的文学研究[M].北京:中国人民大学出版社,2010:191.

目睹人类日常生活异化不断加剧后,列斐伏尔进而探讨如何用日常生活的实践去建构一个适应人生存的差异性空间,以抵抗抽象空间、矛盾空间等对人的压迫制度。在《空间的生产》一书中,他认为只有认清空间的政治性、策略性,才能生产出适合人类存在的空间,并以此作为变革日常生活的社会基础。[①]他始终坚持认为,今天的社会解放一定是总体性的,是日常生活的艺术化与瞬间化。

经过理论家们对日常生活理论的构筑,日常生活与艺术审美之间的裂痕得以消弭,日常生活以多样化的艺术创作形式呈现,从而生产建构出一个符号化的、表征性的日常生活空间,并以艺术的多样化强化着差异性空间的多样化和个体化。在 20 世纪 80 年代末的中国文学研究场域中,国外社会学和哲学领域的"日常生活"转向带来的影响和理论资源,也使得从日常生活角度研究文学成为可能,"日常生活"成为文学乃至文化空间的重要书写对象之一,并涌现出众多的研究成果。我国学者南帆在日常生活研究中别具一格,与西方哲学家将核心放在日常生活理论上相比,南帆更注重探讨理论、形式和日常生活的关系。南帆的《无名的能量》把日常生活放在了首要位置。他认为,文学力量就孕育在日常生活之中,这也正是日常生活的神奇之处和亮点所在,从而与西方哲学家的观念不谋而合。南帆认为,文学把重心放在了日常生活应是一个现代性事件,"从浪漫主义到现实主义、现代主义、

---

① 谢纳.空间生产与文化表征——空间转向视域中的文学研究[M].北京:中国人民大学出版社,2010:195.

后现代主义，日常生活占有的份额始终是一个重要参数。宗教、神话、历史、传说的后退，市民阶层以及个人主义的勃兴，叙事文类的成熟，文体、叙述语言从典雅过渡到通俗，美学风格从崇高滑落到喜剧乃至反讽，这一切均与日常生活大规模进驻文学互为因果"①。对于日常生活的正视与肯定，是文学发展的一个趋势，这也是人类社会发展的一个明显的体现。

(二)散文日常生活空间书写：遮蔽与呈现

散文的文类特性最适合表现日常生活，"散文是人类精神生命的最直接的语言文字形式。散文与我们生命中的感觉、理智和精神生活所具有的动态形式处于同构状态"②。散文诸如"絮语""独语""闲话"等自由的表达方式，最适合日常生活题材。即使在国民党统治时期严密政治审查下的五六十年代，台湾散文也能另辟蹊径，产生了大量书写日常生活的散文，其中以女作家的散文最为典型。在当代，台湾女性散文书写聚焦于呈现生活的样貌，呈现出细腻的写作风格。许佩馨提出，女作家书写"家台湾"的题材与流通于当时反共文学中男作家呼应政令宣传与心系故园的"生活感"大不相同，而呈现出台湾生活现实的场景："五〇年代女作家的散文书写最大的特色正是完完整整地裸裎她们在宝岛落地生根的真实生活写照。阅读她们的散文作品，使时空已

---

① 南帆.无名的能量[M].北京：人民文学出版社，2012：16.
② 李晓虹.中国当代散文审美构建[M].深圳：海天出版社，1997：34.

远离的读者回到文字所构筑的五〇年代时空背景。在她们瑰丽的散文天地，我读到她们仓皇流离、落脚台湾的迁居记录，也听到了她们午夜梦回垂泪思乡的声声呼唤；而一九五三年以后因反共的号角再也提振不了她们返乡的希望，继而将异乡当家乡，重新营造温馨的家园……"①

当然，除了女性书写日常生活的抒情散文当道，五六十年代也不乏一些讨论日常生活的"人生杂谈"。郑明娳认为，战后台湾杂文书写因受到政治的压迫，内容比较倾向于后者，"它可能有较严肃的议论文字，也可能是幽默地闲谈人生琐事。但无不以议论的方式出现，以人类的日常生活为主题"②。当时的副刊上随处可见书写杂文的方块专栏：如《联合报》有何凡的"玻璃垫上"、彭歌的"散散草"；《征信新闻报》(《中国时报》前身)上有寒爵的"人间闲话"、张健的"浮生漫记"；《公论报》有柏杨的"西窗随笔"。

20 世纪 80 年代中期以后，伴随着后现代主义、消费社会的来临，"革命风暴已是久远的陈迹，世界大战的危险渐渐隐没在美轮美奂的商品广告背后——如果历史还有什么故事的话，这些故事就在日常生活中"③。从现代到后现代，从山林到市井，从庙堂到民间，文学再现的内容不断倾向凡俗的日常生活。所以南帆认为，后现代是一个散文的

① 许佩馨.五〇年代迁台女作家散文研究［博士学位论文］［D］.台北：台湾师范大学，2006：21.

② 郑明娳.现代散文的主要类型［M］//郑明娳.现代散文类型论.台北：大安出版社，2001：158.

③ 南帆.无名的能量［M］.北京：人民文学出版社，2012：17.

时代。80 年代以后,作家作为都市日常生活的主体,其充满体验性的日常生活实践及日常生活成为散文书写的主题。张瑞芬在评论台湾中生代女性散文作家时谈道:"近年来,中生代女作家散文写得好的,似乎愈来愈有'庶民风'或'生活化'的趋向。"①遗憾的是,很长一段时间以来,散文也因为这种天生的"亲民"气质而不受批评家们的青睐,而大量呈现日常生活的书写,也入不了批评家或是史学家们的"法眼",成为被忽略的一环。日常生活批判理论和空间理论的引入和融合,改变了过去文学研究与文学批评对日常生活叙事的狭隘偏见,开始建立起科学的研究视角,以此来重新审视文学与文化建设,成为文学研究的必然趋势之一。

二、都市日常生活空间书写的研究模式

都市(城市)书写与再现,是台湾当代散文研究中的一个重要议题。都市这个公共空间同样承载着个人乃至人类共同的生命轨迹。就都市居民而言,都市空间是与市民日常生活最亲近的一环。德国哲学家史宾格勒曾说:"人类所有伟大的文化都是由城市产生的,世界史就是人类城市的时代史。"②"城市本身是有意义而可读的正文,而且城市正文的写作者,正是生活其中的人,透过人的实践(居住、漫步,及其他

---

① 张瑞芬.萝丽塔妹妹宅书写[N].联合报副刊,2010-5-29(D3).
② [美]亨利·米勒.我生命中的书[M].陈苍多译.台北:新雨出版社,1997.

种种活动），不断书写城市。"①城市的意义经过人在其中的活动而展现，人亦透过与城市的各种关系而丰富自身的生命。列斐伏尔在《空间的生产》一书中提出，随着现代都市的扩展，"一种在日常话语中被奉为神圣的空间被破坏了，它就是常识、知识、社会时间、政治权力的空间……欧几里得和透视法的空间作为参照体系已经消失了，连同其他一些从前的公共场所一起，诸如城镇、历史、夫权、音乐中的调性系统、传统道德，等等"②。现代都市的出现，打破了传统社会中人与土地亘永的生存关系，更颠覆了传统的静止凝固的时空概念，转而带给人们一个陌生而又喧哗的"物化空间"。与日常生活关系最为密切的散文如何再现眼下这个新奇冲击的"物化空间"以及给人类带来的影响，是散文家们书写的重点，也是研究者关注的论题。

　　研究者发现，不同的文体对"城市"有着不同的呈现方式。就小说而言，城市常常以隐喻的方式隐藏在情节的铺展之中，抑或把城市背景化。而城市书写，是散文家"实践空间"的结果，对散文家而言，每天必经的寻常街道，也可能是"波特莱尔街"③，他们擅长从看似漫不经心的"漫步"中去"凝视""捡拾"日常生活琐事里所提炼出来的人生面貌。散文家们借由各种感官去感知城市的话语，并用自己独特的生命实践方式和语言符号去记录城市，他们既是城市的阅读者也是城市的书写

---

　　① 王志弘.城市，文学与历史——阅读[M]//[意]伊塔罗·卡尔维诺.看不见的城市.收入.王志弘译.台北：时报文化出版，1993：12.

　　② [法]亨利·列斐伏尔.空间的生产[M].毛林林译.北京：北京师范大学出版社，2013：16.

　　③ 散文家陈黎借用芥川龙之介的名言："人生不如一行波特莱尔"，称每日走过的花莲街道为"波特莱尔街"。

者。随着 20 世纪 80 年代以来台湾都市日常社会空间的重构与强化，我们比任何时候都更加深刻地体会到由都市空间的异质性所带来的生活经验的多元化、个性化。异质化是现代都市的一个本性，列斐伏尔即对都市生活的异质性极力提倡。正如范铭如所言："现今的城市书写者渐渐能把都市及其住民课题放在全球经济、政治、科技、知识转型的世界结构因素下去作细致的观察和讨论。"[①]都市日常生活空间的异质化确立了生活经验的多元表达方式，并从根本上为审美生活的个性化、多元化和异质化提供了可能。

(一)"都市—地方感"研究模式

对都市日常生活空间"地方感"(geography sense)的研究是近来台湾散文相当显著的一个研究命题。"地方感"是人文主义地理学的一个核心概念,近几十年来,"地方感"概念不仅被应用在地理、建筑和城市设计研究中,也频繁出现在当代文学批评中。不管从"空间"到"地方"的对照,还是挖掘某个文学时代、文类、作家作品中的地方想象,一时之间这个研究路径仿佛扣合了台湾在后殖民、后现代、后民族、后乡土等诸多以"后"为名的理论浪潮中,试图重新寻回主体意义之所在的一种焦虑的文化语境。"地方"作为西方文论和跨学科的关键词,不仅历史悠久,而且内涵丰富。20 世纪 70 年代以来,段义孚等人文主义地理学者将"地方"一词重新引入人文主义地理学研究中,"地方感"逐渐成

---

① 范铭如.文学地理:台湾小说的空间阅读[M].台北:麦田城邦文化出版,2008:181–182.

为人文主义地理学"人—地"关系研究的重要内容。人文主义地理学强调，地方(place)是指人们发现自己、生活、产生经验、诠释、理解和找到意义的一连串场所(locales)①。人文主义强调个人主体的价值，面对散文强烈抒情的文类特性，应当是最不容易产生乖隔的一派理论。对人文主义地理学研究者来说，人对于空间和地方所形成的"地方感"更是他们主要研究的对象。"人们可以透过嗅觉、味觉、听觉来知觉及体会生活世界与周遭环境。嗅觉、味觉可以帮助我们辨认时空、激生回忆，与往昔的环境建立起联系关系。"②因此，每一位作家对他们所生活过的地方，尤其是对自己的成长地域，都会产生强烈的地方感，也会在他们的文学创作中有意识与无意识地显露出来。人们常常对于自己感官所感觉的空间赋予某种意义。在人们的日常生活中，都市里的某些空间积累了传统、历史与艺术的基础，带给人们强烈的空间与集体认同感。

台湾当代散文家书写的都市日常生活空间，以"台北"最多。台北是引领台湾流行趋势及现代化的前端都市，现代人通过在都市中进行衣食住行等活动，建构特定的生活模式且不断变革，形成了台北丰富多元的性格与文化，辐射出都市空间与现代化紧密联结后"人"与文明世界互动、交感之下的琐碎姿态与心绪情状。在当代散文的台北书写中，可以发现散文家对于台北城的眷念与情感的"地方认同感"。在台湾当代散文家的日常生活空间书写中，有几个空间不断出现，如电影

---

① ［英］理查德·皮特.现代地理思想［M］.王志弘等译.台北：群学出版社,2005：75-76.
② 刘景卫.符号、意象、奇观——台湾饮食文化谱系［M］.台北：田园城市文化,2002：295.

街、咖啡馆等。咖啡馆是众多散文家书写比例较大的一处日常生活空间。比如台北的"明星咖啡馆"，白先勇早年就有一篇《明星咖啡馆》，文中描写从大学时代那里就是人们经常聚会的地方，不断地引起台北艺文人士趋之若鹜。往返于台湾与它地的白先勇，其实也发现了台北咖啡馆的多变性，但是随着时代转移的咖啡味"还是喜欢武昌街上的那间灰扑扑的明星，明星的咖啡、明星的蛋糕，二十年来，香醇依旧"[1]。子敏对于明星咖啡馆的书写，也有相当的篇幅，"明星的高知名度，不来自咖啡和西点，也不来自咖啡馆的位置，而是来自出入咖啡馆的文人"[2]。除了明星咖啡馆，朝风咖啡馆也是重要的文人聚会场所之一，它经常出现在文人笔下。隐地有《远近中山堂》、子敏有《约会在朝风》。隐地认为："没有历史悠久的咖啡屋，是一个城市的遗憾。"[3]台北城里各弄巷间的咖啡馆，隐地几乎都现身过，他与咖啡馆的故事结集在其散文集《荡着秋千喝咖啡》中。唐诺甚至将咖啡馆当成自己家，"这样一个人安静地坐在咖啡馆已经超过十年了，而且愈陷其中"[4]。李清志则描述了从永康街开始，向南延伸，经过和平东路、青田街、泰顺街，一直到温州街地带，因这一区域遍布着咖啡馆，艺术家聚集，形成了都市内文风鼎盛且文化多元的特别区域，类似法国巴黎左岸的拉丁区，因此他把这一带的台北街头弄巷称为"台北拉丁区"。他认为，咖啡馆是灌溉写

---

① 白先勇.明星咖啡馆[M].台北:皇冠杂志社,1984:64.
② 子敏.约会在明星[M]// 子敏.爱喝咖啡的人.台北:尔雅出版社,1992:218.
③ 隐地.荡着秋千喝咖啡[M].台北:尔雅出版社,1998:154.
④ 唐诺.咖啡馆和死亡[M]// 唐诺.作家的城市地图.台北:木马文化,2004:63.

作的源泉，"在都市咖啡馆喝咖啡的感觉却是另一种感觉,会激励出不一样的文字"①。对周芬伶而言,最好的咖啡是她生命里的殿堂——在台中东海大学附近,"要喝好咖啡还是要到东海附近,'十五巷''玫瑰园',咖啡有水准,'佛罗伦斯'的蓝山咖啡是我最喜欢的,每有爱咖啡的朋友来,带到那里准没错"②。从白先勇、子敏、隐地、唐诺再到李清志、周芬伶关于个人创作/日常生活与咖啡馆之间的紧密关系来看,不论是独处还是小聚,咖啡馆已经成为台湾当代文艺人士的"日常生活之一",对文人艺术家来说,咖啡馆是从自己家庭延伸出去的"第二客厅"。咖啡屋不仅融入了文人的生命史,跟台北整个时代转变也有极大的关联。哈维认为,地方常常被视为"集体记忆的所在",明星、朝风、中山堂,这些文学地景不断且集中地出现在台湾当代散文作品中。我们发现,不同年代的创造者,或是有共同的集体记忆,或是有属于他们自己的世代记忆。

此外,都市饮食空间也是散文家们书写的一个重要都市日常生活空间。台湾当代散文饮食书写已经形成热门的散文书写类型,出现了逯耀东、焦桐、蔡珠儿、韩氏姐妹等饮食书写的明星。这些饮食书写的空间并非五星餐厅或高级宾馆,而是城市弄巷里的小餐馆,可以说是反映了台湾人地道的在地生活。"饮食活动经过长久历史的累积,深入集体深层意识成普遍的认同"③,"它不仅是饮食空间,同时也是一个文

---

① 李清志.台北拉丁区[M]//鲸向海等.作家的城市地图.台北:木马文化,2004:112.

② 周芬伶.给我一杯忘情水[M]//周芬伶.青春一条街.台北:九歌出版社,2009:45.

③ 刘景卫.符号、意象、奇观——台湾饮食文化系谱[M].台北:田园城市文化,2002:234.

化空间、政治空间、历史空间，更是一个人际关系交往的社会空间"①。饮食承载着如习俗、观念、情感等地方性文化内涵，注重味觉文化与地方感，形成"味觉—记忆"模式。如台北的"隆记餐馆"，成为很多人怀想家乡味蕾记忆的一个重要场所，"隆记开在中山堂对面弄堂里，已经有四五十年的历史了，是现在台北唯——家上海弄堂老饭店。还是多年不曾装修旧店面，而且留下了几个旧时跑堂的老伙计，点菜时我们以沪语交谈，倍感亲切"②。台北是美食的天堂，"除中山堂和西门町外，信义路、永康街和丽水街三个点，连起来形成一个东门三角洲，至少有一百家餐厅，形形色色的小饭店，百味杂陈"③。饮食作为生活基本要素，往往位于文化仪式与规范的核心——吃什么、跟谁吃、什么时候吃、怎么吃等食用行为与象征意义，反映了人与环境（土地）、人与人，以及人与宇宙的关系，是打开地方生活图像的极佳切入点。

（二）"都市—'漫游者'"研究模式

研究都市日常生活空间的第二个维度是运用"漫游"理论，将"漫游"作为一种观看方式，探讨散文家以都市（城市）空间的"漫游者"的姿态如何记录城市，将人与环境之间相互作用的关系具体呈现，由此衍生出对生活方式、地方认同、文化冲击等议题的讨论。所谓"漫游"，

---

① 刘景卫.符号、意象、奇观——台湾饮食文化系谱[M].台北:田园城市文化,2002:295.

② 逯耀东.来去德兴馆[M]// 逯耀东.肚大能容——中国饮食文化散记.台北:东大图书,2001:19-20.

③ 隐地.自从有了书以后[M].台北:尔雅出版社,2003:135.

不仅指的是作者在其城市中行走的一种姿态,更是指作者写作的一种视角,漫游的主体意指一种自由的精神状态。最早提出此概念的是流亡在法国的犹太作家班雅明。班雅明提出"游手好闲者"一词,意指在19世纪工业资本主义时代的巴黎,那些街道上的闲逛者、凝视者、观察者。班雅明这种自由、自主、独特的"凝视"概念,正是散文家们用来建构私我城市的方式。散文家们擅长从日常的漫步中凝视寻常街道从而提炼出人生面貌。福柯就认为"凝视"是一种"建制化"的过程,即把原本看不见的事物变成清楚易见且可掌握的客观事物,如空间、体制,也会将人变成客观的可以剖析、认知的对象。①温毓诗认为,在当代散文中,可依循构图出台湾都会散文的"班雅明明星群",他们多半是文化人、知识分子、艺术家,发展出具有共同倾向的关注题材,其中最显著的是对"地景/地理"的反思,如分析散文作品描述知识分子以"漫游者"的身份观看或体验都会日常生活,揭示"现代人的现实与精神困顿"等,构成一种在都会空间中所见所闻、所经历、所思索的静态美学。②

此外,塞杜提出"步行修辞学":"空间的运用创造了社会生活的决定性条件……而走路的动作是对空间的创造。它们连结一个场所和另一个场所。步行将场所所在空间上予以实现。"③塞杜认为,城市的使用者把都市的建筑、街道与整体规划比喻成语言学的符号、长句、短句和

① 廖炳惠.关键词 200[M].台北:城邦文化事业股份有限公司,2003:133.
② 温毓诗.静静的生命长河——解严以来台湾女性散文之主题研究[博士学位论文][D].嘉义:台湾中正大学,2009:134.
③ [法]塞杜.塞杜文选(一)[M].林心如译.苗栗县:桂冠图书股份有限公司,2008:140-144.

文法结构,身为文本的城市井然有序,然而行人却能以自己的"步行"重新断句来建构空间意义。这与散文家们以不同的方式书写现实的城市空间建构私我的城市文本相契合。如周芬伶笔下的台中书写、柯裕棻散文的台北常民生活书写,后者包括了街弄之间、店铺、摊贩、夜市、骑楼等角落一隅的风景,从看似平常的生活景象中观察、体会生活意义,以此构成柯裕棻主要的散文基调。散文家关怀的对象从自我至他者,扩及普罗大众,广泛而深入地洞察人在日常生活中的各种呈现,深度理解文明与都市空间不断拉扯的异化关系。

(三)"都市—消费"研究模式

探讨资本主义所造成的都市空间、消费本质给都市、世界和人带来的巨大冲击,通过对作家作品鞭辟入里的分析,揭露资本主义所带来的"全体物化"危机,是阐述都市日常生活空间的第三个维度。消费是资本主义社会里不可或缺的行为,而都市更是大量聚集消费行为的空间。从另外一个方面来看,也可说消费是构筑都市空间的重要因素。

首先,消费使都市成为"无地方性"的城市空间。萨克认为,在(后)现代世界,我们与地方关系的主要形式是消费。他认为,所有这一切的最终结果,就是降低了我们对自己行为后果的感觉。消费借由掩盖生产过程,创造出一种无关道德的消费世界,消费者在其中进行"无地方性"的消费行为。

其次,生活在"物化"城市中的人也成了"物化的人",成为"无主体性"的人。李欣伦就描写自己有一间因欲望横行而拥挤不堪的房间,他进一步注意到消费行为中的"耗损"本质,并加以批判:"在生命累加的过程中,我们不知不觉地将自己养成一只埋在饲料筒里的猪,欲望以具体的形式充满整个房间,小房间变得拥挤不堪,眼前所有的东西都在提醒我们:尽情地燃烧、耗损自己吧,不要客气……一步一步地榨干自己吧,在未知的保存期限前将自己耗尽吧。"①消费满足欲望,但消费也代表着对物品的消耗,齐格蒙·包曼的说明令人警醒:"消费也意味着破坏。在消费的历程里,被消费的物品在实质上与精神上都不再存在。这些物品要不是被'用掉',到了实质上完全消灭的地步,例如被吃掉或耗尽,就是不再有诱惑力,不再能够诱发和吸引欲望,从而丧失了它们满足需要和愿望的能力,例如玩具或唱片过度使用,因而不再适合消费。"②人的欲望无穷无尽,然而被耗尽的也许不是商品,而可能是主宰消费行为的人。消费行为带动都市生活的活力,却使人们在消费过程中成为失去自主性的无意识客体。当都市高度人工化,使得"消费""商品""金钱"成为城市核心本质的现状,关切城市生活形态与都市化过程中空间与人的关系。台北要用"101"来为自己标价,生活在其中的人更不能逃脱穿戴名牌衣物,因此"虚荣"成了一种大众社会的慢性病、传染病。这样的虚荣躁郁症,不但使整个社会风气朝向消费的、浪费的、拜金等负面的态度沉沦,更严重的是一种"虚荣的贫困",即"一个人即使有了工作,仍有可能负债累累,只因为这个社会不断激起

---

① 李欣伦.你的幽室恐惧[M]//李欣伦.有病.台北:联合文学出版社,2004:67.
② [英]齐格蒙·包曼.工作、消费与新贫[M].王志弘译.台北:巨流出版社,2002:33.

人的欲望,不断使人从消费中获得暂时的满足和更大的不满,从而追求更多的消费。永无止境。……人生全然倚靠名牌堆砌出一个表象,如此实质的金融经济于人生而言,已经不如虚拟的负债数字和名牌的符号意义了"①。因此,人生渐渐步入虚无的表象,人失去了主体地位,失去了独特价值,也失去了灵光。

三、私我生活空间书写的类型阐释

从公共空间到私人空间,代表的是从"我们"逐渐趋向关注"我"的位置,现代社会中的个人对于公共空间与私人空间有更明确的分野,在个人意识的挺立之下,人们从更切身的角度关切"我"的意义,在审视自我生命的过程中肯定主体的存在。"房屋是人的第一个世界,从房屋开始,人立即成为一种价值","若写不出房屋的历史就无法写人的无意识史"。②研究者们以"房间"为主题,分析台湾当代散文中的房间书写的多重含义。"房间与日常生活最为密切,是最重要的日常生活空间,也是重要的私我生活空间。房间虽是建筑上的具体物,其实盛装着生活。居住者被庇护居所的信念所攫,在居所里,生命被聚集、准备与转化。"③巴什拉认为,"房屋是我们在世的一角","是躯体,是心灵"。"家屋满足了许多需求:它是自我表达的地方、记忆的容器、远离外在

---

① 柯裕棻.青春无法归类[M].台北:大块文化,2003:87-88.
② [法]加斯东·巴什拉.空间的诗学[M].张逸婧译.上海:上海译文出版社,2009:8.
③ 同②118.

世界的避风港,是一个茧,让我们可以在其中接受滋养、卸下武装。"①

第一,房间是避风港。房间不只是在某种程度上隔离了外在世界,更是人由世界返回个人状态时的心灵居所。艾伦·狄波顿在谈及房间的重要性时,也注意到房间的"保护"力量,他指出:"我们需要有个避难所来保住自己的心智状态,因为我们的思想与理念常常在这个世界里遭到挫折。我们需要自己的房间帮助我们回归心目中的自我,保住我们人格中稍纵即逝的重要面向。"②房间是人的精神堡垒,不论在外的生活状态如何,唯有返回房间,心灵才能循着轨道安全回航,不管是面对世界的骚动还是内心的虚空,在房间中,皆可获得静定的力量。林燿德在《颜色》中便写道:"独处的一个人总是恬静而自足;一群人、一个社会、一颗堆满人群和社会的星球总是混乱而骚动。在秋夜的卧室中,整个世界的喧嚣被压缩在墙角的一叠精装书里头。"③林燿德以独处的卧室对比充满人群的星球,一个人在卧室里,只有恬静的满足。房间给予人的力量和安慰越大,人与房间的牵绊便越深刻。柯裕棻书写她独居的小房间,希望"跟那个空间完全成为一体,不感到空阔疏离"④。言叔夏笔下的房间则已经成为具有生命的主体:"像披着隐形斗篷般的背后灵。不管到了哪里,总是发出幽灵般的叫唤。我的心无论何时都

---

① [美]克莱尔·库伯·马库斯.家屋:自我的一面镜子[M].徐诗思译.台北:张老师文化事业股份有限公司,2000:10.
② [瑞士]艾伦·狄波顿.幸福建筑[M].陈信宏译.台北:先觉出版社,2007:123.
③ 林燿德.颜色[M]// 林燿德.迷宫零件.台北:联合文学出版社,1993:51.
④ 柯裕棻.午安忧郁[M]// 柯裕棻.甜美的刹那.台北:大块文化,2012:197.

想与房间紧紧地结合。……房间喜欢着我，而我也喜欢着她，在这漩涡般的恋情里，容不下第三者。"①言叔夏将她与房间的情感比拟为恋爱，无论何时都想与自己的房间在一起。

第二，房间是自我表达的地方。空间犹如时间一样，我们每日生活其中，然而也正因为人的生活实践，空间与人不可避免地相互形影、相互投射。毕恒达在思考空间的性质时，点出空间的非中立性："空间绝不是一个价值中立的存在或是人们活动的背景，它一方面满足人类遮蔽、安全与舒适的需求，一方面更展现了人们在某时某地的社会文化价值与心理认同。"周作人谈书斋的时候，已经注意到这种"反映"现象，他指出："以前有人说过，自己的书斋不可以给人家看见，因为这是危险的事，怕被看去了自己的心思。"②书斋是个人品位及格调的展示空间，所以周作人强调被窥见书斋的危险。我们的家屋以及家屋中的内容物，也强烈地陈述着我们的身份和生活形态。

第三，房间是心灵安顿的地方。其中最有代表性的房间是书房。书房是与散文家日常生活密切相关的空间，书房书写也是散文家们日常生活书写的重要组成部分。琦君描写她对书房的境界，会有"亭子小如斗，我心宽似天"③的感受。身处书房的林文月，"有时在书房独坐良久，倒也未必是一直专心读书写作。譬如说，重读远方的来信，想象友朋的近况，也是很自然的事情；甚而什么念头都没有，只有空白的发呆，也

---

① 言叔夏.袋虫[N].自由时报，2007-8-8(4).
② 周作人.书房一角·原序[M].石家庄：河北教育出版社，2001：2.
③ 琦君.自己的书房[M]//琦君.青灯有味似儿时.台北：九歌文库，1988：195.

是人生的片刻。在这个宁谧的斗室内,我最是我自己,不必面对他人,更无须伪装,自在而闲适"①。即使人无法避世远游,书房也能提供一处暂时隐遁的场所,这样一个"不必面对他人,更无须伪装,自在而闲适"的空间,正是作者把渴望暂时逃离喧嚣、适己为乐的精神旨趣投射在书房生活之中。林文月笔下台静农的书房"龙坡长室",不仅是台静农创作或阅读的书房,还是与友人相交相知的空间。

四、童年生活空间书写的研究维度

跟家屋空间书写一样,童年空间的书写也有很重要的意义。童年是一种孩童式的生命状态,生理学意义上的儿童会随着年龄渐长而童颜不再,但孩童式的童年体验却可以植根于整个生命历程。②正如法国哲学家加斯东·巴什拉所言:"一种潜在的童年存在于我们心中。"③童年经验,"是指一个人在童年(包括幼年到少年)的生活经历中所获得的心理体验的总和,包括童年时的各种感觉印象、记忆、情感、知识、意志等"④。对一个作家来说,最重要的精神资源就是童年的体验。作家们热衷于对儿童的生活世界进行深描,探寻儿童在其中的体验,并

① 林文月.午后书房[M].台北:洪范书店,1986:17.
② 赵霞.失落与复归——当代童年文化消费现象的审美批判[博士学位论文][D].杭州:浙江大学,2013:16.
③ 加斯东·巴什拉.梦想的诗学[M].刘自强译.北京:生活·读书·新知三联书店,1996.
④ 童庆炳,程正民.文艺心理学[M].北京:高等教育出版社,2001:92.

进一步追寻童年的精神内涵。《百年孤独》就是这种隐秘情结的伟大成果。童年时代的宅院在记忆与梦境里建筑起了《百年孤独》的生活空间。

20世纪80年代以来，学者们从不同的理论视角对"童年"这个悠远且古老的词做出了丰富的理论阐释，但从空间的角度来审视童年，则是更晚才引起学术界的关注。台湾当代散文家，有不少关于童年记忆的叙事，特别是童年书写，普遍存在于台湾女作家的散文书写中，只是多散见于散文集中的几篇，较少有全书以此为主轴的计划性写作，但同样引起了研究者的关注。研究者发现，在大部分的童年书写中，作者常常是以回忆的视角来重建童年的乐园。重建的乐园无法再现，所以也就变得更加温馨和美好，因现实的失落而有了追寻的向往。透过检视自我的童年场域，散文家可以更明确地回答自己的一些问题，包括"我是谁""我是怎样的人"。而研究者也可以透过散文家所选择的那些值得记录的童年生活场域，去对作家作品做更进一步的解读。

（一）"童年乐园建构"的研究维度

关于"乐园"，欧丽娟归结出乐园的四点特性：其一，乐园是不易到达的。其二，乐园是丰饶且愉悦的。具有此一性质的地方多半是以生机流转、美丽怡人而物产充裕的自然园地为背景……往往洋溢着田园牧歌式的气息和丰收富足的喜悦。其三，乐园是一个封闭且具有选择性的小世界，只为被许可的人而开放。其四，乐园抽离了时间性而使死亡的忧怖消泯不存。①人类进入童年早期,便会开始探索自己所占有的空间,渐渐地,甚至进而探索其在家庭保护之外的世界,"儿童的方式之一就是创造出属于自己的'家园以外的家园'"②。所谓"家园以外的家园"指的是在原来的家庭之外,借由孩童的想象或发掘,产生一个私密空间,并借由某些仪式(如过家家的游戏),探索自主意识与成长空间。其所显示的意义在于天真的孩童想要脱离家庭的呵护而建造一个属于自己的家,这些秘密基地通常由家园延伸而来,成为童年乐园。作家们的童年乐园书写,确实出现不少欧丽娟所论的乐园特质。

　　童年阶段的气息接近率真、纯朴的自然状态,因此很多童年书写的生活空间常常是与大自然相关的。林文月的《迷园》就是描写孩童追求"家园以外的家园"的作品。"童年有时很不可思议。虽然自家庭园有草地,一架单杠,一个沙坑,一双秋千,可供戏耍;但还是向往着篱笆外头的世界。"③林文月回忆当时上海故宅的新式洋房,几个孩子一点一滴拆掉用细竹编制的篱笆,开启通往迷园的路口,"其实,刚刚接触到的景象,与趴在地上看见的并没有什么分别;只因为脚踏在别人家的地上,遂有十分异样的感觉。更兴奋、更慌张,而且忐忑不安"④。张让在其散文中书写了金山的童年生活空间, 孩子们在乡村里四处穿梭,每一个地方都是孩子游戏的空间, 文中写道:"小时住在金山大街上,那

　　① 欧丽娟.唐诗的乐园意识[M].台北:里仁书局,2000:7.
　　② [美]克莱尔·库伯·马库斯.家屋:自我的一面镜子[M].徐诗思译.台北:张老师文化事业股份有限公司,2000.
　　③ 林文月.迷园[M]// 林文月.作品.台北:九歌出版社,1993:98.
　　④ 同③101.

时金山似乎就那一条街。对我们小孩而言，那街极长，长到天边，我们在街上玩儿，上上下下跑，到田边，到坟场，到菜市，到隔壁大马路上的戏院去。可去的地方有限，然而空间开放，只看你能跑多远。"①"童年有过夏天短暂欢愉的记忆，在金山。大海、田野、蜻蜓、蝴蝶、蝉、蚱蜢、金龟子、萤火虫、歌仔戏，使单纯的小孩放纵成野训、调皮而又能博学多闻——一个最理想的童年。"②乡村里贴近大自然的生活，开拓了张让的感官与视野，在乡村的生活环境中自然地塑造出她的艺术感，也为她的童年留下了深刻且难忘的回忆。托尔斯泰曾说："孩童时期的印象，保存在人的记忆里，在灵魂深处生了根，好像种子撒在好的土地中一样，过了很多年以后，它们在上帝的世界里发出它们光辉的、绿色的嫩芽。"③钟怡雯在其第一本散文集《河宴》中即有不少篇章书写童年生活体验，诸如《人间》《回音谷》《河宴》《灵媒》《村长》《天井》《凤凰花的故事》《来时路》《岛屿记事》《外公》《驰想》《童年花园》等。辛金顺认为："从钟氏散文中对大自然事物做大量的描绘来看，它无疑符合了童年书写中自然的心灵状态，呈现童年与自然的紧密关系。而大自然景物中的种种纯朴、原始，以及安详与静谧的氛围，正是童年心灵的写照，它杜绝忧虑、虚伪、痛苦，也因此隔离了成人的现实世界，使童年在自然中能尽情展示其本性。"④这些大自然景观，对钟怡雯来说，既是客观

---

① 张让.空间流[M].台北：大田出版有限公司,2001:109.
② 张让.夏天燃起一把火[M]//张让.当风吹过想象的平原.台北：尔雅出版社,1991:129.
③ [英]艾尔默·莫德.托尔斯泰传[M].宋蜀碧等译.北京：十月文艺出版社,1984:24.
④ 辛金顺.乌托邦的祭典——解读钟怡雯《河宴》中的童年书写[J].华文文学,2000(3):22.

的存在,亦是主观的地理空间,富含从小在野地、大自然成长的经验,使其对土地有格外的亲切感。按辛金顺分析,她的书写包含了"乐园→失乐园→乐园重建"的模式。①

(二)"乐园的失落与乡情的关联"的研究维度

随着时光的推移与文明的洗礼,在逐步走向成年后,童年乐园也渐渐消失。现实中的童年乐园不可复得,但心灵上却已经镌刻出难以磨灭的记忆版图,这种对童年乐园的向往,渐渐演变成对乡土的怀念。"由于心灵很难以抽象的方式捕捉一段光阴,因此我们习惯透过自己对居住地点的回忆,来与之建立联系。"②林文月《上海故宅》所呈现的就是对家乡的缅怀与追念。文章描述朋友到大陆旅行,作者曾戏言:"如果有机会,请代我望一望童年的旧居吧。"没想到朋友不同角度的照片真的重现了其三十年前的故居。林文月依照片娓娓道来故居内部的空间布局,仿佛身临其境。琦君的很多散文就记载了在故乡浙江永嘉(今温州翟溪)难忘的儿时生活,"南方澳大戏院"是邱坤良的童年乐园;"南方澳大戏院在整个渔村是五彩缤纷而又具空间感的,是许多孩童生活中的圣地,尤其是寒暑假,我不但成天鹄候在南方澳大戏院,并以此为中心,调节我与寺庙、鱼市场、造船厂、海滨的关系"③。尽管后来

① 辛金顺.乌托邦的祭典——解读钟怡雯《河宴》中的童年书写[J].华文文学,2000(3):24.

② [美]克莱尔·库伯·马库斯.家屋:自我的一面镜子[M].徐诗思译.台北:张老师文化事业股份有限公司,2000:32.

③ 邱坤良.南方澳大戏院兴亡史[M].台北:印刻出版公司,2007:53.

邱坤良离乡背井远赴海外，但南方澳大戏院始终在他心中有一个重要的位置，也是他怀念故乡南方澳的重要媒介。

(三)"作为儿童的秘密空间"的研究维度

心理学家克莱尔·库珀·马库斯曾经提出："童年藏身地点的重要功能之一，就是创出一个私人的地盘——不论是游戏间里的毛毯'堡垒'、花园尽头的树屋……假如说成年后的住所是我们最能流露本性、无须披戴任何面具的环境，那么这项过程的起点显然是童年。"①研究者认为，不同作家对不同的儿童秘密空间的选择，正好代表了散文家"看见"自己的方式是互异的。有的作家选择家屋里的"负空间"。颜忠贤曾经提出"正空间"与"负空间"的概念："'正空间'和'负空间'是建筑学上的用语，所谓'负空间'是指'服务正空间的附属性空间'，因此，服务于大厅与房间的电梯、楼梯、储藏室便是负空间的例子。"②"负空间"有着连接、服务"正空间"的作用，在孩子眼里，更有着隔离"正空间"的作用，也成了孩子自由自在的空间。如柯裕棻喜欢待在她自己命名为"反面世界"的秘密基地——书桌底下。她觉得"藏身这些反面的场所可以轻易将自己的存在从常态中抹除，我可以假装自己从屋子消失，从反面观察在我之外的空无与完整……像一台显微镜那样将事物

---

① ［美］克莱尔·库伯·马库斯.家屋：自我的一面镜子[M].徐诗思译.台北：张老师文化事业股份有限公司，2000：41.

② 颜忠贤.隐匿的空间——从负空间的观点看《终极警探》[M]// 李清志.建筑电影院.台北：创兴，1993：77.

的道理和秘密看个净透"①。再大一点儿，就改藏到衣橱里；成人之后，没得藏了，就躲到后阳台去。柯裕棻从"负空间"中抽离大人们的世俗思考，从不同的角度反观自我。此外，有论者也注意到，很多女作家在回忆儿童捉迷藏时，都离不开衣柜、桌子底等"负空间"。这也透露了整个社会体制在性别权力结构不均等的情况下，女性缺乏自主空间的事实。一旦性别政治被揭露，原本看似平常的空间，实际上纠结了许多复杂的权力角力。钟怡雯则抛开家屋的藏身之所，宁愿在外徘徊，油棕园成为她童年翱翔的天地；"尤其是每日与广袤的油棕林为伍，我总想在林子最深处，没有人找到的地方，盖个房子躲起来。……我还仔细设计过房子的结构，在绘图纸上描了又描"②。研究者指出，不论是小孩还是大人，都需要一个自己"虚构"的空间，在那里可以跳脱一般看待世界或事物的方式，换一个想事情的"视野"，进而进行自我调整、自我修补。

本·海默尔曾经由衷地说："日常把它自身提呈为一个难题，一个矛盾，一个悖论：它既是普普通通的，又是超凡脱俗的；既是自我显明的，又是云山雾罩的；既是众所周知的，又是无人知晓的；既是昭然若揭的，又是迷雾重重的。"③日常生活的这一永恒悖论，既为作家提供了巨大的艺术空间，也考验着作家的思想能力和艺术智慧。尤其是进入21世纪以来，随着消费主义、技术主义和全球化的影响与渗透，我们的日常生活已经变得异彩纷呈，甚至光怪陆离。在《日常生活批判》中，列

---

① 柯裕棻.甜美的刹那.台北：大块文化，2021：199.
② 钟怡雯.垂钓睡眠[M].台北：九歌出版社，1998：174.
③ ［英］本·海默尔.日常生活与文化理论导论[M].王志宏译.北京：商务印书馆，2008.

斐伏尔说道："在启蒙运动以来的西方思想史上，日常生活通常被视为烦琐无奇的、微不足道的、无关紧要的，具有重复性、情绪性和自然生成性。特别是哲学经常从一种纯粹的思想的高度，而同日常生活中的混乱一团的、异想天开的现象一刀两断；对日常生活中的凡人琐事经常是不屑一顾乃至嗤之以鼻。这种纯粹思想与日常生活感性世界的截然分割，其实就是一种日常生活的异化现象。"[①]为此，他将日常生活定义为"被所有那些独特的、高级的、专业化的结构性活动挑选出来用于分析之后所剩下来的'鸡零狗碎'，因此必须对它进行总体性的把握"[②]。

　　从我国源远流长的散文史来看，散文对中国文化和人们日常生活的影响最大。谢有顺认为："二十世纪以后，散文有一个'日常化'的过程，真正完成了从书面语向日常语的转化。散文要保存生活的日常性，它是对'时感'经验的一种记录，是对这个时代说话方式的保存，通过散文可以直接准确地看到这个时代的人是怎么说话的。同时，通过散文的话语方式，可以看到日常情感、经验在散文文体中呈现得最直接、彻底和真实——所以说，散文是'在人间'的写作。现在很多散文革命就是想要散文'非人间'，但是都不成功，不管是修辞上、文体上，还是情感、生活经验，散文都应该'常道'，应该'在人间'。散文最大的意义就是保留日常生活的经验与感情，因而'在人间'应该被视为散文创作的'常道'。"[③]不同于小说、诗歌等，散文的气质，或许可说是天生承担

---

①②　吴宁.日常生活批判——列斐伏尔哲学思想研究[M].北京:人民出版社,2007:165.
③　散文深刻地影响着当代的日常生活[N].信息时报,2015.01.22.

着将日常生活美学化的使命。散文的魅力是一种作者"凝视"时间、空间、自我与他者,以及"实践"生命,即所谓的"日常生活美学化"的心得体悟。因此,构建散文日常生活诗学,既呼应了文学对人性与生命的关注,也体现了台湾当代散文批评发展的一种趋势。

本章聚焦台湾当代散文批评空间意识之生发与空间维度之建构,通过梳理台湾当代散文批评空间维度建构的三个主题面向,试图更近距离地认识当代空间视域转向对台湾当代散文批评的影响和意义。都市空间是台湾当代散文批评空间维度建构的时代主题。台湾都市散文空间诗学的理论探索与书写实践,体现了鲜明的后都市空间观,呈现多棱镜晶体结构并置和蒙太奇式的空间叙事形式,展现了丰富的散文空间叙事功能,使现代散文"产生精神和文体上的重大变革",在中国散文史上具有革命性的意义。进入 21 世纪,空间议题被大量关注,郑明娳所界定的"都市散文"与林燿德所提倡的"都市散文"不需再标举。作家如何利用文学协助召唤历史记忆、创造地方感便成为有志之士更进一步的挑战。

散文书写的性别空间批评是台湾当代散文批评空间维度建构的新兴主题。台湾当代散文批评吸收借鉴了女性主义理论,将文学批评、文化地理学以及空间理论结合在一起,探究文学作品中各种空间形式的身份认同以及与女性主体性建构的关系。透过女性追求"自己的房间"和"自己的孤岛"来探讨散文空间书写中的性别内涵,呈现的是一种女性由私我内部空间出发(房间与房间的转换),扩及公共空间(城市),到空间位移(离家与回家的往复),最后又回归自我的环形结构;

探讨女性透过游走在这些空间之中所建立起的归属感,对于自我的身份认同和自我主体性的建构。台湾当代散文性别空间批评尚处于初垦阶段,尚未观照到不同阶层、种族、地域、教育背景、社会制度的女性,其文化政治诉求的形成与表达的影响因素各不相同。性别空间具有阶级、种族、性向和历史的多种特殊性,是一系列的差序、位移和变异,以及各种复杂关系和位置的交错。在此情形下,分析性别诉求时更重要的是理解社会权力和压迫的所有轴向之间的交错关系,并且了解性别差异和性别关系与其他社会权力轴向的相互关联。①如女性对厨房的认同与逃离两种截然不同的态度,表明女性对于主体性的理解大相径庭。可见,女性的主体性建构有其复杂性,"同一性的女性主体性建构过程时常是被掩盖或遮蔽的"②,如何对抗这种女性主义霸权式的建构过程,是未来散文性别空间批评面临的挑战。

日常生活空间是台湾当代散文批评空间维度建构的重要主题。日常生活批判的理论资源,使得从日常生活角度研究文学成为一种趋势。尽管散文钟情于日常生活的写作曾遭到贬低和嘲讽,但我们不难发现,日常生活的书写、日常生活空间的重构、日常生活经验的表达并非平淡无奇,它们摆脱了历史化、典型化的制约,显示出零碎的日常生活不再是历史长河中不起眼的沙子,而是历史的必然构成。因此,台湾

---

① 陈惠芬.当性别遭遇空间:女性主义地理学的洞见和吊诡[J].中国比较文学,2009(3):144.

② 陈舒劼,刘小新.空间理论兴起与文学地理学重构[J].福建论坛·人文社会科学版,2012(6):121.

当代散文批评对散文日常生活空间书写的阐发与重构,成为当代台湾散文批评的一个不可忽视的发展趋势。

在台湾文学研究里,空间议题并不陌生,但经常是被评论者以小说文本作为例子进行讨论。事实上,若以文类对比空间,散文和空间却更有相似的特质。比起其他文类的虚构特质,散文内容较能真诚反映作者的生活体验和人格性情;而空间通常是能够体现创造主体性情、思维的扮演空间。因此,散文与空间的关系显得更为紧密,也更值得关注。空间批评不仅为认识当代社会提供了一种途径和思维方式,同时也为文学批评(特别是散文批评)提供了阐释文本的方法。

第三章　众声喧哗：

台湾当代"杂语化"散文批评

当代以来，台湾散文继承软性抒情的美文，将散文形塑成一套美文传统体系。最能体现抒情美文传统的散文有两大宗，即以大陆来台作家为班底的怀乡散文和书写个人生活及情感的美文。在 20 世纪 50—70 年代，这两类抒情美文甚至成为台湾现代散文的主导话语方式，至今文脉绵延不断。抒情美文在台湾特殊的社会语境下形成了散文的"正宗"地位，造成了学界一度对台湾现代散文的理解存在历史偏见。但回头审视，台湾现代散文的发展，除了抒情美文恒常处于建构之中，其实还隐含另外一条散文的发展脉络，只是它因着社会语境的关系被隐匿于抒情美文里，也使得其未来得及进入当时文学评论者的视野，直到 80 年代后才浮出历史的话语地表。李瑞腾在台湾 1980 年文学年鉴中所做的报告亦对此现象进行了反省："散文的名与实之间很难完全契合无间，以至于产生了许多误解，其中最严重的是许多人为抒情是宗，以为非抒情性的文章就非散文。当我们针对此种文类去做历史思考，我们就会发现，在整个中国文学的大传统中，以文章叙事和说理，在时间和数量上都远超过抒情的。所以如果我们要把诗、小说、戏剧之外的文学作品名之为散文,那么它必须包含叙事、说理与抒情。"
① 80 年代以来,随着"台湾意识"转趋强烈,各种具有批评精神的文化
思潮不断地在台湾文化界发酵,整个社会语境与之前有着本质上的差
异,而散文的发展也开始出现明显的质变。关心台湾政治文化、土地伦
理与自然书写、社会边缘性议题的书写,开始持续被文坛及学术界所
聚焦及讨论。散文的美学观因着时代趋势的推移,也出现了另一套不
同的价值判断,形成了一种有别于以往抒情散文为主的"一言堂"现象
的众声喧哗的"异言堂"局面。这就是本章要讨论的台湾散文的另一个
传统,笔者将之称为"杂语化"散文。本章将梳理 80 年代以后台湾当代
散文批评如何呼应并阐释散文参与和介入社会现实进行类型化深耕
的书写现象,还原台湾当代散文除抒情美文以外多样化发展的散文批
评与理论建构。

第一节　界说:
"杂语化"作为散文批评的一种概念

　　"杂语"一词出自巴赫金的小说理论,是巴赫金"话语"理论中讨论
西方长篇小说的语言、修辞时的一个用语,意指"语言成品"。吴孟昌认

---

　　① 李瑞腾.文学概况——散文杂文[M]// 柏杨.一九八○年台湾文学年鉴.台北:时报出版社,1982:30.

为，"杂语"这个名词虽然出于巴赫金的小说理论，但对于散文研究却有启发及值得借鉴之处，其在研究 20 世纪 80 年代台湾散文作品选时，将之作为散文研究的一种概念。①巴赫金认为，任何言语都具有一种"内在对话性"，亦即每种言语都同先前于它的其他言语处于程度不同的对话关系中，而这种言语的"内在对话性"，正是形成话语独特风格与结构的关键要素。他指出，这种"内在对话性"的语言在诗歌体裁中并不被运用，因为诗歌语言是一种"统一的独白式封闭的话语"，它"人为地脱离了同他人话语的任何相互作用，丝毫不再顾及他人话语"②，只是专注于自己内心的意志和意向。③

　　巴赫金从文学社会学的角度提出了他对诗的话语的见解与分析。他对于诗的话语的理解，并非主要从有韵和无韵着眼，而是作家只要忽视个人话语的社会性、历史性、局限性，乃至忘记个人话语的周遭是一个杂语的环境，而专注于呈现自己内心的意志与意向，则话语不论有韵、无韵，都是诗的话语。相反，"内在对话性"的话语用于非诗歌体裁的艺术性散文④，它的话语"穿过他人话语多重褒贬的地带而向自己的意思、自己的情味深入，要同这一地带的种种不同因素发生共鸣和

---

　　①　吴孟昌.八〇年代年度散文选作品中的台湾意识与杂语性[博士学位论文][D].台中：东海大学，2013：172.

　　②　[苏联]巴赫金.巴赫金全集(第三卷)[M].白春仁，晓河译.石家庄：河北教育出版社，1998：65.

　　③　同②56.

　　④　巴赫金所谓的"散文"，并非中文所谓的"散文"体裁，而是除诗歌以外的其他文学体裁的泛称。

出现异调,要在这一对话的过程中形成自己的修辞面貌和情调"①,亦即当非诗歌体裁的艺术散文话语接触它的对象时就会卷入复杂的相互关系中,是一种社会性"杂语",它的内在本身就具有"社会对话性",词语本身就揭示了具体的"社会语境"。诗人散文家"用诗歌的方式写作散文"成为台湾当代散文的一个重要特色和优良传统。台湾当代绝大部分抒情美文的话语特征,就趋近于巴赫金所谓"诗的话语",即一种"诗化"散文。

在这里首先要厘清本书所谓的"诗化"的概念。本书所谓"诗化",乃是根据巴赫金对于"诗的话语"的定义,重点在指出散文的话语倾向于诗歌语言的"独语性"与"封闭性",进而凸显 20 世纪 80 年代后台湾当代散文介入社会现实而显现出的"杂语化"特征。故而"诗化"是相对于"杂语化"的一种概念,从相对的概念出发,有助于更好地厘清和分析台湾当代散文话语的演变与差异。另外,必须阐明的是,独白式散文语言并非没有其"对话性",只是这种"对话性"仍是作家在个体状态下的独自思考,是一忽视周遭杂语环境的封闭式的自我对话和心灵剖析,与本书所谓的"社会对话性"有本质的区别。

有关台湾当代散文话语的"诗化"现象,在学界并不是新议题,"诗化"散文批评的理论建构也已经有了较为成熟的学术积累。与"诗化"散文的批评相比,很少有人对"杂语化"散文的批评进行系统的理论总

---

① 〔苏联〕巴赫金.巴赫金全集(第三卷)[M].白春仁,晓河译.石家庄:河北教育出版社,1998:56.

结,故本书重点阐述当代台湾"杂语化"散文批评话语空间的拓展。巴赫金的"杂语"理论强调的是话语意义的多样性和对话性,本书对于巴赫金小说理论中关键词"杂语"的援用仅止于概念上的参照,笔者认为散文的"杂语化"特征应有三层含义:一是文体功能的"参与介入性",二是文体语言的"社会对话性",三是文本的"声音多样性"。

一、文体功能的"参与介入性"：从"在云端"到"在人间"

"介入"成为一种与文学相关的术语源于萨特的《什么是文学？》。萨特将作家的写作界定为"介入",就是作家对世界的解释、揭露或者干预。萨特在 1960 年说道:"如果文学不要求一切,它就毫无价值可言。这就是我所说的'介入'。如果文学变成纯粹的形式或者颂歌,它就会枯萎凋谢。如果一个写下的句子不能在人和社会的某一程度上产生反响,那么它是毫无意义的。所谓某一时代的文学,只能是用文学体现的这一时代,难道不是这样吗？"①在萨特看来,介入就是要揭露,写作就是要揭露一切"非正义行为","因为这是艺术的最终目的:在依照其本来面目把这个世界展示给人家看的时候挽回这个世界,并用人性去包容世界"②。萨特认为,作为一种责任和必然选择,"介入"应该贯穿作

① ［法］让－保罗·萨特.萨特思想小品[M].黄忠晶,黄巍编译.上海社会科学院出版社,1999:122.
② ［法］让－保罗·萨特.萨特文学论文集[M].施康强等译.合肥:安徽文艺出版社,1998:110.

家创作的始终。从这个意义上说，萨特认为散文是最容易进行"介入"的文体。散文作为一种实践性的言说、表述，其对意义的揭露就是一种介入行为。

散文文类在文学书写的各种类型中，含义最为庞杂、类目最多，书写的深度与广度也容易兼及，且最能直接反映生存环境与时代面貌。从中国文学传统的视角切入，散文的"介入"书写是相当普遍的现象。

其一，从现代散文的鼻祖——中国古典散文观省。古典散文最早可推衍至商代的卜辞与铭文，其字句简单，内容以记事为主。先秦时代，百家争鸣，诸子（如孟、庄、墨、韩非等）散文，雄辩豪放，各自展现对所身处时代的深度思考。唐宋八大家的古文运动，让散文从自汉末到魏晋以来以韵文为主的观念中跳脱出来，成为"载道"的重要形式。明末清初桐城派文章当道，方苞为文"助流政教"，姚鼐文章义理、考证并提，这些经世之文，都体现了散文的介入特质。

其二，从现代散文的源头探究。清末知识分子如梁启超、陈天华等人，在要求政治革新的前提下提出文学改革，纷纷以新文体书写创作，如梁启超的"新民体"为现代散文的发展奠定了基础。1917 年发生的文学革命标志着古典文学的结束和现代文学的开始。在中国社会历史大变革的背景下，现代散文因带有介入社会现实的实用性，在当时社会时境中对于针砭时事、提出改革、思想启迪大有助益，因此在 1918 年 4月《新青年》开辟"随感录"专栏以后，形成了一股潮流。《每周评论》《晨报》等报刊相继跟进，当时的报纸副刊、文学期刊随处可见对于文学、文化、文字的论争，其中又以陈独秀、钱玄同、刘半农、鲁迅等人为代表。现代散文在 20 世纪 20 年代最初发展起来时可分为两大类，一种是介入社会现实的批判性强的杂文、报告文学，另一种是强调艺术形式与个人风格的抒情美文与小品文。五四时期，鲁迅所建构出的杂文话语，同美文一样被视为五四时期新散文的主要形式。"五四时期散文格外发达，甚至成绩超出其他文体，原因在于这种文体比较自由。……适合于五四时期思想启蒙的需要，也有利于开展社会批评与文明批判。"①此种"杂语化"的散文形态，流露出中国知识分子关心国家命运的抑郁与纠结，标示了他们对现代知识与思想的追求，也成为知识分子热切地以文明批判介入社会论述的载体。

其三，从现代散文在台湾的继承与发展审视。在日据时期，台湾就有"社会批评"类的散文。许达然在《日据时期台湾散文》中曾引用巴赫金的理论指出，当时的这类散文，是为了否定外来的殖民以及本地的守旧权威的论述，而发展出内涵说服论述，他称之为"问题散文"。②战后台湾散文在发展的前期依旧延续大陆三四十年代的散文类型，体现了散文的介入功能。20 世纪 50 至 70 年代，散文的介入性一度被遮蔽，以着重抒情和文字艺术性的"美文"为正宗，在内容上以抒发"我"的情思为主要路线，游离于台湾的土地、社会、人民之外，在形式上则强调字句的锤炼及修辞的美感。但到了 80 年代，台湾当代散文从"云端"再

---

① 李丰楙.中国现代散文选析:绪论[M]// 何寄澎.当代台湾文学评论大系:散文批评卷.台北:正中书局,1993:135.
② 许达然.日据时期台湾散文[C]// 赖和及其同时代的作家——日据时期台湾文学国际学术会议论文集.新竹:台湾清华大学,1994:33.

度落入"人间",从 80 年代以来的散文选集亦可看出对参与和介入散文观的形塑。陈幸蕙在 1987 年接受《幼狮文艺》采访时指出,散文家必须"多关怀别人,多谛视这个人间社会与世界,养成观察的习惯"[①]。陈幸蕙在台湾解严之后主编九歌版《七十八年散文选》,在序文中便以"关怀"为核心概念,该年所收录的散文,其题材由人生关怀、社会关怀到地球关怀,涵盖的层面已非往昔耽溺于自我情感的抒情美文所可比拟。阿盛主编的前卫版年度散文选的编选原则与路线,基本上仍承续林清玄、洪素丽所确立的"本土性、现实性",但对于散文的类型与形式则采取较为开放的态度。在《一九八五台湾散文选》中,他延续洪素丽对于"自然生态"与"社会批评"散文的关注,在该书卷二"写在大地上的爱"及卷三"社会档案七十四"中,便分别收录该年这两类散文的佳作。关于卷三"社会档案七十四"中的作品,当时郑明娳认为是前人在散文集分类上所没有的尝试,但质疑这类文章的论文性质较差、文学素质较差,若算是"散文",则报纸社论、小方块文章亦可入列,有值得商榷之处,因此认为编者应该对于"散文"的界定有所交代。[②]阿盛针对此卷作品所引起的争议表示:"文学创作的体裁形式,是约定俗成的,形式并不是决定作品好坏的标准,而作家对社会事务有立即反应,是一个可喜的现象,表示作家比较'入世',因此值得收录。"[③]由此可知,阿盛认为散文的形式并没有一个先天、固定不变的模式,应该保留弹

---

① 陈幸蕙.谈散文[J]幼狮文艺,1987,66(6):111.

②③ 滕淑芬.反映时代的声音——评介《一九八五台湾散文选》[J]光华,1986,11(7):47.

性的商议空间，且形式并不是决定散文好坏的唯一标准，"写什么"比"怎么写"更重要。向阳在他的《被忽视者的重返：小论知性散文的时代意义》中，用了大量篇幅论述、俯瞰中国的散文论述，旨在说明从传统到现代用于铺陈社会现实的知性散文书写其实才是中国文学的中心主题。

二、文体话语的"社会对话性"：从"单音独鸣"到"众声喧哗"

"杂语化"散文话语的"对话性"特征主要体现在两方面。一是与社会现实的对话。吴孟昌认为，社会的组成分子是人，因此隐藏在文本中的是各种意见（声音）的表达与交锋，这近似于巴赫金所谓的"众声喧哗"。①"众声喧哗"一词主要在探讨人与人之间的对话关系，反对语言、文化的"单音独鸣"，强调对于中心的意识形态的离心力量。20 世纪 80年代以来，在"自由化、民主化"等外在环境下，台湾散文与土地、社会之间的交集、对话更趋频繁与绵密，散文家在书写的内容上，逐渐走出以往"遗世独立"的喃喃自语，开始关注自己身处的环境，并与之对话。这种转变，尤其体现在 80 年代各大散文编选中。萧萧在其散文集《感性萧萧》的序文中说道："散文的题材太宽广了，于我，我愿意以'人'为中心点，去探讨人与土地的关系、人与自然的和谐与对立，以及人与人之间所产生的情爱和温馨，因而了解人性与生命的真正本质所在。"②这

---

① 吴孟昌.八〇年代年度散文选作品中的台湾意识与杂语性［博士学位论文］［D］.台中：东海大学,2013.

② 萧萧.散文的感觉［M］//感性萧萧.台北：希代书版有限公司,1987:7.

虽是他个人的散文创作观，但亦可视为他看待"散文"这种文类的基本态度。由引文可知，萧萧认为，散文并不仅限于个人情感的描写，还触及人与土地、自然的关系，这与林锡嘉强调的"文学的时代精神"，以及陈幸蕙所谓"关怀社会、人间"的理念，其实有相通之处，他们均重视孕育文学作品的那片现实环境的土壤，并期待文学与现实之间是一种"对话"关系，而非让文学处于闭锁式的独白情境。

二是文本中作者与他人的对话关系。"杂语体"散文作家常常将自我的内心对话以虚拟的对话方式呈现出来，目的是努力缩小作家与读者的间距，塑造对话语境，使作者时时意识到在与他者对话，这使得"杂语体"散文文本语境中隐含着一个无所不在的对话者，使原本以作者话语为中心的散文渗入了他人的话语。陈幸蕙曾表示，相较于诗和小说，散文"具有对话或晤谈的特殊体质"[1]，在书写内容上，除了常见的抒情、咏物、叙事或写景、记游之外，"讽刺性的、幽默性的、评议性的、寓言性的散文，应都是很可加以垦殖的荒原"[2]。又如杂文写作，作者常在文中发出质问，再反过来以被提问者的立场回答问题，并模拟答话者的心态与反应，在文中形成作者之外的"他者的声音"，这是作者意识到纷杂的社会语境的存在所产生的杂语的介入。如此等等。这种对话性几乎存在于散文叙述的全过程，而构成对话的是作者自己的话语与虚拟的他人的话语。报导文学的对话特征，则体现在对受访者

---

①② 陈幸蕙.谈散文[J].幼狮文艺,1987,66(6):111.

的言语的"实录"，真实地呈现受访者谈话的内容、语气与情绪，让读者对于受访者的声音留下深刻的印象，这是报导文学所特有的艺术手法。为了获得对话的特征，"杂语化"散文通常借助于现代传播媒体与读者进行对话，不管是现代杂文还是报导文学，往往采用通讯体式或以报刊的"通信"栏目发表，在这里，传媒是一个开放的对话场，引导读者进入报刊的媒体世界，从而形成对话性特征。

三、文本的"声音多样性"：从"一言堂"到"异言堂"

巴赫金的文艺理论非常强调艺术的社会性，认为艺术审美的领域就如法律的和认识的领域一样，只是社会的一个变体。他认为："艺术之外的社会环境在从外部作用艺术的同时，在艺术内部也找到了间接的内在回声。这里不是异物作用于异物，而是一种社会构成作用于另一种构成。"①巴赫金认为文学的积极意识，即文学语言的创造意识，要在离心的轨道上去寻求，去发现多种语言的存在。

散文创作的"杂语化"走向与台湾的社会发展紧密相关，其中又以都市化与信息化、资本主义化对作家心灵层面的影响与形塑最为显著。20 世纪 80 年代的台湾，不论是政治、社会、经济的形势还是文学的面貌，都进入一个剧烈变动的关键期。"在七〇年代和九〇年代之间，

---

① ［苏联］巴赫金.巴赫金全集(第三卷)[M].白春仁，晓河译.石家庄：河北教育出版社，1998：80.

藏着一个极突出的八〇年代……八〇年代确实存在着一种火辣辣的群众意象和反叛行动……"①就社会环境而言，80年代是台湾进入都市化的时期，台湾从农村田园形态到工商都市形态的转型已经进入最后阶段，都市化快速蔓延，乡村几乎成为边缘。在资讯传播上，因电脑而面临的资料储存形态的改变、股市的狂飙与崩盘、消费文化的逐渐形成，大量汹涌的难解现象正预示着一个崭新世界的到来。政治文化上，最显著的变化是从"定于一"走向"多元化"。社会意识与文化价值观最重要的转变是在 1987 年政治解严后，社会形态与思考意识跟着解严的变动愈加剧烈，台湾社会随即进入高度商业化、信息化的时代，而各种意识形态与政治立场迅速地跃上台面成为众声喧哗的公众话题。由于关怀的层面变广，因此除了题材之外，散文的类型、表现技巧与手法也日益复杂，越来越有走向多元化的趋势。

文学作品的"形式"本与"内容"息息相关，可以说，20 世纪 80 年代以来作家心灵结构的变化反映在 90 年代散文文体的丕变之上。80 年代以来，台湾的散文创作，结合众声喧哗的外国文学思潮，加上新兴的本土文学意识，在题材开拓与技巧表现上出现众多耳目一新的作品，如少数民族散文、女性书写和自然写作等。林锡嘉编选《八十三年散文选》时于编后记中表示："检视台湾近四十年来的现代散文，我们会感觉得到，近几年可以说是现代散文变化较大的年代。"①廖玉惠编选九歌版《八十九年散文选》时，知性篇章比重已超越了抒情感性的作品，

———————————

① 杨泽.狂飙八〇——记录一个集体发声的年代[M].台北:时报文化出版,1999:5-7.

作者所关注的重心也从"内在"个人自我的面向转向"外在"社会环境。钟怡雯指出："散文的起始着重散文美学的内部建构，近三十年的散文发展，却以外放的模式，跟时代以及地域产生很强的互动和辩证关系。它体现了强烈的互动性和广大的包容性，涵盖的次文类愈来愈多，从农业时代进入主体价值崩解的全球化时代，三十年来散文的质和量急速上升，这期间衍生/开发出的次文类远远超过前六十年的创作总量，同时影响了华人世界的散文创作。台湾的自然写作、旅行文学、饮食书写以及地志书写等，均引领全球华人的写作风潮。"② 相对于之前散文界只以抒情美文为正宗的"一言堂"现象，此时已经转为众声喧哗的"异言堂"局面。

① 林锡嘉.《八十三年散文选》编后记[M]// 林锡嘉.八十三年散文选.台北：九歌出版社,1995：369.

② 钟怡雯.台湾现代散文史论纵论(1949—2015)[M]// 钟怡雯.后土绘测：当代散文论Ⅱ.台北：联经出版,2016：140.

第二节 脉络:"杂语化"散文话语空间的重建

一、散文"杂语化"传统的消匿

应该说,台湾当代"杂语化"散文是以断裂的形式在发展。这种断裂集中表现在 20 世纪 50 年代的散文创作上。50 年代台湾散文的主流转向更注重艺术形式和个人思想情感①,"散文,作为一种书写,被界定在'文学的''抒情的''小品的''美感的''个人的'等等条件之下,从而成就了它在文学类型之中某些足以与其他文类区别的'特征';相对地,这也使它被拔高到云端之中,被区别于社会之外。因此,'文学散文'便与叙事、论理的散文割袍断义了,文学散文便从历史、哲学、政治和社会中挣出了束缚,从知识、思想、权力和生活中摆脱了羁绊,获得展翅独飞的天空,不必为知识、思想、权力和生活伤透脑筋"②。1950—1970 年这三十年间,台湾当代散文话语是倾向于巴赫金所谓的"诗的语言"特质的。正如许达然对 60 年代台湾现代散文的观察:作家不管老少,"描写的多半是偏狭生活:紧锁房间,把桌子当作世界,连标点都

---

① 郑明娳.当代台湾文艺政策的发展,影响与检讨[M]//郑明娳.当代台湾政治文学论.台北:时报文化出版,1995:51.

② 向阳.被忽视者的重返:小论知性散文的时代意义[J].国文天地,1997(13):77-99.

叹息"①。这种放大自我而疏离现实环境和他人话语的特质，就是"独语体"散文的话语特质。依照福柯的说法，任何的话语和权力都是不可分的，话语作为一种陈述系统，让个人世界可以权现实世界了解、应用并且运作，从而形成主体与客体间的权力关系。

在文艺政策的翼护下，大陆来台作家除了在文学场域上取得相对优渥的资本外，其散文的话语也同时建立了一种"范式"，即以怀乡的抒情散文为典范，在内容上游离于台湾的土地、社会、人民之外，并对此外的散文类型及题材（特别是涉及社会批评的杂文）进行排除与客体化，使这三十年间的台湾散文大体呈现封闭而孤绝的况味。张堂锜指出，以这种"抒情审美"意识为创作底蕴与出发点的作品的特色就是"个人的独语、私语，是言志、抒情、诗意的追求，是自觉的、大写的'我'，是自由的、向内转的美的写作"②。如朱自清、徐志摩、许地山等人的抒情散文，在战后台湾散文发展史中被高举为典范，李丰楙曾描述这些作家的散文在台湾大街小巷书店中畅销风行的热潮："五十岁以下，尤其在台湾土生土长的一代，均有实际的经验，就是徐志摩、朱自清、许地山等人为书店书架上最易购得的散文集，因此对文艺青年的沾溉最深、启迪最大。"③除了抒情散文外，大陆来台作家的散文创作也

---

① 许达然.散文台湾 台湾散文[M]// 许达然.台湾当代散文精选.台北：新地文学出版社，1991：9.

② 张堂锜.个人的声音——抒情审美意识与中国现代作家[M].台北：文史哲出版社，2011：412.

③ 李丰楙.中国现代散文选析：绪论[M]// 何寄澎.当代台湾文学评论大系：散文批评卷.台北：正中书局，1993：135.

有关于台湾社会与生活的描写，但在话语的运用上，作家们基本上还是使用"诗的语言"，即巴赫金所说的："诗人即使讲起他人的东西，也是使用自己的语言。为了展示他人的世界，他从来不利用更符合这个世界的他人语言。"①在散文中，作家与它所处的环境互不交涉，是近乎"平行"的关系。诚如陈万益曾指出的："80年代以前台湾散文的主流，基本上是游离于台湾的土地和人民之外……咬嚼伤痛的乡愁，就是在风花雪月和伤春悲秋中去感觉自我的存在，林文义美其名为'临照水仙'，苦苓则直斥为'目中无人的散文'，并认为这是把自古以来丰富的散文遗产，做了最窄化的呈现。"②散文的话语被窄化为作者个人的话语，不令其触及社会现实层面。为什么台湾在20世纪50至70年代会缺少长篇的散文、知性的散文、批判的散文等"杂语化"散文？对此，向阳等学者也有过充分的论述，概括起来大致有以下三方面的原因：

原因之一，政治的介入。吕正惠指出，台湾当代散文与五四传统的断裂现象有两方面：一是五四重要作家(如鲁迅等杂文作家)的作品被禁，二是五四写实主义精神成为禁忌。20世纪50年代，在国民党到台湾之后，为了控制文艺界，官方政策强力介入文学，禁绝30年代以降的左翼文学与未能随国民党来台的作家的作品，"于是具有行动、运动、集体意识的文学，都在扫除之列"，留下来的文学很大一脉是以徐

---

① ［苏联］巴赫金.巴赫金全集(第三卷)［M］白春仁、晓河译.石家庄：河北教育出版社，1998：67.

② 苦苓.再见吧！软骨文学——写出"人的散文"(代编序)［M］//苦苓.红尘烟火.高雄：敦理出版社，1985，2：3.

志摩、朱自清、冰心为代表的中国现代浪漫主义文学。①正如向阳所说："以鲁迅为首的'必须是匕首，是投枪'的散文，在其后短暂几年动荡的时代中开出了灿烂的花朵；而强调闲适趣味的小品，则在一九四九年之后，因为时空与政治因素，转进台湾，形成台湾散文创作的主要类型，并且朝向以抒情为重的路子发展。"②台湾散文在不触碰政治、符合道德要求（真、善、美、爱国/怀乡）的导向下，终于逐步走向与主流意识形态妥协，继承以冰心、徐志摩、朱自清等作家作品为代表的抒情、写景、叙述的美文。正如应凤凰所说，这是国民党来台实施权威统治后，"由高分贝'国家机器'在文学领域充分'运作'的开始"③。政治介入文学直接切断了文学对社会的介入渠道。从台湾本地的散文发展脉络来看，介入现实、社会批评一类的"杂语化"散文面临断裂而遭掩盖的命运。社会批评一类的散文，只能轻描淡写，即便后来以柏杨、李敖为代表的"杂文"书写者曾在文坛喧嚣一时，却同样被摒弃于散文正典之外，因此如同鲁迅那样批判现实政治、似投枪匕首的杂文，在政治干预下噤声了，散文作为工具的选择被窄化了，散文的文学目的也被窄化了。因此，张诵圣认为："在当代台湾历史场景里出现的'纯文学'美学范畴，可以发现他所标榜的是文学的'非政治性'、主观性以及个人

---

① 杨照.跨越时代的爱情——台湾通俗罗曼史小说中的变与不变[M]// 杨照.梦与灰烬——战后文学史散论二集.台北：联合文学出版社，1998：213.

② 向阳.被忽视者的重返：小论知性散文的时代意义[J].国文天地，1997（13）：77-99.

③ 应凤凰.导言[M]// 应凤凰.五〇年代台湾文学论集.高雄：春晖出版社，2007：4.

性——因此特别标榜所谓的'抒情传统'。"① 20 世纪 50 至 70 年代,台湾散文全然浸淫于个人世界的书写,而对现实社会视若无睹,实是拜戒严体制下的文艺政策所赐。

原因之二,作家的逃避。向阳认为,作家逃避社会,特别是逃避政治的心态,使得知性散文的发展受到阻碍。台湾自战后实施的"白色恐怖"和戒严使台湾的文学界、学术界和思想界受到巨大伤害。向阳感慨道:"戒严与言论思想表意受到国家机器压制,使得文学界不得不避免对社会、政治的书写,当代散文在这个过程中受害尤其严重,柏杨、李敖的批判性散文(杂文)曾经有足够的呼唤力量,改变散文与大时代隔绝的机会,但是他们抨击时政、与鲁迅一样尖锐的呐喊不仅被意识形态国家机器所压抑,同样也被当时的文坛权力关系所排斥;尤有甚者,他们后来先后以文字书写贾祸、锒铛入狱,更是成为散文作者心头的重压,从而只能以身边琐事、性灵、小我情感作为书写题材。"②另外,向阳还认为,历来的散文书写者,缺乏严肃地将散文作为志业所应有的"坚持的努力",因此也不能有较大的企图与突破,走出为抒情是赖的泥沼。

原因之三,典律的形构。介入现实、进行社会批评的"杂语化"散文被驱逐出台湾散文圈也与学术界对散文典律的形构密切相关。首先是通过文选编辑等"典律化"程序加以限制。翻读历来由文坛权力机构编辑出来的文学大系、散文选、年度散文选,散文的"标准"包括书写、编

---

① 张诵圣.台湾当代文学场域[M].镇江:江苏大学出版社,2015:227.
② 向阳.被忽视者的重返:小论知性散文的时代意义[J].国文天地,1997(13):77-99.

选、评论等，基本上以抒情、小品、感性、小我为主要类型。这种以抒情为大宗的散文观一直到 20 世纪 80 年代初仍是主流观点。如杨牧主编的《现代中国散文选》(原名为《中国近代散文选》)将"五四散文"分成七个典型品类：小品、记述、寓言、抒情、议论、说理与杂文，也即七个"族谱"，并分别以五四散文家周作人、夏丏尊、许地山、徐志摩、林语堂、胡适、鲁迅为各个品类的典型人物，即每个"族谱"各有一位"开山人物"，而在"开山人物"之下则各有一个传承的作家谱系。但对"说理和杂文"两类却不像其他五类那样——标示其后"嗣"之作家谱系，理由是"此二典型的散文重实用，不重文学艺术性的拓植，故不予再论"①。杨牧所列出的散文谱系，其所肯定的散文恰恰是和主流的意识形态妥协而和公共经验空间隔离的美文。被杨牧存而不论的，恰恰是"以实用为功能的说理文章"和"偏重刺激反应的时论杂文"这两种对社会介入最深的类型。林锡嘉在《七十一年散文选》编者前言中首先提出"纯文学散文"一词："对现实社会、生活百态批评与议论的所谓文章性的'杂文'，以及表达思想观念的'论说文'，它们已有另一番气象，我们也意识到它们逐渐走向各自独立的道路。因此，我们目前一般所谓的'散文'，大家已都有了一个共同的意念，那就是文学性的纯散文。"②这样的散文观，遗漏了散文传统里议论、说理以及"社会性"的范畴，窄化了现代散文的范畴。80 年代以前的散文选集，收录社会批评的杂文很少，

---

① 杨牧.现代中国散文选 I[M].台北:洪范书店,1981.
② 林锡嘉.七十一年散文选[M].台北:九歌出版社,1983:1-6.

可见这类散文并不受重视,作家也不多在此深耕。游唤对散文漠视议论说理的知性追求提出沉重批判,认为:"思想性极低"是现代散文的"新弊","议论文已被划逐现代散文外","为文不重思想,历代以来,其甚未有如今之烈"。①可见,在经过台湾文艺政策长达三十多年的干预与建构之后,其文学与美学品位已具有无法被轻易撼动的权威性。在经过"美文传统"典律的拣择洗刷后,"五四散文"在战后台湾散文典律中仅被标榜出美文一支,以致在台湾现代散文的研究中,"五四散文"被局限成"五四美文"的代名词。

二、散文"杂语化"话语的重返

台湾当代"杂语化"散文的重返,是透过一连串的文学论战与创作实践而慢慢重塑其艺术理论与文学方向的,"杂语化"散文批评话语的建构经历了四个阶段:

第一阶段,20世纪60年代部分作家从现代浪漫主义转到现代主义的提倡,试图尝试扭转抒情散文、小品文耽美的特质。60年代一般被认为是台湾文学史上的"现代主义"时期,张诵圣认为,现代主义崛起,挑战的对象之一,便是"体质羸弱、单薄的五〇年代具有女性特质的文学生态"②。最典型的是余光中提倡"现代散文"的滥觞。余光中提倡的

---

① 游唤.古典散文与现代散文(古典文学第五集)[M]台北:学生书局,1983.
② 张诵圣.文学场域的变迁[M].镇江:江苏大学出版社,2015:76.

现代散文首先强调的是散文应该具备现代人的意识，"所谓现代人的意识，是指作者对于周围的现实，国际的、国家的、社会的种种现实，具有高度的敏感；这种敏感弥漫于字里行间，不求表现而自然流露"①。余光中希望现代散文创作者抛弃五四时期某些散文中的田园意识，关注生活，切切实实地写出符合现代人审美趣味的作品。而文学的题材可以是现实生活的探讨，也可写花鸟虫鱼、人的内心世界等较为个人化的情趣和意识，写自己的园地。但是当作者在"小我"中沉思探索时，另一端应遥接"大我"，而社会、民族、国家、人类都是或大或小的"大我"。他认为，自我的探索亦即人性的探索，作家应扩大同情甚至认同的对象，这样才能既感动自己，又感动读者，其创作才具有价值。如果仅像现代主义的某些倡导者那样，一味沉湎于个人世界颓唐梦呓，文学作品将无意义可言。遗憾的是，人们过于聚焦余光中倡导的现代散文应富有现代意义的表现技巧，即"诗化"技巧，而忽略了其对现代散文介入现实的强调。

第二阶段，20 世纪 70 年代以来参与和介入散文观的形塑，成为散文走向"杂语化"的契机。70 年代，提倡散文参与社会现实、落实本土的具有指标意义的事件是许达然发表了《感到，赶到，敢到——散谈我们的散文》②一文。1977 年，许达然在"回归现实"的时代氛围中，在《中外

① 余光中.我们需要几本书[M]// 余光中.余光中集第五卷.天津：百花文艺出版社，2004：71.
② 许达然.感到，赶到，敢到——散谈我们的散文[J].中外文学，1977，6(1)：185-191.后易名为《感到，赶到，敢到——散谈台湾的散文》，并略作修改，收于 1984 年出版的散文集《吐》。

文学》发表了该文,针对当时耽溺于"小我"而无视社会百态的散文主潮提出批判。以最大宗的抒情美文为例,他认为作家大多只重写意而缺乏写实,一味追求美感而流于浮夸,因此只有热情的燃烧。至于"名士派"的闲情小品,则常流于推销见闻,或展露幽默与讥讽,对世事只有开心而没有关心。另外也是闲情副产品的游记,"疯憬①外无思想,实在无聊",缺乏细腻的人文观察。因此,他呼吁身为知识分子的台湾散文作家,应该着力于"新视觉的展开",将触角伸向社会、群众,从小我走入人间。他说:"如果我们要肯定现代意识标榜现代散文,就落实本土,落实人间;感到,赶到,敢到,赶盗。少恋心境,多写现象。"②"我想起入世文学(littérature engagée,committed literature)。我们是社会人却不见得都有社会意识。有人想脱离社会自耕自食,是他个人的决定,但一旦与别人发生关系,就有责任与义务。我相信社会意识滋润人性,知识分子无社会良心像个什么样子?"③为了翻转散文界长期以来因袭的"文艺腔",许达然还主张使用方言和俗语,因为"普遍社会接受的新语句往往是普通人创造而不是知识分子'空吟'(coin)的",而且"用方言和俗语,不是使散文'再粗俗化'(rebarbarization),而是注入语文的新血液,增强表达的贴切与内容的落实"。④许达然企图扭转官方所应许的文学话语为雅、庶民生活的话语(特别是母语、方言)为俗的偏见,以

①④ 许达然.感到,赶到,敢到——散谈我们的散文[J].中外文学,1977,6(1):189.此处"疯憬"是许达然先生的特殊用法。

②③ 同①190.

散文迎向社会的主张，期待散文的话语与它所置身的环境更为贴近。许达然这篇文章在战后台湾散文发展史上，具有相当重要的指标意义，①但可惜的是，不论在当时的文坛或后来的文学史记载，都未引起瞩目。许达然在1977年的观点或许不能称为先见之明，却如吹响的号角，预告散文"落实本土""参与社会"的时代已然到来。许达然的"入世文学论"，所谓的"落实本土""落实人间"，正是他认为可使战后以来的台湾散文走出"小我"窠臼的路径。这样的呼声也与当时因台湾政经局势动荡，知识分子开始猛烈批判西化，并进而要求回归现实、立足乡土、关怀社会的主张不谋而合。

也许为了更直接表达散文应介入参与社会现实的观点，许达然后来对此文略作修改，易名《感到，赶到，敢到——散谈台湾的散文》，收于1984年出版的散文集《吐》。修改后的文稿，将"少恋心境，多写现象"改为"少恋心境，多写现象，合唱大家的歌"；将"入世文学"的表述改为"参与文学"。②提倡现代散文要关注现实的还有另外一位著名作家——余光中。余光中特别强调，现代散文的取材，要关注本民族的种种现实，反映本民族人民的思想和生活情态，他指出："七十年代的台湾和香港，工业化已经颇为普遍，一位真正的现代作家，在视觉经验

---

①　陈淑贞曾指出，许达然该文"在台湾现代散文史上，具有里程碑的意义"。陈淑贞.许达然散文研究[M].板桥:台北县政府文化局,2006:82.

②　许达然《感到,赶到,敢到——散谈我们的散文》,收于1984年出版的散文集《吐》时,将"入世文学(littérature engagée,committed literature)"表述改为"参与文学(littérature engagée)"。

上,不该只见杨柳而不见起重机。"①

　　此外,对现实社会的关怀,要求知识分子承担相应的社会责任。面对这股风潮,副刊在形态上也从"文艺副刊"走向"文化副刊",这种改变,以高信疆在1973年接下《中国时报》"人间副刊"主编之后更为显著。高信疆一反传统副刊"疏离现实"的倾向,以报导文学的形态积极介入社会、影响读者,也让"人间副刊"受到文化界与众多读者的欢迎,对其他报纸副刊产生不小的冲击。为了回应来自"人间副刊"的挑战,痖弦也开始重视副刊的新闻性,开辟"传真文学"专栏,从新闻中寻找素材,再经由文学润饰,这也是对高信疆"现实的边缘"报导文学系列的追随。各类知识分子利用副刊的空间热情地反映、讨论种种思想观念与现实问题。正如杨照所言,在危机感的威迫下,20世纪70年代的台湾比60年代更有思辨力,触及的层面也更广、更复杂、更深刻,"七〇年代是个发现意义、寻求意义的时代"②。在70年代的基础上,报导文学的兴起、理性的抬头,使我们看到80年代散文跳脱抒情耽美走向主题书写的可能。

　　第三阶段,20世纪80年代台湾文学"一元"到"多元"论述的建构,成为散文由"诗化"迈向"杂语化"的转折点。"现代诗论战"与"乡土文学论战"两大论战,引领出一股往现实以及往乡土寻根的文化运动。文

---

　　① 余光中.论朱自清的散文[M]// 余光中.余光中集第五卷.天津:百花文艺出版社,2004:566.

　　② 杨照.发现"中国"——台湾的七〇年代[M]// 杨照.痖子岛屿与荒谬纪事.台北:前卫出版社,1995:73.

学被赋予了一种参与社会、改造社会的使命，使得作家在刻画乡土、描绘乡土时，试图透过新的认识、描绘、叙写乡土的方式走出新路。在1979年爆发的"美丽岛事件"所引发的一连串反对运动的连锁效应下，民间对抗国民党威权的反对声浪达到了沸点，成为战后台湾追求民主、自由、人权的重要里程碑。1987年解严、党禁解除，紧接着1988年报禁的解除，都成为80年代几个重要的转折点，给台湾政经系统与文化传播系统带来了相当大的冲击。因为政治的除魅（disenchantment），台湾社会趋向自由化与多元化，"定于一"的官定意识形态逐渐土崩瓦解，整体化、历史、经典、符号一一沦为被拆解的辩证对象，并导致一种众生喧哗的多元情境。"解严后的社会思潮也呈现了解构、反旧价值体系，以及摸索新价值、新秩序建立的可能方向。"①反映在文化上，则是外来意识形态的冲击，各种次级文化的崛起，而且蓬勃兴盛。由于社会文化多元发展的趋势，具"指导意义"的文学典范（如现代主义文学典范、乡土文学典范）实际上已趋消解。

综观20世纪80年代文学语境，可以发现多元复调、众声喧哗的文学语境，已渐次消解了掌握绝对诠释权的单一文学典范，而朝向"典范消解"的年代发展。"'现代主义'和'写实主义'都是一个封闭系统，而我追寻的是一个开放系统，这个开放系统目前或暂时可以'后现代主义'来做'其中的一个方向'。不过我必须强调'后现代主义'是过

---

① 许俊雅.当文学遇上解严——侧记解严以来台湾文学研讨会[G]//解严以来台湾文学国际学术研讨会论文集.台北：台湾师大国文系，2000：545.

渡性的,不能把它推诿'一言堂',它的功用之一正是在瓦解过去的架构。"①台湾的后现代现象,所扮演的更多的是前锋、反抗的角色。当时的台湾尚未高度民主化,也未高度资本主义化,特别是针对产生于台湾80年代后现代主义的精髓应在于其"解构""去中心""双重视野"甚至"多重视野"的思维在被引入台湾时,恰好呼应了当时台湾知识分子"去中心"及"多元文化观"的要求,且后现代文化观所强调的多元异质、去中心、双重视野或多重视野,其标举身份流动、去意义、去历史深度、解构主体,较能关注到更边缘、更细腻的问题,这与后殖民文化观在某些面向可形成互补。②

　　从文学不离社会的角度而言,部分散文家面对20世纪80年代政治上的威权体制松动与各在野势力的崛起,经济上的急速工商化所带来的物质至上与公害丛生,或许仍安于蛰伏书房中书写"自我"的世界,但在外在环境变迁的驱迫下,已无法全然置若罔闻、无动于衷。80年代因时局变迁所引发的一波波政治、社会运动,等于为70年代论战留下的余烬添柴加薪,令其"火势"继续蔓延。在期待散文摆脱"临照水仙""目中无人"角色的呼声已渐成共识的情况下,作家参与和介入社会现实的力度不断增大,当散文的视域由作家的内心世界走向广阔的社会,作家在作品中与社会(读者)对话的频率便渐增。"自然生态"与

　　① 林燿德.权力架构与现代诗的发展——与张错对话[M]//林燿德.观念对话.台北:汉光文化事业公司,1989:120.

　　② 江自得.站在"以台湾为中心"的基础上[M]//解严后笠诗选.高雄:春晖出版社,2009:9-11.

"社会批评"这两类主题受到重视，正说明战后台湾散文从"小我"走入"人间"、迈向"杂语"的时代已然来临。"自然生态"与"社会批评"的散文，表面看来虽然是作者个人话语的呈现，但其实是作者对于80年代急速工业化、功利化、物质化的台湾社会的回应，都含有企盼改变现状的用心。因此，作者在此类文本中的发声都有一个对话的对象，亦即高度工业化与资本主义化下的社会大众。作者在文本中让自己的声音与社会的声音交响，并试图辩驳与说服，故其不再仅以感性为基调，更有理性、知性的成分在其中。同时"报导文学"的兴起，促成一批忧民淑世的新生代知识分子走出学院，成为文化界的尖兵。

当时台湾意识的实质内涵，并非单纯的省籍意识，而是以追求民主、自由，反抗官方的威权统治及虚幻的政治意识形态为前提，以台湾现实为关怀与认同核心的意识。它要求20世纪70年代的"回归现实"口号具体落实在政治、社会、文化各层面，并正式将"现实"聚焦于"台湾"。这样的时代氛围反映在散文创作上，即增大作家参与和介入社会的力度，促使散文由"小我"走入"人间"，而此亦散文由"诗化"迈向"散化"（杂语化）的转折点。当散文参与、介入社会成为一种趋势时，80年代的台湾散文开始积极与社会展开对话，其内容与形式便走出了单纯唯美的抒情散文格套。

第四阶段，20世纪90年代以后，散文介入书写发展在主题化的基础上走向专业化，逐步走出了有别于传统抒情美文的知性路线。

在时代变革中，台湾社会现象与议题的蓬勃发展代表社会的动能，散文的书写也以渐变的脚步向时代靠拢，而这一方文学领域需要有更多研究的关注投入，以呈现出时代的、社会的、个人主体的关怀面向，以建构解严以来文学史的特征与趋势现象。从"文体与世变"来说，"文变染于世情，兴废系乎时序"（《文心雕龙·时序》），自古以来，散文若作为现实景况的呈现，非常重视现象、时代的反映描述。林锡嘉编选《八十三年散文选》时在编后记中表示："检视台湾近四十年来的现代散文，我们会感觉得到，近几年可以说是现代散文变化较大的年代。"①散文的创作题材日趋丰富，同时也显现出一特殊现象，即呈现"主题式的创作"风格，包含政治、都市、饮食、环保、族群、情欲、性别等丰富的题材，出现百花争妍的崭新形态。20世纪90年代，"台湾散文书写一直持续加强这专业知识化、资讯化的趋向。专业，必然导致分科化与客观知识化，因此作者各自专攻某种特殊题材的次文类，并融入相关的客观知识，长期经营，累积出系列性的作品，而俨然成一家之言。总体观之，这也是由以往'载道、抒情'的主流，分化为多元的书写"②。90年代以降，散文延续多元主题的发展，并朝向更专业化、类型化的写作。到了90年代末至21世纪初，在全球化的解构风潮和去中心议题下，边缘成为主流，多元化书写愈加普遍，饮食不再谈饮食，正如旅游书不再只是谈旅游。③钟怡雯编选《一〇〇年散文选》时提到："今年的散文选

<hr>

① 林锡嘉.八十三年散文选·编后记[M]// 林锡嘉.八十三年散文选.台北：九歌出版社，1995：369.

② 颜崑阳.现代散文长河中的一段风景——写在《九十二年散文选》之前[M]// 颜崑阳.九十二年散文选.台北：九歌出版社，2004：17.

③ 张瑞芬.散文的下一轮太平盛世——二〇〇〇—二〇〇四年台湾散文现象[M]// 狩猎月光——当代文学及散文论评.台北：联合文学出版社，2007：268.

非常特别，几乎无法以主题归类。即便勉强分类，旅行、饮食和怀旧这三大类型也都有了混杂跨界的风貌，跟前几年清晰可辨、单一主题式的写法相去甚远。"① 21 世纪写作者尝试的跨越单一主题，糅合多种题材的写作模式，展现了台湾当代散文创作的多元与广度，散文的"杂语性"更加凸显。

第三节　话语："杂语化"散文批评

"杂语化"散文存在于各种散文形态中。如抒情散文中也不乏具有介入现实社会的"杂语化"话语特征的篇章；而最具有"杂语化"特征的应属社会批评散文。此外，20 世纪 80 年代以来，台湾关注自然、生态议题的自然生态散文，体现与社会、自然和自我对话的旅行散文，也呈现出明显的"杂语化"特征。80 年代以来，"杂语化"散文受到瞩目，有愈来愈多的研究者投入"散文"杂语化的研究并取得了一定的批评成果。这不仅代表抒情美文独尊的"一言堂"时代已经逝去，更让散文话语与批评呈现了众声喧哗的"异言堂"局面。

---

① 　钟怡雯.一〇〇年散文选[M].台北:九歌出版社,2012:16.

一、"杂语化"抒情散文批评

抒情散文一直是台湾散文中创作数量最多的一支，即便到了 20 世纪 80 年代，学界积极形塑参与和介入的散文观，对抒情散文的"软骨"和"临照水仙"特性提出了批判，但其主流地位仍然不可取代。所不同的是，以巴赫金的话语理论来说，抒情散文的话语在其以往"诗化"的特性上产生了变异。巴赫金在说明"话语"接触表述对象的过程中指出，除非是个人独白式的诗的话语，否则表述的言语在接触它的对象时，一定会与他人发生对话，本身的修辞面貌就会因此受到影响，①即产生"杂语化"。吴孟昌在其博士论文《八〇年代年度散文选作品中的台湾意识与杂语性》关注到 80 年代后抒情散文在话语上由"诗化"趋向"杂语化"的现象，并探讨阐述了外省籍作家抒情散文和本省籍作家抒情散文中杂语性的不同表现。综观散文批评界的研究成果，对抒情散文"杂语化"的特征阐述主要表现在以下三方面：

一是抒情题材的转变——从"小我"走入"大我"。20 世纪 80 年代以来，抒情散文开始走出个人的狭小格局，将视野扩大至整个社会现实。外省散文家以往最常借由古典中国的遥想而抒发乡愁的模式，已转化为对现实中国的描述。其中最有代表性的是对女性抒情散文"古

---

① ［苏联］巴赫金.巴赫金全集（第三卷）［M］.白春仁，晓河译.石家庄：河北教育出版社，1998：56.
② 张瑞芬.台湾当代女性散文史论［M］.台北：麦田出版社，2007：322.

典派"谱系代表作家张晓风作品的批评研究。张瑞芬在观察张晓风 80年代中期的散文时指出，她对两岸开始透露出隐隐的质疑与惶惑，与先前由文学美的体认而全面拥抱遥想中的国家的态度已有所不同。②柯品文观察到，张晓风除了书写家国之思的作品有"走出闺阁的古典变奏"外，因为回应现实社会变迁，其作品在题材上表现出多元且与社会密切的互动。他指出："敏于观察时事的张晓风于八〇年代《步下红毯之后》一书出版后，其关注的层面不再限于家庭与日常生活，随着其参与文学与社会活动，写作的题材也益广益深，体悟到理想故国的可能不再如昔与台湾所处现实的需求，也转而对于台湾社会与公共议题也有更多的关注。"①陈幸蕙在编辑《七十五年散文选》时，针对张晓风的写作变化曾指出，她已经"从早期技巧派的机智、华丽，到目前在取材、布局和文字上渐趋朴素、平实"②。吴孟昌认为，这除了与张晓风的写作题材从"小我"走向"大我"有关之外，也与她意识到杂语性的他人话语的存在，而对古典的、精致的"诗语"有所节制不无关系，也因此，她才真正走出了"闺阁"，挣脱了抒情散文"诗化"的框架。③对于"家台湾"的融入与认同，让外省作家的抒情散文话语走出了独白、呢喃的旧框架，在题材、形式与风格上都有新的突破。本土散文家随着其"台湾

---

① 柯品文.书写与诠释：八〇年代前后台湾散文之家国书写探勘[M].台北：文津出版社,2011:64.

② 陈幸蕙.编者注[M]//七十五年散文选,台北：九歌出版社,1987:81.

③ 吴孟昌.八〇年代年度散文选作品中的台湾意识与杂语性[博士学位论文][D].台中：东海大学,2013:83.

意识"的觉醒,则表现出对土地和人群的热情。如林文义在台湾散文界崭露头角时走的是主流的、唯美的抒情路线,但在20世纪80年代后其散文创作就有重大转向。他的抒情散文,更多从社会的人、事、物取材。他在代表作《千手观音》序文中说:"如果散文还一直在风花雪月、松软无骨的模式里浮沉;如果散文还不能够放开胸怀,怀抱我们的土地及同胞,我不知道,作为一个文学工作者还有什么意义。在我的创造过程中,我冷静而理性、谦逊而踏实地描述红尘诸貌——我们的土地、同胞都是那么感人的文学主题。"①以写抒情散文见长的林清玄也呼吁台湾人"要走出,进入广大的人群"②。

二是抒情语言的转换——散文"标准语"的背离和方言的大量运用。前文提及许达然于1977年在《中外文学》发表《感到,赶到,敢到——散谈我们的散文》,就特别提倡"使用方言和俗语",希望"活泼语言的运用,多创作些主题鲜明,内容带思想、映时代,蕴含社会的散文"③。20世纪80年代后,散文家不再安于用官方意识形态认可,却疏离台湾土地的"标准语"去创作散文,他们开始在创作中融入自己熟悉的母语,去拉近与自己土地之间的关系。在当时的本土散文家中,廖玉蕙是以方言进行散文创作的代表作家之一。张瑞芬就盛赞她在方音俚语上的使用,"在五十年来台湾当代省籍作家中堪称无可取代"④。廖玉

---

① 林文义.新版序[M]//林文义.千手观音,台北:九歌出版社,1984:5.
② 林清玄.走向光明的所在[M].台北:圆神出版社,1996:25.
③ 许达然.感到,赶到,敢到——散谈我们的散文[J].中外文学,1977,6(1):189.
④ 张瑞芬.五十年来台湾女性散文·评论篇[M].台北:麦田出版社,2006:284.

蕙的一些抒情散文不专于在个人的心境上着墨，而是主动走入社会、人群，大量使用方言，与社会民间对话，对女性长期以来的"文艺腔"具有相当的颠覆效果。吴孟昌举例说，廖玉蕙收入希代版《海峡散文一九八七》的《流年暗中偷换》，文中童年廖玉蕙与母亲的对话就大量使用方言，认为这对于国语政策下长期将方言边缘化的现象颇有"抗拒"的态势。类似的还有希代版《海峡散文一九八八》的《我们明年一起去看花》，虽然描写的是抒情散文历来热衷的"亲情"主题，却采取了异于传统直抒情感的路数，让升斗小民的家常对话活灵活现地在散文中呈现，使读者贴近作者父亲的真实面貌，去感受他在作者心中的位置与分量。这种对于民间声音的朴实呈现，不但还原了社会话语的真实样貌——杂语，而且具备了声音多样性的特质。①同样在抒情散文中展现方言魅力的还有与廖玉蕙同属新生代的简媜。不同于廖玉慧的方言来自对现实环境的关注与观察，简媜抒情散文中的方言呈现则出于对"乡土"的情感。对于故乡的执着与依恋，是贯穿简媜生命历程与文学创作最核心的主题。简媜在 1987 年出版的散文集《月娘照眠床》便是她集中书写乡土之爱的一部著作，其中《银针掉地》一文在方言俚语的运用上更显绵密成熟。在抒情散文中使用方言的，还有萧萧。从小在农村成长的深刻经验，成为她重要的写作源泉。如《家的结构——朝与村杂记》《番薯的孩子》《台湾牛》等，对农村生活有相当生动的描写。可

---

① 吴孟昌.八〇年代年度散文选作品中的台湾意识与杂语性［博士学位论文］［D］.台中：东海大学，2013：100.

见,抒情散文在关注社会、凝视乡土之下,已经不再是作者个人的独角戏,而是可以容纳更多异质的、他者的声音,这是 80 年代抒情散文相对以往抒情美文关键的跨越。

三是抒情视角的位移——从"私我"到"他者"。20 世纪 80 年代抒情散文的杂语性,除了表现在对官方"标准语"的"离心"和方言的大量使用上,还体现在抒情散文中的主体由"私我"转移至"他者"的现象。抒情散文作家不再一味地以"私我"自说自话,而尝试以旁观者的角度凝视他人的世界,进而选择以"他者"口吻来抒发情感,在形式上呈现小说的倾向。前文提及的廖玉蕙的散文,在呈现周遭人说话样态、声音之下,就完全是以旁观的角度在述说他人的故事。陈幸蕙在评论林文义的作品时指出,林文义的创作从"小我"走向"大我"之后,最常在作品中使用的叙述方式,便是小说技巧中的"第一人称旁知观点"。①作者虽然以"他者"作为抒情主体,但读者仍可知是作者在抒发"自我"情感。另一种以"他者"为立场进行书写的抒情散文是"报导文学"。作者透过亲身的观察,从记录的角度写下所见所闻,抒发自己的情感。如杨素芬就指出,林清玄 80 年代后的抒情散文走向"抒情式报导文学"路线。②同样具有这种报导文学特质的还有陈列的散文作品。陈列的抒情散文将抒情主体位移至"他者",这使得以往抒情散文所具有的"诗化"特质在他的作品中消失殆尽。

---

① 陈幸蕙.七十五年散文选[M].台北:九歌出版社,1987:240.
② 杨素芬.台湾报导文学概论[M].台北:稻田出版有限公司,2001:189.

可见，许达然在 20 世纪 70 年代对台湾散文的期许："少恋心境，多写现象，合唱大家的歌"，在 80 年代的抒情散文中也获得了实践。原本很"自我"的抒情散文已开始和台湾现实社会展开对话。这不但开拓了抒情散文的题材，也更新了它的表现形式。

二、社会批评类散文的批评

20 世纪 80 年代后，在政治环境逐步走向解严、开放之下，以"社会批评"为主题的散文，在长久被视为禁忌而在散文界噤声之后，终于再度进入散文的典律中。这种现象，从对 80 年代收入散文年选（九歌版、前卫版、希代版）的社会批评散文的篇目数量可见一斑。在 80 年代的所有散文年选中，总共有 45 篇"社会批评"类散文，其数量虽然无法与抒情散文相提并论，但相对于以往被刻意忽略，可见其已逐渐受到重视，不再被排除在"散文"之外。社会批评散文展开的是"人与社会的对话"，因此在文本中呈现了各种意见（声音）的表达与交锋，近似巴赫金说的"众声喧哗"，它反对语言、文化的"单音独鸣"，强调对于中心的语言或中心的意识形态的离心力量。①在郑明娳看来，社会批评散文在类型上兼具"杂文"与"报导文学"两类。②郑明娳在《现代散文类型论》论及杂文时指出："杂文的定义，实有广狭之分，狭义的杂文，乃是文人借

①　吴孟昌.八〇年代年度散文选作品中的台湾意识与杂语性[博士学位论文][D].台中：东海大学,2013:172.

②　郑明娳.现代散文类型论[M].台北：大安出版社,2001:166.

来作为批评社会缺陷最直接的武器。批评社会的目的,是冀望社会能改革、进步,原具有积极的社会意义。"杨照认为杂文是知识分子介入社会的最佳工具:"小说可以描写荒谬,却无法解析指出荒谬的原因……至于诗,更容易受到荒谬的侵蚀。诗追求的纯粹歧异吊诡,和混淆各类原则所产生的荒谬,有太多类似的地方……于是我不得不抛弃诗的迷梦,转而积极寻求批判荒谬、超越荒谬,耕耘新意义的不同工具。"①社会批评散文在 80 年代的崛起,对于台湾现实的政治、社会问题表达高度关注并积极介入,让散文美学从官方认可的"典律"中游离而出。

吴孟昌总结的社会批评散文的三大特质——直言、讽拟、代言颇具概括性与代表性,②笔者以此作为论述的基础,综合其他研究者的批评,概述社会批评散文所呈现的特色。

(一)"直言"以求共鸣

社会批评散文重在揭露社会现实的真相,作者为了批评社会的缺陷,指陈问题的核心,唤起群众的觉知,往往在叙事上采取"单刀直入"的策略,即鲁迅所谓的如匕首和投枪,"要锋利而切实,用不着什么雅",目的在于"能和读者一同杀出一条生存的血路",而非求雍容、漂亮、缜密,成为雅人摩挲的"小摆设"③。20 世纪 80 年代以来,台湾一批关心社

① 杨照.旧日情怀与现实思索[M]// 杨照.迷路的诗.台北:联合文学出版社,1996:69.
② 吴孟昌.八〇年代年度散文选作品中的台湾意识与杂语性[博士学位论文][D].台中:东海大学,2013:172.
③ 鲁迅.小品文的危机[M]// 俞元桂.中国现代散文理论.南宁:广西人民出版社,1984:69.

会,具有强烈民主意识的知识分子力求用文学手段解释社会进步的道路,他们以散文的独特方式参与社会政治,用文笔挑起社会批判的大旗,试图唤醒民众的民主意识与社会责任感。杨照认为,80 年代晚期到 90 年代早期是台湾知识分子的黄金时代,随着民主改革的社会氛围逐渐在台湾社会成形,一群拥有知识又懂得介入社会的知识分子,远离权力的束缚,热切地以改革先锋自许,有不少社会批评散文家纷纷发出"直率之言"。例如李映蕾的《气死建筑师》中对于台北人总爱将外观具有艺术美感的大厦改造成"千篇一律的铁架加招牌大楼",直斥这种都市景观只会让建筑师"气得吐血"①。

在台湾本土的社会批评散文家中,吴晟是颇具代表性的"农民诗人",他的散文更贴近台湾民众,凸显"草根性"。当然除了关注农村领域,他也将目标锁定整个社会,他的散文集《无悔》就对国民党政治体制展开正面攻击。吴晟的散文中充满日常生活语言的朴素风格,他自言:"我的创造比较朴素、原始,并不是以诗人的身份、心态来创作,只是为了抒发对生命的感触、对社会的关怀而已。"这种自视为"乡野的一分子"的立场,使得他的"直言"更展现在贴近台湾民众、本土的草根性上。他不只意识到社会上"他者"声音的存在,还尝试重现"原音",让文章的批判立场符合他所站立的、和劳动的农民并肩的发声位置。"直言"式社会批评散文呈现的是作家在散文语言上抛弃典雅化,单刀直入指陈问题,以便与读者产生对话与共鸣的写作意图。

---

① 李映蕾.气死建筑师[M]// 阿盛.海峡散文 1986.台北:希代书版有限公司,1987:412.

（二）"讽拟"以达批判

社会批评散文的"直言"往往容易受到特别的"关注"，尤其是在与上层的政策或意识形态相抵触时，就会受到无情的干预与打压。所以作家在表达社会关怀、进行社会批评时，有时候不采取"直言"的方式，而是通过"讽拟"以达到批判效果。所谓"讽拟"的方式，即以"滑稽化"的形式取代义正词严的抨击，通过模拟描写对象的思想及说话的样态、语气，来达到间接讽刺、批判的效果。被讽拟的语言与作者不露锋芒的讽刺之语，在文本中形成一种"对话混合体"，让读者在不禁莞尔中心领神会，理解文章的深意。苦苓的社会批评散文就是这方面的代表。比如，他在《黑衣先生传》①中，以戏谑的手法描述"黑衣先生"其人其事，从"丑化"黑衣先生对国民党当局对人民思想、言论自由进行迫害。再如以"大家乐"为主要写作题材，批判民众风靡签赌、异想天开、妄图一夜暴富的社会乱象的社会批评散文，其中以廖玉慧（唐笙）的《大家乐？大家疯？》（《七十五年散文选》）、杨渡的《大家乐并发症》（《海峡散文1986》）与古蒙仁的《天人五衰大家乐》《海峡散文1987》为代表作。这类散文对大众迷信、投机、贪婪的心理及言行不置批评之词，而是对其匪夷所思的言论及行径加以模拟、再现，达到了"滑稽化"的效果和揭露、批判社会乱象的目的。

以插科打诨、嬉笑怒骂的方式撰写社会批评散文也是很多散文家

---

① 苦苓.黑衣先生传[M]// 阿盛.海峡散文1987.台北:希代书版有限公司,1988:230-231.

所热衷的，这种风格的散文在 20 世纪 80 年代强调"通俗"的文学环境中异军突起。如阿盛带有俚俗谐趣的散文和李原带有独特"戏谑"特质的散文等都带有仿拟他人话语，以滑稽化手法进行讽刺、批判的共性。这种写作风格，让社会批评散文更具别开生面的风貌。

(三)"代言"以现原音

"代言"的社会批评散文是以报导、记录他人话语的方式，站在弱势族群的立场，凸显弱势群体被社会漠视、边缘化的困境，以此去控诉社会的不公不义。这类社会批评散文以"报导文学"为代表。报导文学被视为散文的类型之一，并进入散文的典律之中，其实是进入 20 世纪 80 年代之后的事。关于报导文学在台湾的崛起，彭瑞金曾指出："明白的是冲着散文的革命而来是不必怀疑的，落实现实的主张也直接催化了整体文学的乡土运动。"①报导文学欲同社会对话的强烈企图和相对于"美文"在话语上的"去文艺腔"取向，还有整体风格的知性化，确实对于以往建构的散文范式造成了冲击。文坛不再满足于散文只停留在"独抒性灵"的局面，而进一步要求它积极入世，发挥"代言"的功能。"代言"的社会批评散文以对社会中"人"的关怀为核心，除了作者之外，可见他者声音的介入、参与，通过在文本中形成的对话关系，企图开启和带有"霸权"色彩的社会主流价值对话的契机。报导文学的特质在于其求"真"，不同于小说带有仿拟、虚构的性质，报导文学散文中的他人

---

① 彭瑞金.台湾新文学运动四十年[M].高雄：春晖出版社，1997：205.

话语是与作者对话的实录与"传真",这样的写作方法不但保留了说话者的独特性,也让读者对于弱势族群的"声音"留下了更深刻的印象。综观此类报导文学作品,以少数民族为书写题材的占有相当大的比例。当然,少数民族的议题成为80年代以来散文家热烈关注的重心,但这并非代表少数民族是唯一被关照的弱势族群。如陈列《水湄小生涯》就锁定台北市士林区延平北路九段的中洲里为关怀焦点,叙述租住在这个城市边缘角落的外地来台北谋生的"异乡人"。

以"直言""讽拟""代言"为主要话语特质的社会批评散文或许无法涵盖所有社会批评散文的特质,但它们所凸显的是散文介入社会并与社会对话的企图,呈现了鲜明的"杂语化"特征。

三、自然生态散文批评

20世纪80年代以后,环境议题是知识分子在敏感的政治议题之外,参与、介入社会公共领域所开辟的一片"战场"。自然生态散文在80年代的崛起与勃兴,对当局的决策或社会偏差的环境伦理观进行针砭与批判,彰显了散文介入自然生态的特质,开启了知性散文的另一种可能。相对于社会批评散文的报导类以"人"作为关注对象,自然生态散文则以为大地、自然发声为意图。

自然生态散文是自然书写的一个重要构成文类。"自然书写"的提出自在20世纪80年代初期,源自韩韩、马以工合著的《我们只有一个地球》①，他们认为以作者的人文体验书写关乎自然的行为，都可以称为自然书写。②90年代末期开始，有愈来愈多的研究者投入这个"自然书写"的研究中来，在题目、范围与议题的选择上，也从整体的鸟瞰慢慢集中在特定视角，并在作家论的框架中去发展。

关于自然书写中的散文研究，最受瞩目与重视的，当是吴明益。其《台湾散文体自然导向文学的演化概述》对自然生态散文复杂的源头与生态性的断代观察进行了详细的梳理。他曾详细地反思台湾"现代自然书写"概念之混淆与解释力不足之处，并试图做出解释性的定义：一是以"自然"与人的互动为描写的主轴——并非所有含有"自然"元素的作品皆可称为自然书写；二是注视、观察、记录、探究与发现等"非虚构"的经验——实际的自然/野性体验是作者创作过程中的必要历程；三是自然知识符号的连用，与客观上的知性理解成为行文的肌理；四是这是一种以个人叙述为主的书写；五是发展成以文学糅合史学、生物科学、生态学、伦理学、民族学、民俗学的独特文类；六是觉醒与尊重——呈现不同时期人类对待环境的意识。③2004年，吴明益出版专著《以书写解放自然：台湾现代自然书写的探索（1980—2002）》，这可以说是台湾自然书写研究的里程碑。吴明益选用"自然书写"界定此一

---

① 韩韩，马以工.我们只有一个地球[M].台北：九歌出版社，1983.

② 吴明益.以书写解放自然：台湾现代自然书写的探索[M].台北：大安出版社，2004：544.

③ 吴明益.以书写解放自然：台湾现代自然书写的探索（1980—2002）[M].台北：大安出版社，2004：19-25.

文类,舍去自然写作、自然文学、环境写作、环境文学等相关用语。此举主要意图是归纳"自然书写"的特色:第一,糅合文学性与科学性;第二,强调作者的个人自然体验;第三,涉及环境伦理,而非否定这些用语在其所涉及发展脉络中所具有的特定历史脉络。①自然书写逐渐成熟并发展为一种相对独立的文类时,它逐步界定了自身特定的关怀对象与面对的课题。萧义玲在《一个知识论述的省察——对台湾当代"自然写作"定义与论述的反思》中指出,"自然写作"启示一个新的"自然",是一个"存在的命题",而非仅是认识论的。这一"问题"并非仅限于科学知识问题的层次,更是本体论与美学的体验,并且在这一层次上,自然写作涉及了生态伦理。在此基础上,简义明在《自然书写的形成与发展(1979—2013)》中基本认同吴明益对自然书写的义界。批评界对自然书写散文的批评,主要集中在介入方式、关怀面向与发展走向三方面。

(一)自然生态散文的介入方式

一是现实介入。批评者注意到自然书写正以一种新兴文类在台湾文学脉络中萌生发展,更与台湾当地的政治、经济与社会现实状况息息相关。自然生态散文在 80 年代的勃兴,与环保意识在 70 年代的抬头、乡土论战之后知识分子积极关怀生态环境问题有承续的关系。70年代中叶以后,在享受经济发展的同时,各地的环境污染事件逐渐蔓

---

① 吴明益在许多地方不断对相关词汇的选用及其目的进行说明,较完整的论述可参见吴明益:《且让我们蹚水过河:形构台湾河流书写/文学的可能性》(2006)。

延开来,由"殖民化"与"现代化"搭建起来的社会结构及其牢不可破的形塑的集体意识,也是产生自然书写与环境运动的困境。70年代末期,文学界因为一连串政治事件而导致众多作家不再从事创作,乡土小说也失去了新作品的情境,"报导文学"这种"集中在本土现实中探索"的倾向可以说是给当时的文坛打了一剂强心针。这些作品处理的题材往往是在"文化资产与环境品质的保护、社会阴暗面的挖掘与探讨"两方面着力甚深,因此这些作品可以说在精神上继承了文学的风貌。此外"报导文学"的兴盛受到陈映真和《人间》杂志的影响。①陈映真指出,80年代中期是"关注环境保护"层面的环境书写发展的高峰阶段。其中杨宪宏的《走过伤心地》《受伤的土地》《公害政治学》是最重要的代表。②这一类型的作品和台湾民间环保运动的兴起有密不可分的关系,如"戴奥辛"(二噁英)的问题、美国杜邦公司在鹿港设立化学工厂的抗争事件、反核等重大环保抗争运动等,这些文本可以说深化了一般民众对环境的保护意识。

但当多数人针对时势需要,成立各种运动团体用以监督行政当局的环境政策与措施时,却也是这类文章走向式微的开始。几位重要的作者如古蒙仁、林清玄等都暂时歇笔,或转向其他文类。此一转变也许

---

①　陈映真虽然以感性大爱的话语揭示创办《人间》的理想,但这本杂志的核心精神还是秉持着陈映真用社会主义来观察台湾各阶层问题的一贯立场,因此《人间》关注的范畴是劳工阶层、底层社会和被歧视、被压迫的弱势人群,以及日益严重的环境问题。

②　《走过伤心地》(台北:图神出版社,1996);《受伤的土地》(台北:图神出版社,1987);《公害政治学》(台北:合志文化出版社,1989)。

与他们认识到这类作品的阶段性任务已经达成有关，但最关键的是，行政当局在此时取巧地提出"环境与开发并重"的经济政策来应对人民的一波抗争。许多重要环保议题在执政者这道虚有其表的挡箭牌下丧失了战斗性，当国家机器以经济发展的大旗稀释、淡化了环保运动，这类文章也逐渐消逝。

二是知识介入。知识性话语是自然生态散文介入土地与自然关怀的鲜明特征。作家以散文作品作为关心生态环境并与社会对话的平台，展现了作家们相当丰富、多元的语言面貌，使自然生态散文成为一种"参与文学"，从而从"纯散文"的刻板框架中获得了解放。作为一种文学形态，书写者简单的"呼口号"式的写作方式，因为议题不具有话题性，必然不太容易引起共鸣，这势必要求写作者挖掘更深刻的内涵加以书写，以引领读者进行不同层次的思考。这就要求文学作家在尝试书写自然的同时，势必以更深刻的专业知识介入书写。

三是历史介入。自然生态散文值得关注的还有一点，那就是自然书写中"土地"经常与台湾乡土文学中的"乡土"有所连结。吴明益指出，20世纪80年代台湾自然书写的先驱者们会涉及历史的书写与他们对乡土的热情有关。如陈冠学的《老台湾》、马以工的《寻找老台湾》和《几番踏出阡陌路》，初下笔就能把台湾的自然史、人文史糅入自然

---

① 吴明益.以书写解放自然：台湾现代自然书写的探索（1980-2002）[M].台北：大安出版社，2004：176-177、391.

写作中。刘克襄堪称个中翘楚。①也因此，自然书写在相当程度上与当代台湾兴起的民族国家文学的建立，甚至与文化民族主义的发展，有错综复杂的关系。吴明益曾说，《家离水边那么近》是一本"思考与想象的书"①。作者的书写仍以步行的方式进行，并且对作者而言，步行成为一种思考。在书中，作者以康德的步行为例，暗示在平静的步行中隐藏着"革命"。因此步行成为一种思考，必须伴随着想象力。作者关于步行的记忆除了眼前实际的地景及其隐含的历史文明之外，似乎更照见了另一个瞬间显现却稍纵即逝的地景，而这正是作者所说的"照见灵魂"。也许我们可以说，那照见灵魂的地景正是作者透过书写尝试捕捉的纯粹地景，即在演化之前的流变世界或尚未历史层叠化的地理与环境。在吴明益"步行—思考"活动中的纯粹地景，在历史之外的纯粹地景，镶嵌在历史、神话与传说的地景之中，两者同时俱存，但却又不相统属。另外，作为自然书写作家，吴明益将思考托付于虚构的故事或"说故事"本身。

(二)自然生态散文的关怀面向

自然生态散文游荡在山海与生界之间的作品，讨论其知性美学与灵性救赎。主要有以下四种关怀面向：

一是山林书写。比如陈玉峰的"山林书写"，从中可以看到他研究台湾山林的心得被转化成文章的精神底蕴，也注入社会人文关怀。他

---

① 吴明益.离水边那么近[M].台北：二鱼文化，2003：9.

所产生的文字在调性上有以下切面:学术研究倾向较浓的专业论著;自然理念的阐释与对科学知识、社群的反省;环境运动与社会关怀;文学艺术性较鲜明的书写。

二是海洋书写。比如廖鸿基的"海洋书写",他的作品具有介于散文与小说之间的文类特性,围绕主角与意象而展开,采用庶民的语言风格——一种来自民间最底层的声音。在吴明益的博士论文中,他以写作分期将廖鸿基分成"讨海人""寻鲸人""护鲸人"三个阶段。①

三是田园书写。台湾自然书写另一种发展路线是抗拒物质文明的侵略,远离城市文明的生活机制,被称为"田园书写"。陈冠学的《田园之秋》②是这类作品中最早出现,也是影响最深远的。他的自然书写虽有和古典思想中的"自然观"貌似之处,却是经过资本主义刷洗之后重新凝结的笔触,老庄思想是陈冠学用来对峙都市文明所采取的生存理念。换句话说,陈冠学想要复归的世界,是宛如中国老庄哲学所架构的想象。随后出现的孟东篱的《滨海茅屋札记》与《野地百合》,大体上是追寻陈冠学的书写方向,但他更多的文章中透露出的是追寻田园生活之后的压抑,不满都市生活,却又不安于田园生活的极度矛盾与压抑,这种都市人在城市中找不到温暖,往田园求索后又觉得怅然的双重疏离感,是 20 世纪 80 年代前后台湾很多文化所传递出来的共同讯息。刘克襄对自然书写中"田园"类型这条书写路线的看法,可以从《走向

---

① 吴明益.以书写解放自然:台湾现代自然书写的探索[M].台北:大安出版社,2004:544.

② 陈冠学.田园之秋[M].台北:前卫出版社,1983.

错误生态观的一代》一文中找到答案,他曾提出五点反省:第一点是始终将科技视为负面价值,第二点是过分强调"回归自然",第三点是过分强调个人的不合作态度,第四点是继续缺乏对生态环境的了解,第五点是继续以文人墨客的心态衡量社会状况。不过,他也认为:"这种传统是值得珍贵、必须重新发展的精神资源。只是它必须经过过渡的调整,方可能在这段转型期里,与现代生活做某种调和。"①

　　四是观察记录。一种文类能持续发展的重要前提是它必须在内容和形式上不断翻新,否则创作者和读者都很容易对这样僵化的文学形式感到疲倦。自然生态散文在报导文学之后开始转向形式与语言的探索,出现"观察记录"类型的作品,这种书写与观察的历练使作家培养出对事物细腻的觉察眼光与耐心,并能将自然科学和生态知识的语言熟练地运用在作品中。在这个类型里,刘克襄可以说是最早投入的自然书写者,他最早是以诗作为叩问文学的方式,并以政治题材的诗闻名文坛,而后便积极投入鸟类的观察与书写之中。他认为对鸟类的观察与书写,为不能光有环境逐渐被破坏的焦虑,也必须对环境生态有足够的认识;同时,在语言表达上要兼有科学语言的准确度及主观想象成分的注入。在"观察记录"类型的写作者中,沈振中是相当值得持续注目的典型,因为他有着大学生物系毕业的背景。猛禽是最难观察其习性的一种鸟类,大部分人相关的观察经验往往只是天空上惊鸿一瞥的飞行感受,沈振中却可以不用望远镜就能认出一群

① 刘克襄.《消失中的亚热带》[M].石家庄:河北教育出版社,2000:142.

老鹰中的个体特性，并依特征为他们命名；他甚至在短短几年间，发现了基隆到台北盆地境内二三十个老鹰栖息的巢穴。

（三）自然生态散文的发展走向

一是从地方到地球。从实际的自然写作中，不难发现作家的行动经常介入环境、知识与生态议题的关怀，且自然书写同时也是面对自然的态度与对生存伦理的探索。简单地说，当代台湾自然书写所关怀的土地并不局限于某一地方，更扩及整个地球，因为它更积极探寻的是人类与土地、环境、动物乃至其他物种之间的关系。

二是从自然到自我。20世纪80年代陈冠学、孟东篱等人的俭朴生活文学，曾展示了一种"自愿贫穷式"的生活形态，打动了无数读者。这些作者除了在作品中积极地展示俭朴生活的可行性，还带进科学研究的观念来引导俭朴生活的行为，并让这种俭朴的生活在社会上产生正面积极的意义。

三是从现实到虚拟。自然生态散文对非人类栖居环境的描写，并非是作家们极欲标新立异或希望远离凡尘，其实是标示一个"新地球"（new earth）的文学想象，一个人类生活与生命之外的"乌托邦"（utopia）。在这一时期的写作中，所写环境不再以人为中心，也不再以人为认知主体所构成的客观世界为中心，同时相应环境不仅在不同的物种间游走，也在记忆中穿梭，眼前的与历史的、当下的与过去的、短暂的与永久的等不同系列，在作家们的书写中交会。作家对自然环境的思考与对生态的关怀形构了台湾自然书写的新地球文学想象，这些关于环境的思考与生态关怀，是个人的也是集体的，是地方的也是全球的。对作家们而言，环境不再是人类作为中心或认知主体的客观对象与自然，而是人类与其他物种生存交叠与生命交织的环境。对环境的这一重新理解，隐含着对自己身体的重新认知，以及对动物与其他物种关系的重新分辨，涉及主体与存在领域的重新划分，亦标志了新的伦理。

四、旅行散文"杂语化"批评

学界关于"旅行文学"并未有明确的界定，目前对"旅行文学"的定义多半强调了"旅行"在作品中的重要性与真实性，例如汉宝德便宣称"旅行文学"首先是从旅行中产生的文学，而不是凭靠想象的游记。至于作品的文学性，也是评价"旅行文学"的重要标准，方群便认为："旅行写作必须有两个基数：一、首先要有旅行为前提；二、能够写作。也就是说写的人必须经验和能力具备。"[①]因此，作者驾驭文字的功力及在作品中所呈现的自我追寻与心境转折，都是旅行文学值得探讨之处。法叟认为，旅行文学是一种混合错杂的形式，综摄许多不同文类熔铸为一。波特强调，旅行书除了记录旅途的经验表象，更重要的是建构作者的自我主体以及和"他者"之间的对话交锋，重新调整自我认同。综上所述，笔者简单地下个定义："旅行文学"是一种记录旅途的经验表象、受旅者敏锐的观察力与感受力影响，呈现自我追寻和心境转折，调

---

① 方群.三毛等作家的旅行写作[J].幼狮文艺，1997，521（5）：49.

整自我认同的文学书写。目前,台湾的旅行文学仍以散文为主要创作文体。散文中的旅行书写体现了作者与自己的对话、与社会的对话和与自然的对话。

从 1949 年至今,台湾的旅行文学,在经历了萌芽、过渡、多元发展等阶段后,展现出了丰厚的成长佳绩,除了文学价值外,其复杂性与特殊性更反映出不同阶段的时代脉动与社会风气。早期的台湾旅行文学是以客观报导为主的行文手法,写作游于"反共文学"与风花雪月小品两种性质之间,翔实地记叙了旅途中所经历的一切事物,穿插制度化的媚外,以及少许个人情感抒发,而忽视自身的动机与变化。20 世纪80 年代旅行蔚为潮流,不断积累的异国见闻为旅行文学储蓄了丰厚的资本;90 年代的旅行文学在媒体和超高奖金的推波助澜之下,引起一股以散文为核心的旅行文学热潮。然而不论旅行方式如何改变,还是需要探讨旅者在过程中所深刻挖掘的内在自我,体验旅行、发现旅行、思考旅行。此外,随着社会结构的转变以及经济的起飞、进步,越来越多的女性旅人选择以旅行作为调适生活步调的一种方式,"女游"书写慢慢起步。散文旅行书写的"杂语化"批评主要体现在以下三方面:

一是关注文本与社会文化之间的互动关系。罗智成在《好的旅行,以及好的文学》中提出:"旅行文学的内容应该是来自创作者个人旅行的体验。借由行动与观察,我们和某个时空互动,并产生知性或感性的激荡——所以:旅行文学的作品让读者也经历到一段有意义的旅行。"①

---

① 罗智成.好的旅行,以及好的文学[J].联合文学,1998,14(7):95.

旅行文学在不同旅人的笔下，在与众多领域的交互融通中，营造出充满变化的多元面貌。如在异国他乡旅行回望、反思家园故土，针砭时弊，提出建议。当旅人在异地遭逢陌生的文化风俗时，除了感慨之外，最明显的是对家园故土的认知与思考也有所改变，引起"见贤思齐"之感。例如杨乃藩在参观完美国芝加哥科学实业博物馆后，开始思考公共建设对于民众的教育价值，他认为："我们的力量固然还无法办一个这样大规模的现代化博物馆，不过，我们的经济建设正在积极发展，我们博物馆的展出，也不妨以芝加哥科学实业博物馆为楷模，朝着这方向去做。"①从对旅行见闻的思考提出积极的实际建议。钟梅音在《海天游踪》的序言中明言自己作品的定位："愿它不只是一部增益见闻、怡情悦性的游记而已，更愿它能为这个充满因循敷衍与侥幸心理的社会打开一面天窗。"②在吴浊流的旅行书写中，同样从与异国对照的过程中反思了当时台湾的社会问题，针砭了台湾当时盲目追求西化的问题。深入的观察角度和客观的态度，体现了作家在旅程中所进行的深度思考。再如庄裕安以丰富的音乐与文学知识书写自己的旅行经验，黄威融以对商品的恋物展开对旅行的思考与记录，都体现了旅行书写与社会文化间的互动关系。

二是体现文本与经济的紧密互动。台湾旅行书写的发展，一开始便充满了相当程度的商业性，不论是由财团赞助所完成的作品（如三毛的中南美洲之行、胡荣华的《单骑走天涯》，用三年环游世界，皆是受

① 杨乃藩.环游见闻——北美之都[M].九歌出版社.1979：133.
② 钟梅音.海天游踪(上)[M].台北：中华大典编印会.1966：4.

到联合报的邀请或赞助,待旅行结束后再出版作品),还是近几年由大型航空公司所举办的旅行文学奖征文活动,都与浓厚的商业气息脱不了关系。旅行活动本身的消费直接影响旅行书写,也呈现了文本与社会息息相关的紧密互动。在现代消费社会中,大众文化更是透过媒体传播灌输人们一套有关符号品味的意识形态,以刺激大众的欲望,有钱有闲的现实条件下才能开展的旅行活动也就有着极其复杂的消费性与象征符号的差异价值。因此,陈室如指出:"当前台湾的旅行文学似乎是偏向于'大众(通俗)文化',在文化工业的机制下,原有的读者/作者/文本之间的三角关系受到改变,成为消费者/生产者/商品的商业关系。"[1]图像与文字的结合,成为当今台湾旅行书写发展的新趋势。例如在三毛、钟梅音、胡荣华等人早期的作品里,多半会在书前附录几张异国风景的照片,借以辅助说明文章中所提到的异国景色。到了20世纪90年代,编辑们进行了企图创造一种旅行书写新类型的尝试,借由大量美丽的写真图片与文字有机结合,再经过精美包装、编排后,吸引读者发现崭新的阅读趣味。如黄威融《旅行就是一种shopping》就是以全彩图文并茂的方式编排创下旅游书编辑的新里程碑,也提高出版社对旅行书的兴趣。[2]多元的发表管道、多样的行销策略,给旅行文学的蓬勃发展提供了丰富的资源。

三是探讨文本与自我的协商关系。这里必须说明的是,并非凡是

---

① 陈室如.相遇与对话——台湾现代旅行文学[M]李瑞腾编.台湾文学史长编.台南:台湾文学馆,2013:211.

② 蔡美娟.旅行文学书:蹿红书市[N].联合报,1999-4-2(14).

写个人生活或情感的散文，都是"诗化"散文，若作家在个人书写中，展现了和社会上的他人话语对话的企图，乃至意识到自己是被现实的杂语现象和多重语言及社会视野包围的，这种散文话语就具有"杂语化"特征。许多"女游"作家在作品中反映了"旅行"对于自我的重要性，邱琡雯提到了现代女游的三个意义：一是改变与家的关系，二是改变与父权的关系，三是改变女性建构生命意义的方式。"很多女性旅人会在旅行中检证客方社会与主方社会男女平等/不平等的关系，从决定出游那一刻开始，她们已经强烈知道，除了扮演主流价值要求女性'在家'做个好女儿、好妻子、好妈妈、好媳妇之外，出游这种'不安于室'的行动本身是一种试图翻转，她们付诸出游是女性建构生命意义的另类选择。"①例如，郜莹选择以出去旅游的实际行动，改变了自己与父权、与家庭的关系，也在改变的过程中建构自我的主体性。"当流动的管道越多，移动能力逐渐提高，有助于女性建构一个自信的主体，随着流动的经验使女性的主体也有多样性的选择，为女性的生命开拓更多的可能。"②动身远行，不仅只是跨越传统的象征，还是一个梦想的实践；出发上路，对于自己的生命来说，更是有着突破性的意义。

台湾旅行文学至今仍然是一个不断发展的文学类型，也充满着许多无法预料的不同变数，诚如钟怡雯所说："此种书写类型也在旅行当

---

① 邱琡雯.旅游、家、父权[J/OL].南华社会研究所电子期刊.2001–12–01,19.
② [美]莱斯利·凯恩·威斯曼.设计的歧视："男造"环境的女性主义批判[M].王志弘等译.高雄:巨流图书公司,2001:13.

中"，"有赖更多专业的旅者，对旅行更有深度的论述"。①

　　本章梳理了台湾当代"杂语化"散文断裂式发展的脉络，论述散文"杂语化"话语空间的重建，梳理 20 世纪 80 年代以来散文批评界对四种较具代表性的"杂语化"抒情散文、社会批评散文、自然生态散文和旅行散文的批评。此外，1987 年解严后，台湾媒体生态发生丕变，使得人人都可以发表自己的意见、看法。这样就促成了 90 年代有一批新时代评论家出现，形成众声喧哗的局面。王健壮曾经指出，90 年代新世代评论家的特色：第一，新时代评论家"似乎个个拥有百科全书的知识、常识与兴趣"；第二，社会性更强，"曝光率之高也不亚于通告满档的大牌明星，写作、演讲、主持、教书、演戏、赶座谈、搞运动"；第三，体制的松绑，新时代评论家的风格不再迂回、婉转，他们不但具备更庞杂的学院修辞能力、更机智的辩证能力，在行文时更具备"放胆文章的自信与勇气"。②杨照是 90 年代崛起的评论家中最受瞩目的一位。杨照认为，文学必然反映社会，无论是以怎样的方式，即便在威权时代，文学经常是社会的换喻，甚至在后威权时代，文学可以填补历史的空隙。台湾当代"杂语化"散文批评，正是建立在参与和介入散文观上，由此发展出关怀视角，从而兼容了个人、他者、社会、自然的多重层次，使得散文批评话语在远离官方文艺政策长期以来形成的美学典范后，展示了一片更加广阔、丰饶的沃土。

----

　　① 钟怡雯.旅行中的书写：一个次文类的成立[J].台北大学中文学报，2008(4)：35.
　　② 王健壮.寻找一位评论家的位置[M]//杨照.人间凝视：异性与异文化笔记.台北：远流出版社，1996：13-14.

第四章 多元混融：

台湾现代散文史书写与散文史观构建

20 世纪 80 年代以来，台湾文学史的书写，小说、现代诗等文类的入史纷纷建立，作家全集的钩沉补佚也逐渐完成。不过，台湾现代散文史的书写却仍处于尴尬地带。到了 90 年代，大陆现代散文史研究出现了高潮，①但在台湾地区，"台湾现代散文史"专书的出版却仍付之阙如。正如张瑞芬所言："独独台湾现代散文史由于文本浩繁，理论薄弱，大陆学者所作不尽理想，本土研究又形同弃守，至今仍如荒陬野地。"②台湾文学史家较少对散文进行批判性的阅读，孟樊在撰写台湾新文学

---

① 20 世纪 80 年代大陆出版的现代散文史著作有林非的《中国现代散文史稿》（中国社会科学出版社，1981 年）、俞元桂主编的《中国现代散文史》（山东文艺出版社，1988 年）；90 年代以来大陆出版的现当代散文史专著有范培松的《中国现代散文史》（江苏教育出版社，1993 年）、王尧的《中国当代散文史》（贵州人民出版社，1994 年）、卢启元主编的《中国当代散文史》（广西人民出版社，1990 年）、邓星雨的《中国当代散文史》（山东文艺出版社，1995 年）。同时散文中的各类文体史也竞相出版，如姜振昌的《中国现代杂文史论》（人民文学出版社，1995 年）、姚春树、袁勇麟的《20 世纪中国杂文史》（福建教育出版社，1997 年）；报告文学史方面有张春宁的《中国报告文学史稿》（群言出版社，1993 年）、朱子南的《中国报告文学史》（百花洲文艺出版社，1995 年）等。

② 张瑞芬.散文的下一轮太平盛世——二〇〇〇—二〇〇四年台湾散文现象[M]// 狩猎月光——当代文学及散文论评.台北：联合文学出版社，2007：268.

史论时感慨道:"有关'台湾文学史''台湾新诗史'(乃至于'台湾文学理论批评史')专著陆续出版之后,仍未见'台湾现代散文史'的出现,不禁令人兴发'台湾散文无史'之叹。"①整个台湾现代文学史给人的印象是"小说文学史"和"诗歌文学史"。台湾的现代散文厕身在台湾文学史中,且所占比重微乎其微,这与台湾现代散文的实际存在明显失衡。五四运动以来,台湾现代散文一直盛行不衰,作家辈出,创作成果蔚为壮观,按彭瑞金的说法"满街都是"②,作品销量更是排行榜上的常胜将军,现代散文成为台湾文学的一大支柱,创作成绩不亚于诗与小说的台湾现代散文岂能无史?只是,台湾现代散文史如何可能?如何呈现?这是个难题。解决这个难题面临的一个根本的问题,就是散文史观如何构建?可以这么说,目前台湾无散文专史的局限,很大程度上在于未曾厘清散文史观,对以上这些问题的思考是台湾当代散文批评界关注和讨论的重要问题面向之一。

第一节　台湾现代散文史如何可能

　　夏济安说,假如这个时代的文学史值得一写的话,写这部文学史的人将发现我们所受的影响很复杂。台湾现代散文史书写,有其困难,

---

　　① 孟樊.文学史如何可能——台湾新文学史论[M].台北:扬智文化事业股份有限公司出版,2006:196.
　　② 彭瑞金.台湾新文学运动四十年[M].高雄:春晖出版社,1998:203.

也有其挑战。笔者认为，进行台湾现代散文史书写研究与散文史观构建，首先应厘清两个问题：一是如何界定"现代散文"，二是如何看待台湾现在散文的发展。

一、如何界定"现代散文"

散文史的书写一定程度上体现出研究者的散文观，因此想要进行台湾现代散文史的书写，研究者首先要对"什么是现代散文"做出回答或界定，这是从事现代散文研究，建立散文史观的基本立足点。从古至今，散文文体的内涵与外延是流动着的，其天然独特的不确定性，使现代散文在本已流动不息的现代文学史中的叙述空间变得更难以确定，治现代散文史不能不理会现代散文文体的这种纷杂而又不确定的特殊性。关于现代散文的界定，涉及了书写前提性的问题，即具体的书写对象，只有划定了文体边界，由此确认入史的现代散文作家和作品，才能展开现代散文史的书写。虽然散文文体自由散淡的特征会给散文研究以很大的弹性空间，但是这并不意味着散文批评者之间可以轻而易举地形成对散文界定最基本的共识。现代散文一向在各种文学史的论述中落后于其他文类，甚至被置于角落或被忽视的位置，其中一点不免是散文因其"散"难以被系统纳入、解读。现代文学史中的散文叙述，首要的是要确定哪些作家、哪些作品可以作为书写对象进入文学史的叙事，其本质则体现了编写者具体的散文史观。

面对台湾现代散文这样一个复杂多元的文类，在其史的书写过程中,如何选择、确立文学经典是关键问题所在。但是这一问题并不容易解决。试看郑明娳在 20 世纪 90 年代初与林燿德合作推广都市文学时期,①在《世纪末偏航》《当代台湾政治文学论》《当代台湾都市文学论》三本论文集中,都仅有一篇由她执笔的专论散文的文章。郑明娳虽极力推广都市散文,可是在《流行天下》等相关论文集中,则根本不见以散文为例的探讨,而且在她的论文中总有意无意暗示着"散文"是文学观察者或文学史最无力介入的领域。更何况,当前文类交媾成为书写的流行,散文界定逐渐消解、模糊,更难以对现代散文进行文学知识的建构。钟怡雯也指出:"80 年代以后散文的主题多变,新的类型和题材使散文呈现前所未有的可能性,散文的跨界或越界让我们重新思考,究竟散文的边界在哪里?我们对散文的认知,无论文类表征或美学特质的描述,基本上都建立在'阅读的默契'或者'武断的判断'上;说不清楚散文是什么,该包括什么,也因此要为散文史建立一个相对完整的发展脉络,十分困难。"所以钟怡雯感慨道:"时至今日,散文的疆域无限扩展,因此我们对散文必须采取最小的定义,特别是在散文史的思考脉络下,它必须是'纯散文',否则千丝万缕,散文史无从写起。"正如视角主义所指出的:"解释世界的方法是不受任何限制的。"②现代散

---

① 林燿德于 1989—1996 年间担任"中国青年写作协会"秘书长,郑明娳为顾问。他主办了一系列学术研讨会与相关论文集出版,主题包括八〇年代"台湾文学"(1990)、当代台湾通俗文学(1991)、当代台湾女性文学(1992)、当代台湾政治文学(1993)、当代台湾都市文学(1994)、当代台湾情色文学(1996),以及洛夫(1995)、罗门(1995)的专题研讨会,带动了有活力且思考台湾当代文学并付诸理论化的论述。

② 张志斌.后现代理论——批判性的质疑[M].北京:中央编译出版社,1999:51.

文史的书写亦然，但现代散文史的书写更难。难在于"什么是散文"这本身是一个世纪难题。现代散文"妾身未明"，无法界定"对象"，要为现代散文理清一个相对完整的发展脉络也就十分困难。

二、如何看待台湾现代散文的发展

如何看待现代散文的发展，也关系到现代散文史的写作和散文史观的构建。现代散文此项文类和时代风潮下的美学主流相隔绝，依附在传统的稳固基础之上，也未经历过文学史上的数次论战，"没有主义"的战后散文体系无法与台湾文学板块之间所牵扯的主流意识以及权力结构产生互动。那么，如何标示现代散文的发展，不仅牵涉到现代散文如何进入层次分明的进化文学史观中，也关系到文体自身的演变如何分期与断代，这是目前现代散文研究一个极为棘手的议题。台湾现代文学发轫期，正是日据时期，这势必是一个混杂而多元的年代，不同的论者挟其不同的文化资源投入台湾新文学的创造，而现代散文的诞生在这样的冲击下亦可理出复杂的承继渠道。回头审视重要评论家对台湾现代散文源流发展的论述，其主要体现在台湾现代散文与五四散文、日据时期台湾散文和西方现代主义的关系上。

(一)台湾现代散文与五四散文的关系

台湾现代散文兴起于五四新文学运动时期已是学界共识。以杨牧、郑明娳等人观点为代表的"五四源流论"，长期主导了散文学界对于台湾现代散文来源的看法。①从杨牧在《现代中国散文选》建立的现代散文谱系可知,其将台湾现代散文直接上继五四新文学运动的散文成就。郑明娳虽然没有明确建立此脉络谱系,但观其对现代散文的相关研究,正是体现了这一看法。②郑明娳曾于其著作《现代散文》中自言:"本书'现代散文'名义涵盖的范围依台湾惯例,指五四运动迄今的白话散文。"③余光中指出,1949年后,以梁实秋等为代表的台湾第一代散文家和以琦君等为代表的第二代散文家,"多半继承五四散文的流风余绪"④。李丰楙、何寄澎也认为,1949年后台湾散文"仍旧是三、四〇年代散文的延续与拓展,尤其前行代更是传递薪火者"⑤。许珮馨《五〇年代迁台女作家散文研究》⑥将20世纪50年代迁台女作家散文定义成"闺秀散文",并将各家的闺秀散文(如琦君、张秀亚、艾雯、徐钟珮等人的作品)进行分别与比较,分析女作家们各自的出身以及与五四散文家的承继关系,将"五四→台湾战后"的小品美文谱系列得相当清楚。由此更可知,历来的散文研究对于从五四到台湾地区战后的论述,已经成了一种"台湾惯例"。在这样的论述脉络中,台湾的现代散文谱

---

① 可参见郑明娳《现代散文》(台北:三民书局,1999);杨牧《失去的乐土》(台北:洪范书店,2002)。本书之后的"研究回顾与讨论",会再进行较详细的论述。

② 例如在谈台湾的现代散文中的感性散文,却上接汉代司马迁、唐宋八大家、五四新文学至台湾近几十年来的创作现象为一讨论脉络。见郑明娳.现代散文[M].台北:三民书局,1999:11.

③ 郑明娳.现代散文[M].台北:三民书局,1999:2.

④ 余光中.余光中散文选集(3)[M].长春:时代文艺出版社,1997:335.

⑤ 何寄澎.导论当代台湾文学评论大系(5):散文批评卷[M].台北:正中书局,1993:135.

⑥ 许珮馨.五〇年代迁台女作家散文研究[博士学位论文][D].台北:台湾师范大学,2006.

系①于 1949 年以前是周作人、徐志摩、林语堂等人的五四散文，1949 年以后则是延续五四余绪的大批美文作家如张秀亚、艾雯、苏雪林、琦君等人，他们加强了五四散文在台湾地区的薪火传承，并将其发扬光大。

（二）台湾现代散文与日据时期台湾散文的关系

黄得时在考察台湾新文学的源流时指出，除了"五四"新文学之外，日本新文学的影响亦难以忽略，毕竟，存在着大量日文作品的日据台湾文学，若仅上承"五四"脉络，未免是牵强之举。"五四"不是台湾新文学承上启下的唯一脉络。他认为："台湾新文学的源流有二：一是来自祖国的五四运动，一是来自日本的现代文学。"然而从讨论日据时期的现代散文在战后的文学选本、论述、文学史中缺席的有关文学典律议题的论文中，②可以发现文学史典律的"选或不选"直接牵涉的是"留或不留"以及曝光与否的问题。从现有的文学选本、论述、文学史等典律载体来看，日据时期的散文都缺席了。不但战后初期（1945—1949）的散文创作现象被忽略，就连洪炎秋、叶荣钟等在战后持续创作散文的台湾本土作家亦不被列入散文发展脉络之中。③可见，因为政权转移以及文学秩序骤变之故，日据时期与战后文学之间的联系是断裂的状态。

---

① 需要说明的是，因时代限制或论述需求，在这些学者的论述中，讨论更多的是"现代散文"或是"中国现代散文"，而鲜少"台湾现代散文"。故此处以"台湾'的'现代散文"称之，暂且作为一种概述。

② 赵侦宇.选本、论述、文学史：日据时期现代散文战后典律的待形成[G]// 第五届台大、清大台文所研究生学术交流研讨会宣读论文. 台北：台湾大学，清华大学，2012-05-27.

③ 关于台湾战后省籍本土作家的散文书写，可参考彭玉萍的研究.彭玉萍.见证者的散文诗学——省籍作家叶荣钟与洪炎秋散文研究[硕士学位论文][D].台北：清华大学，2013.

近年来，不少研究者开始不满台湾现代散文仅有五四新文学承继的说法，纷纷提出理应重视日据时期现代散文的声音。①许达然《日据时期台湾散文》是此议题最重要的参考论文，不但讨论的文本众多，包含的面向亦相当广泛。这篇论文从"散文语言问题谈到问题散文，后略述社会观察、人生探索、本地外地经验、个人情愫、他人生活和女性散文"②。散文语言包括白话文、闽南话文、日文等。语言问题之后，从问题散文开始，许达然谈的是日据时期现代散文的类型问题，并援引雷蒙·威廉斯的感觉结构(structures of feeling)，指出日据散文无论是在语言使用还是内容题材上都贴合时代氛围，并反映当时的社会情境。这一方面示范了如何使用西方文学文化理论来做散文研究，另一方面，对比被认为仅书写作者内心世界、与社会脱节的战后美文，这正突出了日据时期现代散文反映时代的一大特色。陈建忠《先知的独白：赖和散文论》是继《日据时期台湾散文》之后另一篇重要的关于日据散文研究的论文。陈建忠以许达然的研究为基础，借由赖和散文的个案研究，进一步深化了日据时期现代散文贴合时代、社会的论点。这也是向阳概括的日据时期现代散文的特征，即"刚强、批判、思辨以及从知识和实践出发"与"个人小我性灵的独抒"共存的情形。这并不仅仅体现在实际的散文创作中，在散文观方面亦有实际的印证，而五四时期现代散文观的影响，也确实是日据时期散文观建构形成的因素之一。

---

① 如陈建忠、向阳、张瑞芬等人。

② 许达然.日据时期台湾散文[C]// 赖和及其同时代的作家.日据时期台湾文学国际学术会议论文集.新竹：台湾清华大学，1994：33.

相对于战后"美文传统"，日据时期的现代散文，对于五四的接受，对于散文观的拓展，都是较为丰富而开放的。①据赵侦宇分析，由鲁迅与周作人所开创提倡的五四散文两大路线，在日据时期的台湾文学中分别可以找到予以接受并传播的台湾本土作家，分别是周定山与徐坤泉。钟怡雯认为，20世纪60年代的本土作家中，叶荣钟和洪炎秋的随笔被张良泽誉为"台湾文学里散文成就最高的两位"。叶荣钟《半路出家集》(1965)和《小屋大车集》(1967)书写台湾民间生活，充满时代的记忆。洪炎秋《废人废话》(1964)、《又来废话》(1966)，以及《忙人闲话》(1968)则体现了知识分子对现实的关怀，上承鲁迅式的杂文风格。如果放在这样的发展脉络中，那么至少可以列出在台湾现代散文史论述中缺席的一条散文发展谱系：鲁迅→周定山→洪炎秋等为代表的杂文。

针对许达然等学者的观点，肖剑南引入范式理论视角，指出日据时期台湾文学无法全部纳入中国现代文学史框架，重构台湾现代文学(散文)史观，必须剔除日语、文言和方言作品。他指出，重构台湾散文史观，散文史实固然是一个依据，更重要的却是范式理念。②这里必须说明的是，本书将日据时期的现代散文视作"源流"之一，乃是因为以台湾本地的文学史脉络时间作为考量点，而并非指涉日据散文确切影响了战后散文之意。就文学史的立场来划分，1949年以后国民党迁台

---

① 赵侦宇.日据时期台湾现代散文研究——观念、类型与文类源流的探讨[硕士学位论文][D].台北：台湾大学，2014.

② 肖剑南.范式理论视角下台湾现代散文观的重构[J].鲁东大学学报·哲学社会科学版，2018，35(6)：21.

后开始成为一个发展的新起点，大致是台湾现代散文发展的第一阶段。而这一时期的作家群,除了大陆来台的作家外,还有一些本地的作家,他们经历了日据时期,如龙瑛宗、吴浊流、钟理和、黄得时等,都有散文创作。因此,正确处理台湾现代散文与日据时期现代散文的关系,是重构台湾现代散文史观的关键前提。

(三)台湾现代散文与现代主义的关系

由于台湾 20 世纪五六十年代特殊的政治原因，文学无法直接继承中国现代文学传统,"所谓传统,在若干旧派人士的株守之下,只求因袭,不事发展,反而使年轻一代望而却步。年轻一代自然要求新的表现方式和较大活动空间。传统的面目既不可亲,五四的新文学又无缘亲近,兴奋剂就只剩下西化的一条'生路'或是'死路'了"①。侧重于技巧形式的现代主义正好呼应当时台湾戒严体制下的封闭情境和苦闷氛围,跃升为台湾现代文学系统内的主要"美学范畴"。吕正惠认为,台湾当代文学趋向西方现代主义而与五四写实传统疏离:"四九年以后国民党统治下的台湾文学,是一点点模糊的五四影子,再加上许许多多的西方现代主义建立起来的。"②

首先是余光中对"现代散文"的提倡。余光中是在战后将现代主义带到台湾的先驱者,他在《剪掉散文的辫子》一文中,试图建构一种超

① 徐学.火中龙吟——余光中评传[M].广州:花城出版社,2002:127.
② 吕正惠.中国新文学传统与现代台湾文学[M]// 吕正惠.战后台湾文学经验.台北:新地,1992:191.

越实用而具有美感、可供艺术欣赏的创造性散文，并举出聂华苓的看法，认为在现代诗、现代音乐、现代小说等多数艺文形式正在接受现代化的同时，散文应该接受诗的启示和领导。接着，借由抨击五四以来各类型"白话文"散文（包括学者散文、花花公子散文、浣衣妇散文）的不合时宜，间接提出其主张的"现代散文"（modern prose）——一种着重于弹性、密度与质料的散文。借此，进行现代和五四白话文传统的裂变，以及从实用散文到具有艺术性、文学性散文的美学典范转移，操演散文文类的模式演化。黄锦树甚至认为，余光中所谓的现代散文其实预设了源于台湾现代主义和新批评诗语言的"规范诗学"——字质稠密、语言的浓缩——其实是诗，而不是散文。①余光中定义的"现代散文"，灵感得自"现代诗"，现代诗是名副其实经过现代主义洗礼、在精神和叙述方法上的双重改革。余光中关于"现代散文"的界定规范着台湾日后对于"现代散文"艺术质素和文学性的要求。1981年，杨牧为洪范版《中国近代散文选》写的序文《散文之为文类》，即结合众说，对"现代散文"的含义界定做了一番总结，并以此作为编选《中国近代散文选》的依据："我们所谓现代散文，专指二十世纪初叶以来汉语作者以白话为基础，实践新思想，开创新艺术，充分表现时代的感性体悟和观察，而能于文学的大理念和结构方面承接古典的神髓，吸收西欧乃至于日本风格的精华而不昧于妩趣，进而为这时代的文学提供新面目，

---

① 黄锦树.文之余·论现代文学系统中之现代散文，其历史类型及与外围文类之互动，及相应的诗语言问题[J].中外文学，2003，32(7)：55.

甚至可望为后代勾画新风气的散文作品。"①杨牧此番对"现代散文"的定义,相当强调新思想、新面目、新风气,以及将来可见的变异。

对台湾散文进行现代主义改造的,还有一位重要的作家——张秀亚。张秀亚是台湾美文典范的建构者之一,虽从未整理并提出一套完整的散文理论,却在许多著作中得见其散布于各篇的散文理论与见解。自20世纪50年代起,在张秀亚著作等身的文学创作中便得见许多创作理论,虽然分章散见,或是自述,或是酬赠友人,或是揭示后进,但都可体会出张秀亚用心于散文的经营。至1978年,张秀亚在《人生小景》序言《创造散文的新风格》中,正式宣示新的散文时代的到来。"新的散文由于侧重描写人类的意识流,记录不成形的思想断片,探索灵魂的幽隐,心底的奇秘……笔法遂显得更为曲折迂回。内容的暗示性加强,朦胧度加深,如此一步步地发展下去,文字更呈窅缈之致,而逐渐与诗接近。"②张秀亚进一步揭示她的写作理念:"新的散文中喜用象征、想象、联想、意象以及隐喻,因而极富于'言在此而意在彼'的味道,企图重现人们心中上演的哑剧,映射出行为后面的真实,生活的精髓,并表现出比现实事物更完全、更微妙、更根本的现实。"③强调写作须侧重人类意识流的这一段文字,将思想片段与灵魂幽隐揭示出来,明显具有现代主义的倾向。接着,她又提出使秋草变绿、残花成蜜的"文字炼金术":"(在)字词上,重下一番功夫,推敲它、锻炼它、伸展它,

---

① 杨牧.散文为之文类[M]// 杨牧.文学的源流.台北:洪范书店,1984:103-109.
②③ 张秀亚.创造散文新风格[M]// 张秀亚.张秀亚全集6.台南:台湾文学馆,2005:274.

并试验其韧性、张力,以及负荷、涵容的能力。"①这些着重字句雕琢的功夫皆恰切符应现代主义探讨的范畴———一是心灵、一是技巧。可以说,张秀亚在文字上的锻铸与散文理论的提出,呼应现代主义"文字技巧的追求"。张秀亚在创作空间与意识思维上的谋求,呼应现代主义"心灵空间的拓展",两条绳索交绕出一股不能不被重视的端倪。可以说,近七十年来,台湾现代散文已跳脱五四初期散文的布局,发展出成熟而独特的面貌。

因此,关于台湾现代散文发展的论述与史脉,至少应注意三个历史轴面的重要切入点,分别是五四运动的白话文革命、日据时期台湾现代散文观念与类型论述,以及台湾20世纪60年代受到外部主导性力量影响而冒现而出的现代主义美学意识。这三个历史轴面,作用于散文经历了阶段式大规模的体式演变———从传统古典散文到白话文散文,以及白话文散文到现代散文等影响深远的形式裂变。这种裂变,不是一个简单的延续和代替的过程,而是一个复杂、多元的生成过程。在这一过程中,诸种文学经验被不断改写,一些不合时宜的因素被扬弃,在此一时代是主流的文学现象、作家作品,在另一时代又可能被边缘化甚至被遮蔽。关于此议题,在政治因素、社会政治以及西学影响等多重参照意义之下更显复杂。

---

① 张秀亚.创造散文新风格[M]// 张秀亚.张秀亚全集6.台南:台湾文学馆,2005:274.

第二节　台湾现代散文史如何呈现

一、台湾现代散文史的边缘论述

台湾地区虽无散文史专书出版，但 20 世纪 80 年代前后，台湾地区开始对当代文学发展历史加以回顾、总结、比较、检省。史料的收集、整理工作得到重视。台湾现代散文并非无史，其散文史的论述主要有以下三类：

第一类，一般文学史之中的散文史叙述。台湾散文研究的落后和晚熟，注定了散文在台湾文学史建构工程中不可避免地扮演陪衬的角色。在有关"台湾（新）文学史"的专著中，列有专章或专节谈论散文作家及其作品的概况。如刘心皇的《"中华民国"文艺史》[①]有专章论散文，彭瑞金的《台湾新文学运动四十年》[②]第四章第七节、第五章第七节分别对 20 世纪六七十年代的散文进行了论述。皮述民等合撰的《二十世纪中国新文学史》[③]有关台湾现当代文学部分，列有两章（第十二章与

---

① 《"中华民国"文艺史》为一本国民党"中央"文化工作会策划的文学史，以新诗、散文、小说、戏剧等分章，各章时代分期大致相同。总编纂尹雪曼，另包括刘心皇在内共四十二人，散文部分由刘心皇执笔。台北：正中书局，1975.
② 高雄：春晖出版社，2004.
③ 高雄：骆驼出版社，2008.

第三十三章）专门探讨散文作家及其作品。

第二类，自成一类的分类散文史论。周丽丽的《中国现代散文的发展》①从"史"的角度出发，回顾了自1917年新文学运动以来至1971年前后的散文发展情况，但收录的多以大陆作家为主。郑明娳的《现代散文类型论》②近乎史论，但所述对象以1949年之前的为重，对台湾当代散文面貌把握不全面，因此不足为台湾散文史著。21世纪以来，台湾地区以性别、主题分类的散文史论陆续面世，如张瑞芬《台湾当代女性散文史论》③，还有《台湾文学史长编》系列中有关散文的丛书：林淇瀁《照见人间不平——台湾报导文学史论》④、简义明《寂静之声——当代台湾自然书写的形成与发展（1979—2013）》⑤和《相遇与对话——台湾现代旅行文学》⑥等。

第三类，未成书的相关散文书写的总结与理论思考，包括与散文史有关的研讨、论述性文字，如论文、短论、短评等文字资料。如张健的《六十年代的散文》⑦、郑明娳的《八〇年代台湾散文现象》和《台湾现代散文现象观测》、陈信元的《中国现代散文初探》⑧和牛震星的《当代台湾散文史的分期》⑨等。

---

① 台北：成文出版社，1980.
② 台北：大安出版社，2001.
③ 台北：麦田出版社，2007.
④ 台湾文学长编23，台北：台湾文学馆.2013.
⑤ 台湾文学长编26，台北：台湾文学馆2013.
⑥ 台湾文学史长编28，2013.
⑦ 文讯[J].1984(13)：68–81.
⑧ 台中县文学作品集6，台中：台中县立文化中心，1990.
⑨ 内湖高工学报[J].2009.20(4)：1–6.

综上所述,我们大致可见台湾现代文学史中关于散文书写的一些实际情形:有的单独叙述,有的与诗歌、戏剧等合叙;多寡不均,随意性较大,显示散文书写的不充分、不到位,甚至一定程度的缺失。

二、散文选集对现代散文史的多元诠释

在台湾,各类文学选集的出版拥有相当长的历史,发展至今已经成为一种潮流。自20世纪70年代以来,台湾散文界的一个重要现象,是散文选集盛况空前,其本身甚至构成散文史的一部分。从20世纪末至今,台湾地区散文选集的出版,不论是种类还是数量上,都呈现一种前所未有的多元且持续的情形。综观台湾地区的散文选集,大致可以分为以下六类:

一是大型的散文选集。有"文学大系"类,如由张晓风主编的《中国现代文学大系·散文》①和《中华现代文学大系1970—1989》(散文4卷)②、《中华现代文学大系(1989—2003)(散文卷一四)》③,王文漪编选的《当代中国新文学大系·散文一集》④、齐益寿的《当代中国文学大系·散文二集》⑤,陈万益主编的《国民文选·散文卷(三册)》⑥,萧萧主编的

① 台北:巨人出版社,1972.
② 台北:九歌出版社,1989.
③ 台北:九歌出版社,2003.
④ 台北:天视出版事业有限公司,1979.
⑤ 台北:天视出版事业有限公司,1979.
⑥ 台北:玉山社,2004.

《台湾现代文选(散文卷)》①；也有名家精选，如许达然编的《台湾当代散文精选(1945—1988，二册)》②、钟怡雯等编的《天下散文选 1970—2000(Ⅰ、Ⅱ、Ⅲ)》③、阿盛、李志蔷(协)主编的《台湾现代散文精选》④、阿盛主编的《散文 30 家：台湾文学 30 年菁英选(1978—2008)》⑤、柯庆明主编的《现代文学精选集·散文》⑥等；还有建构"散文史"的断代性选本，如杨牧等编的《现代中国散文选(Ⅰ、Ⅱ、Ⅲ)》⑦等。

二是以年度时间轴为分类依据的年度选集，如 1975 年巨人出版社出版的台湾第一本年度散文选《六十四年散文选》，"联副"在1975—1978 年间出版的 4 本年度散文选，随后前卫出版社有 1982—1985 年《台湾散文选》出版，希代出版社亦有 1986—1990 年《海峡散文年度代表作》推出，九歌出版社则从 1981 年《七十年散文选》开始，坚持 39 年出版年度散文选集从未间断，从而建立了一个观察台湾现代散文发展的脉络。

三是分类选集。分类选集又可分为三类。第一，以主题归类为编选依据的散文选。为了回应 20 世纪 80 年代至今近 30 年的书写巨变，属于当代特殊产物的主题式散文(次文类)选集大量面世，形成了"众声

---

① 台北：三民书局，2005.
② 台北：新地出版社，1990.
③ 台北：天下远见，2001.
④ 台北：五南出版社，2004.
⑤ 台北：九歌出版社，2008.
⑥ 台北：台湾大学出版中心，2009.
⑦ 台北：洪范书店，2003.

喧哗"的现象,对主题散文的梳理和研究成为散文研究者新的切入点。如二鱼文化以"人文工程"为名的一系列"主题式"选本:向阳等主编的《报导文学读本》①、凌拂主编的《台湾花卉文选》②、吴明益主编的《台湾自然写作选》③,侯吉谅主编的《台湾散文·人文篇》④和《台湾散文·地理篇》⑤,胡锦媛主编的《台湾当代旅行文选》、焦桐主编的《台湾现代文学教程——台湾饮食文选》,陈信元主编的《思我故乡——唱我心声系列散文之一》等。第二,以作家性别、年纪、族裔为分类标准的散文选,如甘照文、陈建男主编的《台湾七年级散文金典》⑥。第三,以地域为编选标准的散文选,如钟怡雯的《马华当代散文选》⑦等。

四是以组织成员、报社或出版社为单位,作为选材的限定条件的选集。如"台湾省妇女写作协会"的《织锦集》、"中国妇女写作协会"的《笔华集》;《联合报》编辑部的《联副二十五年散文选》⑧《联副三十年文学大系散文卷》⑨;痖弦主编的《散文的创造(上、下)——联副名家散文选》⑩、柯庆明主编的《尔雅散文选——尔雅创社二十五年散文菁

---

① 台北:二鱼文化,2002.
② 台北:二鱼文化,2003.
③ 台北:二鱼文化,2003.
④ 台北:未来书城,2003.
⑤ 台北:未来书城,2003.
⑥ 台北:秀威资讯科技股份有限公司,2011.
⑦ 台北:文史哲出版社,1996.
⑧ 台北:联经出版 1976.
⑨ 台北:联经出版,1982.
⑩ 台北:联经出版,1994.

华》①等。

五是以大学院校教学为诉求而编选的台湾现代散文选本，如周芬伶、钟怡雯的《台湾现代文学教程：散文读本》②，陈大为主编的《当代文学读本：散文卷》③，廖玉蕙等主编的《繁华盛景——台湾当代文学新选》④，萧萧主编的《台湾现代文选（散文卷）》⑤，黄雅莉主编的《现代散文鉴赏》⑥，阿盛主编的《台湾现代散文精选》⑦，黄锦树、高嘉谦主编的《散文类》⑧等。

六是赏析类散文选集。如李丰楙等主编的《中国现代散文选析》⑨《五十年来台湾女性散文（评论篇）》⑩、游唤等主编的《现代散文精读》⑪、郑明娳著的《现代小品》⑫、李威雄著的《遇见现代小品文》⑬等。

面对创作量与出版量如此巨大、更迭如此迅速的散文文类，想包揽各家，探究源流，进行台湾散文发展史的建构，实属一项困难度极高的任务。那么从编选散文选集入手，来进行台湾散文发展历程中有关

---

①　台北：尔雅出版社，2000.
②　台北：二鱼文化，2002.
③　台北：二鱼文化，2002.
④　台北：正中书局，2003.
⑤　台北：三民书局，2005.
⑥　台北：文津出版社，2004.
⑦　台北：五南出版社，2004.
⑧　台北：麦田出版社，2015.
⑨　台北：长安出版社，1985.
⑩　台北：麦田出版社，2006.
⑪　台北：五南出版社，1998.
⑫　台北：五南出版社，2004.
⑬　台北：麦田出版社，2005.

书写类型等系列的研究考察,便是一种较为可行的方法。

　　首先,选集具有"档案全集"的功用。散文史由散文作品构成,要呈现散文作品的面貌,就得先建立散文作品的"档案全集"(张汉良语)。文学作品才是文学史真正的主角,一部文学史若少了作品的呈现,那么尽管有再多作家和各种文学现象的呈现,终究不能称其为文学史。因此,对于台湾现代散文史的论述,就不能忽略在各个阶段出版的散文集。"文学史的内涵要由作家及其作品所界定,作家及其作品的衍变与嬗迁,决定了文学史的走向与发展。"[1]从文学研究的角度来看,断代文学选的编选是一种"巨"检验工作,而年度文学选则属于"微"检验工作,在文史建构的过程中,两者各有其重要性。从 1972 年巨人版的《中国现代文学大系·散文卷》[2],以及 1989 年和 2003 年先后两部九歌版的《中华现代文学大系·散文卷》[3]来看,这三部现代文学大系散文卷的时间横跨了从 1950 年至 2003 年共 54 年的时间,所选入的作者,巨人版有 67 人,九歌版(壹)有 90 人,九歌版(贰)有 74 人,约略和台湾战后散文的发展历程等同。而最能提供文学作品"档案全集"的是年度作品选,当年度作品选逐年累积到相当的数量时,它更能成为考察特定文类发展历程的脉络,从而对文学史的建构提供参照。年度散文选的编纂以九歌年度散文选最具代表性。九歌年度散文选以年为单位,由

---

　　① 　孟樊.文学史如何可能——台湾新文学史论[M].台北:扬智文化事业股份有限公司出版,2006:220.

　　② 　张晓风.中华现代文学大系:散文卷[M].台北:巨人出版社,1972.

　　③ 　张晓风.中华现代文学大系(台湾一九七〇—— 一九八九·散文卷)[M].台北:九歌出版社,1989.

主编在当年报章杂志、文学媒体中选录最优秀的作品编辑成册，从每本散文选单独来看，也许看不出一代文风的转变与兴衰，但是将39年(1981—2020)的年度散文选合观，则可清楚地观察到不同年代的文学潮流。所以痖弦便言："一个各种文学类型年度选集齐备的文坛，任何时候，人们只要把一册册年选依序检视，就等于巡礼了一遍创作来说明的文学发展史。"①档案全集的建立很费功夫，以年度散文选的编纂为例，就必须尽可能将该年度所有发表在各类媒体上的散文作品搜罗整理。廖玉蕙在提到她编选九歌版《八十九年散文选》时就指出，因为编选这本世纪末的散文选集，有很长一段时间，浸泡在图书馆里，"认真阅读一年来的报刊杂志，兢兢业业，唯恐有遗珠之憾。但到头来，还是不得不承认偏见绝对难免，想编一本让人人满意的文选，势所不能。然而我相信，由所拣选的文本也正可见出编者所持的文学理由"②。"连续三年，我先后编选年度短篇小说、诗、散文选，有机会分别详细观察这三种文类在台湾的发展。其中尤以散文选的工作最为吃重，远比小说选、诗选的工程庞大。"③年度散文选的编者等于帮文学史家或数据家整理了一部分的材料。"年度散文选"对后代而言，其文学史料的价值或不逊于其文学批评的价值。年度散文选最重要的贡献，就是逐

---

①　痖弦.年轮的形成：写在《八十一年诗选》卷前[M]//向阳、张默编.八十一年诗选.台北：现代诗社，1993：1.

②　廖玉蕙.风姿绰约的文学胜景——序[M]//廖玉蕙.八十九年散文选.台北：九歌出版社，2001.

③　焦桐.博观约取的叙述艺术——序[M]//焦桐.八十八年散文选.台北：九歌出版社，2000：9-20.

年保留许多经过品赏、评析后的精华之作，让批评家或研究者可以看到各年度的散文样貌，否则时日一久，作品便难以寻找。这还只是散文选编纂的初阶，以何标准将其中具有代表性或重要性的作品挑选出来，这才是编辑工作的重点。

其次，选集具有"典律形塑"的功用。散文史的撰写必须依赖散文作品的正典化，选集具有"典律"的功用，作品被选进选集里，久而久之，它就取得了某种正当性，也就具有了代表性或典型性，因此具有典范集成效用的文学大系(散文卷)和散文选本的大量面世，亦可看作散文史书写的前期准备。焦桐认为："文选编辑是一种评审或再评审的过程，像年度散文选，编者在创作的沙砾中沥金，更可能隐含了一种典律的形成与修订。"任何一本文集，难免都有编者的"偏见与洞见"①。文学作品的编选，既是一种"时间的记录"，亦是一种"价值的评估"(向明语)。这种价值的评估，必然是主观性的，也就是编者的评估。由于编者所持的见解及理论视野多有不同，其所挑选的作品就不尽相同。当同一年度出现不同版本的选集时，不同出版社编者立场与文学观的比较也都有助于后人更多元地理解当时的文学样貌。如九歌年度散文以39年的持续耕耘，结合当代文学精英的品位编选出的散文选集，除了为当代散文留下重要的史料，反映并影响现代散文的发展外，又树立标杆，鼓舞后起之秀。它对散文书写的影响并不亚于文学奖。换句话说，

① 焦桐.博观约取的叙述艺术——序[M]// 焦桐.八十八年散文选.台北：九歌出版社，2000：9—20.

台湾当代散文批评新探索研究

年度散文选与文学奖，已成为目前塑造当代散文典律最重要的参考指针。所以"台湾这几年来选集大规模涌现，选集之多前所未有，简直令人眼花缭乱。这些选集究竟对读者或文学史将形成什么作用，目前尚无法定论，无论如何，它对文学史势必形成干扰和影响。文学史告诉我们，选集具有'典律'的功用，它是文学史撰写者的重要参考"①。各类散文选集的问世，不但代表散文开始受到重视，也透露出了文坛积极将散文"典律化"的意图。因此，从编选者的编选观点与立场，也能看出一个时代的散文观点与风貌。

再者，选集具有"史的建构"的功用。主题式散文选集对史的建构体现在如下方面：

第一，对"经典"的松动。不同时代对散文的分类方式，透露出编选者关心的重点及思索面向。例如，早期以游记、小品等为标准的分类，隐含的是对文体美感的重视；抒情、叙事、议论的区别，衍生的是抒情美文主流地位的奠定；而当代主题散文选本标新的主题诉求，则反映出时代关怀的议题，作家进而思考、建构主题散文的内涵与典范。可以说，主题（次文类）散文选集的大量出版，让我们看到了对"美文"的遗忘与挑战，以及当代文学书写中专业知识介入散文书写的特性和对文学选本的渗透。

第二，开启了散文的新样貌。梳理新世纪以来的主题散文选集，可以发现，这类选集突显了对"饮食""花卉""自然书写""旅行""生态""生

---

① 钟怡雯.散文浮世绘[M]//钟怡雯.九十四年散文选.台北：九歌出版社，2006：11-12.

命""运动""知性"等当代议题的重视。当代主题（次文类）散文的编选
与出版，背离旧有的以表现手法或文类为标准的分类模式，转而关照
生存世界中的各种层面与角度。从前文所述的分类散文选集和以教学
为目的的散文选集可见，这些散文选集以在兼顾"文学性"的基础上全
力突显当代性与实用性为主要诉求，其中所隐含的立场，除了旧有经
典有所松动外，也隐含了对当代经典的焦虑。

　　第三，背离旧有的分类模式，形塑类型散文的谱系史观。从文学史
的角度来看，主题选集所提出的主题式诉求，在另一方面也让原本已
经被淹没的旧作，随着当代拈出的主题有了重新面世的机会。大部分
主题散文选集所收录的作品，实际上涵盖了 20 世纪 50 年代以来的作
品，而非全以当下的文学书写为主。"这也让我们发现文学世界里，没
有永远的主流，从接受美学的角度，随着不同时代所提出之'接受基
础'的改变，原本已逐渐令人遗忘的作品，也可能在有朝一日，重新被
阅读、接受与评价。这似乎也印证了接受美学观念中'没有文学史，只
有阅读史'的论点。"①从文学史的角度而言，主题散文选集提出的主题
与诉求，可视为对庞大的散文传统的一种回顾与整理，以"当代性"的
主题为切面，求证于历史的积淀，并作为当代书写的参照，以见证各种
书写其来有自、发展蜿蜒的谱系轨迹。

　　所以张汉良就曾说道：选集与文学史的关系密不可分，他借作品

---

　　①　黄如焄.当代散文选本与文学书写之考察——以 2000-2006 为范围[J].花大中文学
报,2006(1):277-278.

的选录诠释了文学史，具体呈现了某部分面貌，或将其断代。①颜崑阳认为，文学史并非作"量"的摊展，它更倾向于从杂多散乱的经验现象中选取、诠释而后建构其意义。因此，只要能够每年选出有代表性的作品、展示现代散文的主要书写现象和发展趋势、与时序中的承变关系，就具有文学史建构的意义了。

三、台湾现代散文史的书写维度

无论是台湾文学史还是文学选集，自 20 世纪 50 年代至 1987 年解严为止，由于资料的重重禁制，台湾所编写的多种书籍，在资料与观点上虽名为"中国"，实则都较为（或只能）偏重当代台湾文学现象；台湾史论聚焦"台湾"，却名为"中国"……诸如此类的的现象，颇为普遍。这种局限，从 1981 年杨牧编的洪范版《中国近代散文选》到后来 1985 年李丰楙编的长安版《中国现代散文选析》并无二致。就台湾现有的有关散文史的著作和散文选集来说，常见的有散文历史分期、作家作品、主题分类、源流谱系等实际研究法。

首先，所谓"历史分期"，指的是为了叙述的方便，大致依年代前后、社会文化背景而进行划分的研究方法，如刘心皇《"中华民国"文艺

---

① 张汉良.诗潮与诗史[M]// 痖弦.创世纪诗选：1954–1984.台北：尔雅出版社，1984：9.

史》中以十年分期的现代散文史观①,李丰楙在《中国现代散文选析》②中也秉持了类似的分期史观③,陈信元在《中国现代散文初探》④中将新文学运动开始至 1949 年的现代散文分为三期⑤, 亦将 1949 年后至 1976 年的散文发展做了分期与论述⑥,牛震星的《当代台湾散文史的分期》则以几个较为明显的事件作为分期依据,将当代散文分为 20 世纪五六十年代(抒情怀乡的范式)、70 年代(主体性的觉醒)、80 年代以后(多元散文样式的勃兴)三个时期等。⑦张瑞芬在《台湾当代女性散文史论》中表示:"散文这种文类,中国古来'言志'传统,加上从西洋散文 Essay 而来的个人主观调性,它比新诗更不彰显社会历史的脉络,反而着重个人的境遇与性情。其写作涵盖时间广,普遍较诗、小说作

---

① 刘心皇撰写的《"中华民国"文艺史》散文部分,关于散文的分期分为五期:"清末至 1916 年为'民初的散文',1917 年至 1926 年为'文学革命初期的散文',1927 年至 1936 年为'统一时期的散文',1937 年至 1945 年为'对日抗战时期的散文',1945 年至 1949 年为'胜利时期的散文'。"

② 李丰楙.绪论.[M]// 李丰楙等编.中国现代散文选析 2,台北:长安出版,1985:473.

③ 李丰楙表示,"中华民国"文艺史的发展,文学史家常以 1949 年为分期的年限,将国民党政权迁台之后统称为"复兴时期"。复兴时期的散文,主要以台湾的作家为范围,兼合居海外而常在台湾发表或出版的一部分。而这时期的散文分期为从 1949 年 11 月到 1950 年的过渡时期,第一期为 1951—1961 年,第二期为 1961—1970 年,第三期为 1971—1984 年这三个时期。

④ 丰原:台中县立文化中心,1990.

⑤ 陈信元在《中国现代散文初探》中将新文学运动开始至 1949 年的现代散文分为三期,分别是现代散文的第一个十年(1918—1928)、现代散文的第二个十年(1928—1937)、现代散文的第三个十年(1937—1949)。

⑥ 分为 20 世纪 50 年代的散文、60 年代的散文、"文革"后的散文、描述"文革"经验的散文。

⑦ 陈信元.中国现代散文初探[M].丰原:台中县立文化中心,1990:1-75.

家更长，也是分期的困难之一"①，"散文史论"的撰写会遇到分期困难的问题。

其次，所谓"作家作品"，即作家论，指的是以作家（及其作品）为主，分成不同的章节予以论述，基本上即一种纪传体式的写法（多按作家的生年前后依序排列）。如皮述民等人的《二十世纪中国新文学史》中有关台湾散文演变的部分即按作家作品分述。由于历史分期史观基本以十年为期展开论述，大同小异，且相较于诗和小说，散文的分期是较不容易被界定的，并不是理想的散文史论述方法；而以现有作家作品论作为散文史叙述主轴的论著，基本上采取作家生平介绍为主、作家作品为辅的路径，史多论少，没能真正做到"立足史料，论从史出"，亦不理想，故此二类下文不再赘述。

最后，所谓"主题分类"，是依据散文的主题内容、形式或性质等予以归类叙述或诠释的方法，例如女性散文史论，自然书写、旅行书写、饮食书写、运动散文、花卉散文、报导文学等主题散文（次文类）史论。郑明娳说："散文发展史无法单单就现代散文的笼统概念而遽予追溯，只有通过分类研究，并就各个类型分别探源，考察出各类型之间交错的影响和发展，才能在多元的观察下综理出百川汇海的现代散文全貌。"② 20世纪80年代以来，散文与时代以及地域产生了很强的互动和辩证关系，散文家的视野更扩大，散文体式也日趋多元化，各类型散

---

① 张瑞芬."女性散文"研究对台湾文学史的突破[M]// 张瑞芬.台湾当代女性散文史论.台北：麦田出版,2007:41-42.

② 郑明娳.结论[M]// 郑明娳.现代散文类型论.台北：大安出版社,1987:292.

文的出现,使台湾散文发展进入一个新的历史时期。80年代以来散文史的地标,并不再以量取胜的大宗,而是在各个独具特色的所谓"次文类"上。"在多元化的潮流下,最重要的无非是将我们注视的焦点放在个别的作家身上,以作家的成就来取代流派的成就,这是因为作家本身即形成多元整合的个别单位;基于这样的观点,我们发现在多元的趋势下,没有主要的流派,却隐然有主要的作家,这些主要作家个别地形塑了当代文学的风貌。"①当然,主题式分类过度琐碎,反而让散文的新样貌出现了阴影。阿盛在《认真的游戏》中曾指出:"依写作题材来区分散文型类,近十年来特别流行,例如宗教散文、运动散文、旅游散文、饮食散文、励志散文……我们没有理由反对,唯觉该要适可而止,否则愈分愈细反而失去原先'命名'以期'旗帜鲜明'的用意。"②毕竟当分类过于琐碎,面临的是分类的有效性问题,还会出现同一篇散文被选入不同诉求或主题的选本的情况。我们不能不警惕分类的过度细密而产生新的混沌难明。如此,分类便失去其意义。

在近七十年的时间跨度里,当代台湾散文不论从创作的规模,还是在艺术表现的美学维度上,早已拥有形成一部承载文学断代史的完备材料。台湾地区虽无专论台湾现代散文史的著作,但前文所述相关台湾文学史中有关台湾散文史的叙述和散文选集,不同程度地体现了书写者和编选者的散文史观。鉴于此,本书所论述的对象将以前文所

---

① 林燿德,孟樊.总序:以当代视野书写八〇年代台湾文学史[M]// 林燿德,孟樊.世纪末偏航——八〇年代台湾文学论.台北:时报文化出版,1990:11.
② 阿盛.认真的游戏[M]// 阿盛.台湾现代散文精选.台北:五南图书出版公司,2004.

述文学史相关论述和散文选集为主，并兼及有关台湾散文批评的论著。

第三节　台湾现代散文史观如何构建

关于文学史意义上的"台湾"的复杂性和异质性，两岸学者都有相关论述。袁勇麟指出："台湾作为一个文化活动场域，虽然隶属于中国文化的总体版图，但在长期诡谲曲折的历史变动中，已经逐渐游离于版图之外，异质声音不绝于耳，这正是台湾的特殊性所在：既有千丝万缕的文化母缘承续联结，又有暧昧难明的文化自主疏离。这样特殊的活动空间必然孕育出相应的文化性格、若即若离的态度、多元共生的局势，使得台湾文学本身充满冲突碰撞，不易辨认识别。"①台湾学者认为，台湾文学富于实验求新和混杂多元的特性与台湾的"岛屿文化"性格有着密不可分的关联。台湾的岛屿文化是一种混杂性的文化，这是因为其在历史发展过程中融合了先后不断传入的各种外来文化。岛屿既是地理上世界各个地区的交通汇合点，也是各种文化的交汇点。三毛撒哈拉沙漠的故事开始风行时，早就标志了台湾文学的地理意识，甚至已经超越了东亚、西欧、北美等区域，而日益走向"全球性"了。因此，光复

----

① 袁勇麟.言说的疆域——浅谈大陆学者所撰台湾文学史的理论视野[M]//袁勇麟.华文文学的言说疆域.广州：花城出版社，2016：62-63.

五十年来,台湾文学的活力正在于它的"开放性"与"综摄性"。①台湾现代文学发展是一条崎岖不平的路,经由不断的颠覆、创新、反省和再创造的过程,所书写的历史已经颇为可观,虽说台湾文学发展至今尚无法做一定论,但作为一部"活"的历史,经由文学史论者不断地书写,借由多元文化价值的判断,将开发出不同面向的观点,必然增加了梳理、辨识和整合的难度。这种分歧也从对作家和作品的不同评价延伸到了对文学史的整体看法上,出现了关于文学史的观念对立。

台湾文学史观的问题自20世纪90年代以来迭有争论,90年代中期以来,台湾"重写文学史"思潮也已经构成了近二十年来台湾文艺思潮史的重要组成部分。此外,由于台湾特殊的历史和政治语境,台湾文学史的书写不仅涉及文学理论和方法的问题,而且不可避免地涉及意识形态分歧与冲突问题。台湾文学史的书写因此被赋予了突出的文化政治意义,并成为意识形态争论的重要文化战场之一。刘小新、朱立立认为,意识形态的分歧与冲突、理论资源的更新与文学史书写范式的变革、文学史料的新发现、多元文化主义思潮的影响、中国内地和美国重写文学史运动的启发和台湾地区文学研究建制化的推动六大因素共同构成了台湾重写文学史思潮的产生语境;文学史书写被赋予了突出的文化政治意义,成为意识形态论争的重要文化战场之一,是台湾文学史重写思潮兴起的重要历史语境;后结构主义、后殖民批评和现

---

① 柯庆明.台湾文学的未来发展[M]//柯庆明.台湾现代文学的视野,台北:麦田出版社,2006:403-404.

代性理论构成了台湾文学史重写思潮的知识语境。①台湾现代散文史作为台湾现代文学史的重要组成部分，必然面临同样复杂的混融性。"对于具体的文学现象的选择和处理，体现了编写者的文学史观和无法回避的价值评析尺度。"②台湾现代散文史观的建构必然具有多元视角，如体例、分期、观照角度等，都应该是丰富多样的。在这种语境下，台湾当代散文史观的构建呈现了谱系学式、现代性视角、本土论、后殖民和性别视域等多元理论探索。

一、系谱学式散文史观

谱系，最根本的要义是从源流的角度来追溯氏族在血缘上的传承关系。本书所讨论的"谱系学式"散文史观，指的是"撰史者以散文作家的'家谱'（或'族谱'）呈现的史家观点，在撰写的方式上，从纵的面向去追溯代间的传承关系，也从横的面向去探究彼此的亲近或同族关系"③。诚如李丰楙所言，台湾散文的演变或发展，不似台湾新诗、小说，可以诗社的兴衰、期刊的始末为分期点，所以有关散文史的叙述，最直接的便是让历史回到作家身上。由于散文独特的文体特质，散文的创作虽不能脱离社会历史，会随着时代的递嬗而渐变，但散文的创作内

---

① 刘小新，朱立立.台湾"重写文学史"思潮：背景，路径与分歧（上）[J].福建论坛（人文社会科学版），2013（7）：125.

② 洪子诚.中国当代文学史[M].北京：北京大学出版社，2007：15.

③ 孟樊.文学史如何可能——台湾新文学史论[M].台北：扬智文化事业股份有限公司出版，2006：200.

容属于反映作者本身成长背景与生活的，主要还是与作家的出身、年龄、阅历、创作个性及把握世界的审美方式等因素关系更为密切。因此，把散文史的写作焦点放到作家身上，便呈现了一种独特的谱系学式等因素散文史观。如孟樊的《台湾散文的系谱史观》体现了谱系学式散文史观的主要论点。孟樊指出，就台湾现代散文创作的传承关系来看，谱系史观的主张主要有两个：一是强调它对中国古典散文的承续与发展；二是强调它接续五四运动开创的现代散文传统，其间自有典型的奠立与承续。强调前者，着重的是散文创作的"血脉渊源"；强调后者，关注的则是创作表现的"历久弥新"。①下文将对谱系学式散文史观进行辨析，从而进一步检视台湾散文史的谱系观点。

(一)纵的承袭说:传承关系的作家谱系

"纵的承袭说"是最典型的一种谱系学式散文史观，论述台湾现代散文作家与中国古典散文及五四现代散文两个文学传统的传承关系。李丰楙在《中国现代散文选析》的绪论中指出："一九四九年国民党政权迁台以来的散文，虽由于不可抗拒的原因，而与前三十年的传统略有中断的现象，但从文学传承的意义言，这一时期仍旧是二十世纪三四十年代散文的延续与拓展，尤其前行代更是传递薪火者。因此比较两者之间的关系，一则可以确定台湾的散文与二十世纪三四十年代作家的血缘关系，一则可从其转变的方向，了解作家对政治、社会的态

---

① 孟樊.文学史如何可能——台湾新文学史论[M].台北:扬智文化事业股份有限公司,2006:201.

度,是稍有异趣之处。"①杨牧早在他主编的《现代中国散文选》(原名为《中国近代散文选》)中呈现了"命脉传承"的观点。他在前言中说:"我们相信文学的历史传承,相信真正的艺术必须超越地域和政治的局限。"②他在该文中率先将五四散文分成七个典型品类:小品、记述、寓言、抒情、议论、说理与杂文,即七个"族谱",并分别以五四散文家周作人、夏丏尊、许地山、徐志摩、林语堂、胡适、鲁迅为各个品类的典型人物,即每个"族谱"则各有一位"开山人物",而在"开山人物"之下则各有一个传承的作家谱系。这使得"五四→台湾战后"之承继脉络在有实际案例的支持下显得更具说服力,并且阐明"现代散文的发轫,应当就在二十世纪的初叶,五四运动和白话文倡议前后数年之间,所以至少已经有七十年的历史了"③。孟樊根据杨牧的表述,绘制了一张现代散文家谱系表,见下表:

现代散文家谱系表

族谱种类	开山人物	大陆作家	台湾作家
小品	周作人	丰子恺、梁实秋	思果、庄因、颜元叔、亮轩、也斯、舒国治
记述	夏丏尊	朱自清、郁达夫、俞平伯、方令孺、朱湘	徐吁、琦君、林海音、张拓芜、林文月、许达然、王孝廉
寓言	许地山	沈从文、梁遇春、李广田、陆蠡	王鼎钧、司马中原、王尚义、林泠、罗青、童大龙

---

① 李丰楙.《中国现代散文选析》绪论[M]// 何寄澎.当代台湾文学评论大系(5)·散文批评卷.台北:正中书局,1993:134–135.

② 杨牧.现代中国散文选Ⅰ[M].台北:洪范书店,1981:38.

③ 杨牧.失去的乐土[M].台北:洪范书店,2002:106.

族谱种类	开山人物	大陆作家	台湾作家
抒情	徐志摩	苏雪林、何其芳	张秀亚、胡品清、陈之藩、萧白、余光中、逯耀东、张菱舲、白辛、张晓风、季季、渡也
议论	林语堂	—	言曦、吴鲁芹、夏菁
说理	胡适	—	—
杂文	鲁迅	—	—

资料来源:杨牧,《现代中国散文选Ⅰ》(1981:前言5-7)。

从杨牧描绘的谱系表看,即便只是粗描轮廓,也能看出不少破绽。首先,在"族谱种类"的划分上就不够严谨,譬如"议论"与"说理"的区分不明显。至于"小品"与"杂文"的分类标准,与其他五类不同,前者从形式上予以划分,后者则最难界定,在表达的形式上可说是涵括了其他各类——若是如此,则此一品类划分便不具意义。其次,对于个别作家的分属与归类实际操作起来很难,譬如张晓风有寓言性作品,余光中更有说理的文字,凡此"逾矩""跨类"的例子不胜枚举。再者,杨牧所描绘的谱系表,其实并不完整,尤其是第六及第七类,除了述及其两位开山人物之外,便不再如上五类一一标示其后"嗣"之作家谱系,杨牧的理由是:"此二典型的散文重实用,不重文学艺术性的拓植,故不予再论。"①这理由主观牵强,笔者不敢苟同。

孟樊根据杨牧表述而绘制的这份散文谱系表,带出了台湾现代散

---

① 杨牧.现代中国散文选Ⅰ[M].台北:洪范书店,1981.

文史叙述的根本局限：一是对鲁迅的"留而不论"，二是台湾本地作家在散文谱系中的失声/身。海登·怀特说："我们对历史结构和程序的理解更多地由我们在表述时省略的东西来决定，而不是由我们放进历史结构和程序中的东西来决定。"①对鲁迅的"留而不论"，除了一般认为的，是杨牧对鲁迅的个人偏见，其实背后隐含的是更为复杂的意涵。首先，这样的编选原则，体现了 20 世纪五六十年代以来台湾的现代散文观——以抒情美文为主导。我们知道，五四时期的现代散文观，其实远比台湾现代散文"抒情"加上"美文"双重限制下的"美文传统"要宽广得多。对于五四现代散文而言，鲁迅与周作人兄弟是两大备受尊崇的标杆，如郁达夫就称："中国现代散文的成绩，以鲁迅周作人两人的为最丰富最伟大"②，而鲁迅所提倡的"杂文"与周作人所书写的"小品文"，为五四现代散文指出了两条主要的发展道路。可以说，由于张秀亚等人极端推崇周作人，而苏雪林等人又大力抨击鲁迅，在经过"美文传统"典律的拣择洗刷后，"五四散文"在战后台湾散文典律中仅被标榜出美文一支，以至于在台湾现代散文的研究中，"五四散文"被局限成"五四美文"的代名词。在杨牧所列出的散文谱系中，其所肯定的六种形式恰恰是朝向美学上的形式化——和公共经验空间的隔离。被杨牧存而不论的，恰恰是"以实用为功能的说理文章"和"偏重刺激反应

---

① ［美］海登·怀特.作为文学虚构的历史文本［M］// 张京媛主编.新历史主义与文学批评，北京：北京大学出版社，1993：170.

② 郁达夫.中国新文学大系·散文二集导言［M］// 俞元桂.中国现代散文理论.南宁：广西人民出版社，1984：441.

的时论杂文",这两种对社会介入最深的类型。这样的散文观,遗漏了散文传统里议论、说理以及"社会性"的范畴,窄化了现代散文的范畴。

退一步说,即使是"五四散文"被局限成"五四美文"的代名词,黄锦树也认为,把鲁迅放在散文史上存而不论的位置是相当不公平的,因为鲁迅不仅开启了"战斗性散文—杂文"的传统,而且是其他两个系统的现代共源:散文诗(《野草》)及抒情散文(《朝花夕拾》等)。①黄锦树说出了客观的事实,这点在大陆学界已是共识。汪文顶便指出:"语丝派的贡献虽说主要在杂文随笔方面,但鲁迅、周作人的记叙抒情散文同样是领袖一时代文风的,他们和文学研究会散文名家一起开创了现代语体美文的成熟时代。"②黄锦树进一步指出,从余光中自己的实践和杨牧的《年轮》(四季1976)、郭松棻的《草》(1986)、林燿德的《一座城市的身世》(1987)到唐捐的《大规模的沉默》(2000)自成谱系,这一谱系的现代源头正是中国现代文学最重要的开宗人物、现代中国最早的象征主义者鲁迅的《野草》。由此足见周作人与鲁迅所开创的五四现代散文观念的两大路线,也分别在台湾有所传播与引介。这里便形成了台湾散文诗的谱系:鲁迅—余光中—杨牧—林燿德—唐捐。

某种意义上说,战后存在着诸多"非美文",它们因散文的历史遮蔽性而在战后找不到后续代表,所以没有被标榜为现代散文的传统。

---

① 黄锦树.文之余·论现代文学系统中之现代散文,其历史类型及与外围文类之互动,及相应的诗语言问题[J].中外文学,2003,32(7):56.

② 汪文顶.中国现代散文流派及其演变[M]//汪文顶.现代散文学初探.北京:人民出版社,2014:60.

这里就涉及上述台湾散文谱系反映的第二个局限：失身/声的日据时期散文和本土散文谱系。彭玉萍指出，在战后的台湾散文史上，抒情美文与学者散文成为散文文类的典律，本土散文并非在既有的文学史框架之中。也就是说，目前文学史倾向的一种进化式史观下的轴线，并非能够容纳对本土散文的思考，也无法对散文的论述进行合理的定位，且文学史目前着重于小说史的论述，在对散文的论述上也主要偏重外省籍作家的作家作品论，导致 1970 年出版的官方文学史，乃至于百年时间点论述的文学史都呈现本土散文与本省籍作家的"缺史""缺角"的状态。①如此便导致了被杨牧留而不论的两类散文"后继无人"的结果。

张瑞芬在其专著《台湾当代女性散文史论》第七章专述《张爱玲散文谱系——胡兰成、"三三"及在台湾的传承者》，认为张爱玲散文对台湾现代散文的影响，无疑是在近年来"研究张爱玲热"下继承王德威的张派小说谱系新开发的领域。张爱玲的散文成就不逊于其小说，其对台湾散文的影响也可拉出一条谱系。张瑞芬列出了张爱玲→胡兰成、苏青→"三三"诸人→袁琼琼、凌拂、洪素丽、张让等（20 世纪 80 年代）及戴文采、蔡珠儿（90 年代）的传承谱系。张瑞芬认为，张爱玲的散文影响了同时期的苏青和胡兰成，而后的"三三"散文是"张腔胡调"的"胡兰成的嫡系"，到了 80 年代中期以后，仍有戴文采、蔡珠儿等人。

如孟樊所言："平心而论，要从作家的'创作血缘'去追溯并确认代

---

① 彭玉萍.见证者的散文诗学——省籍作家叶荣钟与洪炎秋散文研究[硕士学位论文][D].台北：清华大学，2013：7.

与代间的传承关系,是相当棘手的一件事,毕竟它不像基因鉴定那样精确且容易。"①更何况,散文不同于诗歌,有诗社和不同派别;也不同于小说有其传承,散文"比其他文类孤独",每个作者都像"孤独的星球"(简媜语)。

(二)横的支脉说:同代同族关系的作家谱系

第二类持谱系学式史观者,则尝试为台湾散文的流变绘制横的同族支脉,即透过"流派"这一"身份的归属"来编排同一时期台湾散文作家的同族(派)关系,以呈现较完整的一份散文史的谱系。如李丰楙在为其主编的《中国现代散文选析》一书所写的《绪论》即呈现了上述观点。在该文中,李丰楙首先按照历史的演化将1949年国民党迁台以来散文的成长,以十年为断限分为三个阶段,然后再在三个不同时期中分述各个有代表性的散文作家及其表现。有关分论散文作家部分,李丰楙的论述策略是从作家的同族关系着手,例如他所论列的第一个十年的散文作家,便依其性质分为三类(也就是三个族谱)探讨,即女性作家群、男性作家群、专栏作家群。李丰楙的分类编谱,除了女散文家、诗人散文家之外,较显著的还有第二期的专栏作家(如凤兮、何凡、彭歌、王鼎钧等)、游记文学作家(如李霖灿、赵君豪),第三期的学者散文家(如吴鲁芹、傅孝先、颜元叔、叶庆炳、汉宝德等)。从上述支系可见,他编谱的标准不一,或以作家身份(如诗人散文家、学者散文家、女性

---

① 孟樊.文学史如何可能——台湾新文学史论[M].台北:扬智文化事业股份有限公司出版,2006:217.

散文家）分，或以写作形态分（如专栏作家），或以文类性质分（如游记作家），这些支系兜在一起放入台湾散文脉流演变的大谱系里来看，确有令人混淆不清、莫名所以之嫌。正如孟樊所说："谱系的绘制本身其实就是一种类型学（typology）的适用，而将类型学运用于散文作家（创作）的分类并以之作为绘制谱系的基础，最难的不只是要划分成几个支脉（类别）的问题，更在于划类的标准如何设定，以及跨类别乃至于找不到同族关系的作家如何安置的问题，而这也是散文史撰写时所面临的最大的挑战。"①

二、现代性视角的散文史观构建

20 世纪 90 年代，台湾学界对现代性问题的热议，使现代性成为回视台湾现代散文发展的必要视角。"'现代性'的引入打开了台湾文学论述和文化研究的空间，某种程度上改变了当代台湾文论的范式，甚至重构了阐释台湾文学史的理论框架。在'现代性'的话语平台和论述框架上，有关台湾思想史和文学史的一系列课题都获得了重新思考与阐释的契机。"②林燿德便是以"现代性"视角观测台湾现代散文并建构现代散文史的。

---

① 孟樊.文学史如何可能——台湾新文学史论［M］.台北：扬智文化事业股份有限公司出版，2006：215.

② 孔苏颜，刘小新.文化研究与台湾"重写文学史"思潮的耦合［J］.南通大学学报（社会科学版），2018（6）：125.

（一）卸下"历史的负担"：断裂的文学史观

要正确打开林燿德现代散文史观的"保险箱"，首先要了解林燿德断裂的文学史观。林燿德有着强烈的史观，对于"史"的关注与建构，一直是其感兴趣的课题之一。林燿德对于用断裂的新历史观来建构当代有着十分强烈的欲望。他生前多次在著作中自行拟定简历、改写旧作并不断"窜改"身世，正显露其对个人历史一种着魔似的执着。①林燿德强调："任何创作者绝不可能完全孤立于社会史、政治史与文学史之外，因此对于历史本身有深入的研究与体悟，将成为调整自我脚步、修正未来取向的重要凭借。"②林燿德对历史有着相当强烈的自觉与反思，有意识地以"史"来调整自我创造和理论的信念，成为其书写或编辑文选相当重要的指标。最清楚表现其对文学史观点的，是《环绕当代台湾诗史的若干意见》一文。林燿德在文中反复论述："对于历史的重新理解，意味着我们正参与过去我们未曾参与创造的世界（对于吾人眼前的'当代世界'则可说是'再参与'），在这种欲望萌生或者付诸实践的同时，历史是一个正文的事实也不曾有所改变。……重新思考文学史的组织原则，仍然是一种形式主义，只是这种形式主义……正意图扩展它的领域至非文学与构成历史语境的社会体制。"③林燿德强调

---

① 王浩威.重组的星空！重组的星空？［M］// 林水福.林燿德与新世代作家文学论.台北："文建会"，1997：300–305.

② 林燿德.一九四九以后［M］.台北：尔雅出版社，1986：295.

③ 林燿德.环绕现代台湾诗史的若干意见［M］// 张默.世纪末现代诗论集.台北：羚杰出版，1995：8–9.

在重新理解历史的同时，必须将历史视为一个"正文"（text）。在此，林燿德借鉴了后结构主义者与新历史主义者对历史的看法。

在傅柯、海登·怀特等人的眼中，传统意义上的"历史"不再被当作一种客观的存在，而是一种"历史叙述"或称"历史修撰"（historiography）。从"历史"到"历史修撰"，关键的变化就是"历史"的"文本性"被突出了，或者换一个说法，就是原先一个大写的、单数的"历史"（history）被小写的、复数的历史（histories）取代了，放在人们面前的"历史"只是以"文本"形式存在的"历史"，"历史"即文本，它也就应该受制于文本阐述的所有规则。①在此观念下，林燿德不仅意图瓦解固有的文学史秩序，还有更大的"野心"，即"再参与"和创造"当代世界"，也就是他多次宣称的："我们书写当代，也创造当代。"②为了达到这个目标，要通过历史的碎片寻找历史寓言和文化象征，让那些在旧有的结构中被淹没的边缘者再度浮上水面，这一点符合林燿德趋向于新历史主义的史观精神。正如王岳川在解释新历史主义时指出的：新历史主义正是要透过对轶闻以及被埋没边缘者，"看其人性如何遭到权力的扭曲，看在权力和权威的历史网络中，创造性的心灵是以怎样的姿态去拆解正统，以怎样的否定和边缘的眼光，对当时的社会秩序加以质疑，又以如何的策略在文本和语境中将文学和文本重构为历史的课题，使得主体

---

① 盛宁.二十世纪美国文论[M].台北：淑馨出版社，1994：259-260.
② 林燿德，孟樊.总序：以当代视野书写八〇年代台湾文学史[M]// 林燿德，孟樊.世纪末偏航——八〇年代台湾文学论.台北：时报文化出版，1990：9.此外，他在与黄凡主编的《新世代小说大系》总序中亦提出过此说。

的精神扭曲和精神虚无成为自我身份的历史确证"①。历史正文化后,文学史的书写或探索便成为"发现"与"呈现"的问题。"文学史的洪波中,每一天脉络所以被'呈现'或'发现',以及如何'发现'与'呈现',和众多诗人的成长与消沉、思潮的辩证兴衰具有重要关联。"②在思潮辩证兴衰的背后,正是包裹着种种意识形态的诠释与判准。对过去意义的发掘成为对当代思想的启示。对以往已有定论或者尚未被挖掘出的断层重新改写,这当然也就造就不同而多元的文学史脉络。林燿德所"制造"的"此世代交替,已经完成了台湾文化史重新书写历史的自觉,也带出了台湾现代文学史的新的面貌"③。林燿德企求能够寻找一种历时与共时兼备的"整合式的文学史观"。

林燿德所谓"新史观"的构建,除了文学史的重写,还有庞大的经典选集的选编。林燿德曾经将年度文学选依照编者的立场分出两种类型:一种是纯文学的考虑,一种是文学外因素的考量。他认为:"两种类型的年度文学选,无论就一个多元社会的需要、法政哲学上相对主义的诉求以及整个文学史辩证的历史观来看,都是应该被时代与个别知识分子充分容忍与欣然接受的",从而主张所有的年度文学选都有不同位阶的存在价值。因此,致力于编纂各式大系的林燿德,当然期望借

---

① 王岳川.后殖民主义与新历史主义文论[M].济南:山东教育出版社,1999:159–160.
② 林燿德.双目合·视乃得——与余光中对话[M]// 林燿德.观念对话.台北:汉光文化事业公司,1989:110.
③ 刘纪蕙.林燿德现象与台湾文学史的后现代转折——从《时间龙》的虚拟暴力书写谈起.[EB/OL][2019–07–17].http://www.srcs.nctu.edu.tw/joyceliu/mworks/mw–taiwanlit/LinYiaoDe.htm.

由文学史的重写来建构新世代。他认为，"不管这些大系的编选集团采取的是笼统的连续性史观，或者向文学传统挑战的姿态"，只要能在史的面上面对相同的检验、品评，散文的版图都是大有可为的。林燿德指出，文学选集，特别是年度散文选集，可被视为台湾历史发展的重要现象之一，而后又被大系编选所取代。这些各有所本的文学选集，也凸显了以年度为切割单位的武断性，在反对者眼中也充满了偏见的眼神和不公的回声。林燿德在《八〇年代台湾都市文学》中提出："文学史，特别是在一种由读者决定论出发而非社会学所衍生的史观下，它的中心点在不同时代的转移、更替、凝聚或溃溃，也决定于中心点周边结构的改变，这种周边结构和中心点的区别，原本是一种未分化的无政府状态，造成区别的不单纯是作品本身的某些特质，而是批评家的品位。"① 他强调："文学史是由作品组织而成，而组织文学史应有优秀的'审美期待视野'抉择。任何内行的史家都应该明白，他们的责任正在于将'量化'的现象转变为品味的特质。"② 深让他不以为然的是各名家选集的"造神运动"。选出的"名家""大师"，随着决定者的品位而决定其地位。"量化"的现象，易于使文学史评价被所谓主流现象面所遮蔽，导致真正对文学发展有价值的创作和创造性思维被忽略，而后者常常潜藏在这些主流认知的现象面之下，能否被挖掘和发现则更多地仰赖批评

---

① 孟樊，林燿德.世纪末偏航——八〇年代台湾文学论[M].台北：时报出版公司，1990：367.

② 林燿德.传统之轴与前卫之轮——半世纪的台湾散文面目[J].联合文学，1995，11（12）：157.

家"品位的特质"。在《编辑年度文学选的游戏规则》中,他曾指出一个好的编选者需具备四个条件,其中最重要的就是"历史意识":编选者必须反复思索自己的工作对于文学史可能造成的影响,一部年度文学选的编者如果独具慧眼,在他的肯定下,很可能开拓一个崭新的文学时代,发掘出一批叱咤风云的文坛领袖;也可能在他的压抑下,而迟滞了文学的前进……①林燿德提醒到,我们必须认识到文学史本身的虚构性也相当深远。

林燿德对于散文的文学史书写也有相当的关注。他虽未曾深入细致地对散文展开系统研究,然而他为数不多的几次关涉散文的理论阐释却有其独特的意义。林燿德最重要的关于散文史的论述,是发表在《联合文学》1995 年 10 月号上的《传统之轴与前卫之轮——半世纪的台湾散文面目》一文。林燿德注意到散文中"传统的阴影"和"历史的负担",他指出,五四散文家林语堂、梁实秋等右翼文人赴台,使得"五四散文的直线递嬗得以在台湾衔接、传承",这几位大师的作品"在台湾成为衡估散文艺术的基础范本",遂使这一脉散文成为台湾散文主流,而"大师的阴影至少在七〇年代末期以前还如盖顶乌云笼罩在台湾散文创作者的天空上,这是一种海登·怀特(Hayden White)所说的'历史的负担'"。②

---

① 林燿德.编辑年度文学选的游戏规则[M]// 林燿德.不安海域.台北:师大书苑,1988:343.

② 林燿德.传统之轴与前卫之轮——半世纪的台湾散文面目[J].联合文学,1995,11(12):148.

(二)开启"前卫之轮"：散文的现代性史观重构

关于散文在台湾文学史上的位置,在林燿德看来:"台湾散文以源远流长的根茎为轴,又在前卫创新的'进化'驱力之下形成转动不已的轮轴,在台湾新文学体系中的重要地位,根本不让于现代小说与现代诗,较诸发展迟滞的现代戏剧犹有过之。"①这一论述对台湾散文界而言无疑是一针强心剂,它的影响在此后的散文史研究中渐渐彰显出来。同时,他更敏锐地看到,在因循前贤的表象下,台湾现代散文发展过程中其实一直涌动着一股变革的潜流,那就是被漠视的"现代性"倾向。林燿德明确指出:"追求现代性,一直是台湾现代散文发展过程中的一个巨大轴线"②,以此逐步构建他的现代性散文史观。

首先是对余光中和张秀亚等人的散文理论价值的现代性解读。林燿德关于余光中和张秀亚等人散文理论价值的解读影响深远。在台湾现代散文史上,从20世纪60年代起,余光中的"诗化"被视为散文"现代化"的必要程序。余光中提出一种着重于弹性、密度与质料的"诗化"技法作为"现代散文"理论的美学转移,从60年代至90年代及以后,此一理论亦逐渐壮大为论述霸权,在台湾文学场域的美学位置仍有可议的空间。他认为,正是这传统与现代的并行不悖,使台湾当代散文"既保有了散文此一文类主抒性灵、坚持个性的传统因素,又能以实验

---

①②　林燿德.传统之轴与前卫之轮——半世纪的台湾散文面目[J].联合文学,1995,11(12):148-157.

性、前卫性建构多元复合的崭新文体"①,甚或可以认为这一崭新文体已经超越五四传统,足以构建一种具有自身话语权的体制历史,即现代性(前现代—现代—后现代)的历史发展轴线。

其次是探视"都市散文"新走向的现代性视角。"都市散文"也是林燿德探视散文现代性走向的重要视角。他本人的都市散文写作也被郑明娳认为,"为散文开辟出一条新路","在中国散文史上(却)有革命性的意义"。②林燿德重论上海"新感觉派",认为"都市文学"的发展与成熟可分成三个阶段:上海的"新感觉派"(20世纪30年代)、纪弦的台湾"现代派"与《创世纪》掀起的"后期现代派运动"(五六十年代),以及他所提倡的新世代"都市文学"(80年代)。③林燿德都市文学三阶段论实际上是一种台湾文学史的重述,其重述的核心在于挖掘长期以来被文学史家所忽略的都市文学的发展脉络,即一条"前现代—现代—后现代"的历史脉络。

最后是引领了台湾散文史现代性叙述方向。蔡江珍指出,在台湾散文史论述的当代发展中,林燿德的理论贡献独具意义,其中尤其重要的是林燿德提出的观测台湾散文历史的"现代性"视角,不仅确立了台湾当代散文求新求变的现代文体品格,破除了长期主导台湾文坛的

---

① 林燿德.传统之轴与前卫之轮——半世纪的台湾散文面目[J].联合文学,1995,11(12):148-157.

② 孟樊,林燿德.世纪末偏航——八〇年代台湾文学论[M].台北:时报出版公司,1990:71.

③ 林燿德.都市:文学史变迁的新坐标[M]//重组的星空.台北:业强出版社,1991:199.

文类偏见，更对其后台湾散文史的书写方向起到引领作用。①蔡江珍认为，林燿德的散文史观不断影响甚或某种程度上引领了世纪之交的台湾散文史叙述方向。

刘纪蕙说："林燿德的文学史观自然是朝向并时性的多重文化系统与多元文本的掌握，面对同一时代矛盾现象的并存，而发展'文化诗学'或是'历史诗学'的概念。"②有学者认为，林燿德这样的多元文学史，其实是一种后现代主义的文学史建构——对于现代性的反思。正如林燿德所言："只要'当代'仍然是'当代'而不是'古代'，那么不同世代间的差异将会消除，而迈入同一宏观的世纪时空之中面对相同的检验、品评。未来的散文史也便会充满想象的空间和'重新洗牌'的趣味。"③

三、性别视域下的散文史观构建

20 世纪 90 年代以来，一些批评家致力于台湾女性文学研究，开始向传统经典发起挑战，挖掘女性文本，深入阐释女性散文的美学价值与文学史意义，性别视域开始进入台湾散文史叙事之中，从而打开了台湾散文史的性别论述空间。性别视域下的散文史观构建主要有以下

---

①　蔡江珍.林燿德散文论述的文学史意义——兼及台湾散文史书写的一些问题[J].闽江学院学报,2016,37(3):155.

②　刘纪蕙.林燿德现象与台湾文学史的后现代转折——从《时间龙》的虚拟暴力书写谈起[EB/OL][2019-07-17].http://www.srcs.nctu.edu.tw/joyceliu/mworks/mw-taiwanlit/LinYiaoDe.htm.

③　林燿德.传统之轴与前卫之轮——半世纪的台湾散文面目[J].联合文学,1995,11(12):157.

三个方面：

（一）台湾女性散文史观的构建，首要的问题就是厘清女性散文存在的历史

对女性散文存在历史的厘清主要包括三个方面：一是女性散文文本的挖掘整理。二是文学典律的生成方面。文学史里女性散文作家的地位如何？有多少女散文家的作品被视为经典？文学生产历史环境对女作家创作产生何种影响，是女性主义史观观察的重点。三是女性散文叙事形式、文学表达形式的发展与性别之间的关系及发展的探讨。如编选女性散文选集，借此展现台湾女散文家创作的风貌，如张瑞芬的《五十年来台湾女性散文（评论篇）》《台湾当代女性散文史论》，及何寄澎的《女性散文创作现象与台湾文学史的考察》，试图开拓台湾女性散文研究的空间，弥补目前文学史著在女性散文研究论述的阙如。

张瑞芬在台湾女性散文研究上质量均佳，她将研究成果整理成《五十年来台湾女性散文选文篇·上》《五十年来台湾女性散文选文篇·下》《五十年来台湾女性散文·评论篇》《台湾当代女性散文史论》等。张瑞芬指出："散文研究，本应该求整体性，本书之聚焦于女性作者与作品，其实正如范铭如在《众里寻她：台湾女性小说纵论》中所言，毋宁说是一种策略性阅读和阶段性工作。相对于男性，女性散文作家/作品的钩沉补佚与再评价都较为欠缺，因此透过选文工作，遍阅作品及评论，并借由撰写作家整体评论，试图建立文学判断与文学史定位。"张瑞芬的《台湾当代女性散文史论》是一本继彭瑞金的《台湾新文学运动四十

年》出版之后，针对台湾女性散文和社会发展的关系，为了更深入了解台湾女性散文发展，而写成的女性散文史论研究专著。张瑞芬主要透过"'女性'相对于男性的边缘"及"'散文'相对于诗或小说的边缘"①，尝试建立一种独特的文学史观。长期以来，散文研究的缺乏使得史家或文学评论家习惯性忽视此一文类，"女性"又增加了负面形象与解读。在讲求多元文化视野和差异性的当今，女性散文是建构台湾文学史时不可或缺的组成部分。研究女性散文文本，并非着眼于凸显它的优越性，而是一种策略性阅读与阶段性任务，"女性散文"的研究应是台湾的，同时也是女性的，持集两种属性于一体的独特史观。

（二）台湾当代女性散文史观的构建开辟了女性散文研究新的批评视野，
　　也促成了重写散文史的契机

　　《台湾文学史长编》丛书的第 15 辑中的王钰婷的《女声合唱——战后台湾女性作家群的崛起》于 2012 年由台湾文学馆出版。张瑞芬《当代台湾女性散文史论》时间跨越近半世纪（1949—2005），书中评论五十位具有代表性的女性作家，由其成果足以窥探台湾半个世纪以来女性散文书写的世代流变和差异。该书中有关女性散文史的篇章，是以某几位同时期的女散文家的作品为一章加以论述，分七章。该书从

---

① 在 2002 年 11 月《文讯》刊发的《被边缘化的台湾当代女性散文研究》一文中，张瑞芬曾经指出，"台湾"（相对于大陆）、"当代"（相对于古典）、"女性"（相对于男性）、"散文"（相对于小说、诗）的弱势，使相关研究多年来处于学院（尤其是中文系）的四重边缘，台湾女性散文的研究更是处于边缘中的边缘。

20 世纪 50 年代女性散文的背景与价值、60 年代现代主义对散文创作的冲击、70 年代乡土派与古典派散文的分流、"张爱玲旋风"在 80 年代产生的散文支流,以及女性散文的发展与流变,论述了现代散文的义界、大陆与台湾现代散文史的范畴分界。书中评述多位女作家在台湾文学史中不可或缺的位置,其中详论了张秀亚的抒情美文及其文学史意义,以及喻丽清、吕大明的继承,开启了一个文坛谱系的讨论空间,呈现台湾女性散文的诸项议题,为台湾文学与散文研究领域开启了另一视窗。第七章"张爱玲散文谱系"虽谈及张爱玲对八九十年代台湾女性散文的影响,却也只是罗列女作家的姓名,尚无深入的评论,对八九十年代女性散文书写也没有一全面性深入论述,不能不说是一种遗憾。邱贵芬认为张瑞芬这部著作虽名为"史论",按理应标示某种"史观",但除了为女性散文研究在一般文学史著里未得到充分照应而抱屈,强调女性散文研究的重要性之外,作者并未展现具体的史观和"女性散文"特有的研究方法。①值得肯定的是,张瑞芬的这部著作探讨 60 年代某些女性散文创作和现代主义的关联,以及"乡土派"女性散文的重要作家,让我们隐约看到台湾女性散文史的断代分期并非不可行。

(三)台湾女性散文史观的开展,另一层意义是与女性小说或女性诗的书写现象与美学策略相对应

　　这一层面研究的具体做法,仍是从最基础的文本整理与诠释入手,

---

① 邱贵芬.评张瑞芬《台湾当代女性散文史论》[J].女学学志:妇女与性别研究.2007(24):198.

对个人或同一时代、主题的评论深耕，聚树成林，发展出"具历史性的在地化台湾女性散文批评"，以作为台湾现代散文史或文学史的稳固基石。许佩馨的《五〇年代的迁台女作家散文研究》，论述 20 世纪 50 年代的迁台女作家群起于战后台湾文坛的背景，分析她们的创作呈现出高度同质性的原因与特色，以及她们与五四美文传统的脉络沿袭、重要的历史位置和历史意义。许佩馨强调性别的自主性与独特性，将战后第一代女性散文家定位成与官方霸权立场不同调的异质声音，评论观点如下：

其一，凸显女性性别位置，指出相较于男作家与官方体制和"国族"叙事缝合的一面，女作家则呈现出与官方文艺政策相抗衡与角力的面向。

其二，认为不同于男性文人故土观念于中原，女作家在"家台湾"的实际书写中，融合台湾精神，重建心灵之原乡。此一评论立场，有反转传统文学位阶的论述策略，旨在打破 20 世纪 50 年代以"反共"为主流的单一史观，重申女作家的性别差异，从中可以瞥见散文界的重要女性评论家如何为发展一套异于"反共"主流政策的女性散文、书写美学而努力，她们同时也试图为 50 年代女性散文的时代意义与特殊性进行定义。

女性看世界与历史，与男性并不相同。范铭如认为男性读者往往隐含性别、文化与意识形态的偏见，而无法欣赏女作家的独特经验，其更透过八九十年代女性作家笔下最为人质疑的爱情与两性议题来为女作家作品进行辩护。女性在台湾当代散文中所传达的讯息与使用的技巧是多元的、非主流的、有想象空间的、跨文类的,对台湾文学史的突破可谓极为明显。

历史存在于言说与书写的意图中,人们总是选择自己认同的、被阐释的历史。探讨散文史的历史发展脉络,是一个头绪繁多、内涵庞杂的任务。台湾现代散文史的重构,首先要厘清三个基本问题:如何界定台湾现代散文?如何看待台湾现代散文的发展?如何构建台湾现代散文史观?这是三个看似简单而实际上极其复杂的命题。如何界定台湾现代散文?这是进行散文史书写,建立散文史观的基本立足点。如何看待台湾现代散文的发展?即撰写者持什么样的台湾散文发展观,其至少必须注意到三个历史轴面的重要切入点,这三个历史轴面分别是五四运动的白话文革命、日据时期台湾现代散文观念与类型论述,以及台湾在 60 年代受到外部主导性力量影响而出现的现代主义美学意识。这三个历史轴面作用于散文,经历了阶段性、大规模的体式演变,包括从传统古典散文到白话文散文,以及白话文散文到现代散文等影响深远的形式裂变。

其三,丰富多样的台湾散文史观构建,不仅与社会群体或环境息息相关,书写者所持角度与意识形态亦主导着相关文学史的书写或重建。文学史的撰写涉及作品的评价、作家的定位……乃至文学活动因果关系的解释,这些都由相应文学史撰写者采取何种史观,即撰写者的发言位置、研究取向等所决定。拥有不同的史观,自然会写出不同的文学史。这提醒我们,历史的撰写乃是一种历史编纂学。

综上所述,文学史的编写体例和方式必然是多种多样的,没有"一部"文学史,只有先后或同时并存的文学史。正如怀特所言:"一个历史学家只需要转变他的观点或改变他的视角的范围,就可以把一个悲剧境遇转换成一个喜剧境遇。"①如上文所述,不同的时代有不同的散文史观建构,因此,不同散文史的写作也在一定程度上是一个时代文学观念和文艺思潮的折射。台湾现代散文史写作的多样化,也是研究者观照视角和研究方法多样化的体现。综览多种关于台湾散文史的书写著作,会发现它们均不同程度地存在着各自的缺陷。在不同的历史发展主轴下,台湾文学的混融性格与多元诠释,仍然是当代散文史撰写者关注的议题。台湾散文史的撰写确是一个挑战。文学典律的重审与文化自我的多重履勘,已然成为这个时代更需要面对与持续重视的课题。摒弃党派立场和政治阵营,才能看清文学传承与超越的关系,也才更有可能寻找到台湾散文真正的独特性所在。

---

① ［美］海登·怀特.作为文学虚构的历史文本［M］//张京媛主编.新历史主义与文学批评.北京:北京大学出版社,1993:165.

结　语

　　台湾当代散文批评在发展过程中涌现的诸多观念，寻根溯源，更多来自中国古代传统文论，同时也不可避免受到了西方文论的影响，或产生继承与接受二者兼有的融合与交汇，甚至"杂处"与"共生"，给台湾当代散文批评带来了丰富又芜杂的状态。在不同的历史发展主轴下，台湾当代散文在文类精神和文类形式上逐渐打破原有的创作模式，相对于台湾多元散文题材的勃发，多元的散文批评也大量诞生。本书绪论中已经提及，要完成大部分散文观念的历史创生与构建的厘清和梳理任务，显然不是一时一文可济。本书在对台湾当代散文批评的总体概况、发展演变、取得的成就和存在的问题予以精心梳理、辩证分析和综合阐发的基础上，凝聚中心议题，择取台湾当代散文批评发展中学界关注较少却具有研究价值和意义的四个关键命题进行系统阐述。笔者透过对每个命题在历史情境中种种话语形态的厘清和细读，在观念与历史、普遍性和个性相结合等方法论基础上，爬梳台湾当代散文与台湾文学的特殊生产情境的复杂纠缠、散文批评与文本实践的同生共长，并以此反观台湾当代散文批评的发生与理论建构。

台湾散文"出位"之辩是当代台湾散文批评界聚焦最多、争鸣时间最长的一个理论议题。散文"出位"说触碰到散文研究传统的棘手难题,即散文文类概念的边缘含混、书写模式的多元混杂、文类边界的模糊不清和文类核心的不断消解这些根本性的症结,这些问题在观点迥异的批评家笔下,历久不衰地被争辩着。厘清这个论题,是进一步开展台湾当代散文批评研究的重要突破口。透过对台湾当代以来有关散文"出位"论说及发展作爬梳与检讨,本书认为,经过一个世纪的生成与发展,现代散文仍处于未完成的探索状态。文随代变,散文本无"定位",亦无"定体",而试图讨论散文"出位",必然导致探讨焦点模糊不清、难以自圆其说,甚至陷入散文"出位""虚位"或"归位"之辩的窠臼里纠缠不清,趑趄不前。当代以来,台湾散文从跨/次文类到破文类的文体"出位",从真实到虚构的文心"出位",从"破体"趋向"文体归元"等理论争鸣,探索当代台湾散文艺术变革,带来了散文精神和散文理论的新诠释,重塑了台湾当代散文的文类形式和精神。台湾当代散文在诸多争议与问题中生长,在变化与流动中寻找秩序。它始终绕不开的矛盾是:散文只有"变",即不断地破体出位,才能有效突破文类发展的僵局,保持文体的生机和活力;但如果没有"常"(即散文的文类核心)作为基础而缺少内规外矩的基本认同,又将使散文在不同思潮的激荡和随之而来的"出位"中失去重心,那么"变"就会走向消亡。这种文类走向形成的悖论,无疑使散文作者与批评家常常陷入焦虑与矛盾之中。散文的文体归元,对受困于散文文类焦虑与迷思的作者和批评家而言,是一剂对症良药。但摒除"文类"这个参照坐标,全面回归文本后，又该如何重建、整合，以建构新的散文观念？这个问题仍将是台湾当代散文持续被关注和讨论的议题。

20 世纪西方思想文化界的空间转向和空间批评理论，带动文学的空间问题成为 20 世纪中叶文化中主要的美学问题，也为散文批评空间意识的生发提供了现实基础和学理依据。台湾当代散文与空间相互生产，衍生出各种空间书写形态，呈现各种空间意涵，为散文批评空间意识的生成提供了研究动能和实践资源。这种空间意识的生发，带动了散文批评空间维度的建构。一是台湾当代都市散文的空间诗学建构，体现了"空间正文观""四度空间观"等空间视野；呈现了多棱镜晶体结构和蒙太奇式的空间叙事形式，揭示了丰富的空间叙事功能。二是梳理当代散文批评对散文中的性别空间书写与女性主体性建构的关注和阐述，探讨散文文本中如女儿房、新房、厨房、书房、旅行（空间越界）等空间形态及彼此之间的关系来勾勒女性突破家庭空间的性别建构，继而进入社会空间，最终回归自我的心路历程，并在这种勾勒中潜在地寄寓着对女性生存空间的批判，对理想生存空间的期待和对女性主体重构的设想和努力。三是散文批评透过对都市生活空间、家宅生活空间和童年生活空间等书写中不同空间文化表征的阐释，发掘与重构日常生活空间的深刻意义。

以"空间"作为散文讨论的范畴，是一个既充满诱惑又极具挑战性的理论视域，而对散文与空间的理论思考亦然。这一方面牵涉许多不同散文题材类型的批评，无论是都市文学、旅行文学、原乡书写、自然书写还是地方感书写等，都是散文批评空间转向中值得深拓的领域，我们不可能在有限的篇幅对每一种题材类型的散文批评都进行周全的探究；另一方面，散文空间批评的议题经纬万端，虽然本书勉强归纳了都市散文空间诗学的建构、散文性别空间书写与女性主体性建构和散文对日常生活空间的发掘与重构三个议题，但各个区块之间彼此相互影响，更增添了讨论上的复杂度。空间是一个多重杂糅、交错并置、复杂丰富的问题，关于空间的理论探索各具特色，也充满矛盾冲突。目前，台湾当代散文空间批评尚处于探索阶段，尚未有清醒的理论构建自觉，也尚未构成一定的理论体系。但散文批评空间维度的建构无疑为散文研究提供了一个崭新的视域和新的研究范式，丰富了台湾当代散文批评的研究成果。

一是成就了台湾当代散文批评的丰富性与多样性。近年来，空间与文本之间的关系引起越来越多的关注和不同角度的讨论，这对拥有复杂多元的地缘政治和空间结构的台湾文学来说，不啻是个积极的发展。散文的空间批评旨在以"空间"作为观察的向度，还原作家的空间建构过程及其意义，探寻散文如何与空间互为正文。

二是探索了台湾当代散文批评的开放性与融合性。空间理论一开始就是由不同领域学者从不同角度构建的一套多元而丰富的理论系统，其发展也是朝向不断与其他学科整合的趋势。文学空间批评也是各种殊名异义的空间批评的合集，每一种文学空间批评都有其理论范畴、适用范围和局限性。散文批评的空间建构，势必也要在与其他学科对话、互动与整合的同时思考自身核心的研究领域。散文的空间批评才走出万里长征的第一步，更进一步的探究期待于来日，并有待于后来者。

　　"杂语化"散文批评是一个还未被散文批评界给予足够重视并上升到理论系统梳理的论题。"诗化"和"杂语化"表征着台湾当代散文两种不同的叙事姿态，并在这两种不同的叙事姿态生成的文本中，形成了两种不同的语境。可喜的是，台湾当代散文批评，除了"诗化"散文批评恒常处于建构中，"杂语化"散文批评的话语空间也在不断拓展。这种具有"文体功能介入性、社会对话性和声音多样性"的"杂语化"散文从过去到现代都是中国散文的重要传统。政治的介入、作家的逃避和典律的形构，造成了 20 世纪 50 至 70 年代"杂语化"散文被隐匿于"诗化"体散文里。在经历了 60 年代现代主义的提倡、70 年代参与和介入散文观的形塑、80 年代"多元"论述的建构和 90 年代主题知性散文的蔚为风潮四个阶段后，"杂语化"散文才再次浮出历史的话语地表，形成了一种有别于以往以抒情散文为宗的"一言堂"现象，转为众声喧哗的"异言堂"局面。随着散文的发展出现明显的质变，诸如关怀台湾政治文化、土地伦理与自然书写、社会边缘性议题的书写，也开始持续被文坛及学术界所聚焦及讨论。研究的焦点主要集中在"杂语化"抒情散文、社会批评散文、自然生态散文和旅行书写散文等的批评研究上，并取得了一定的研究成果。散文的自我独白式的抒情书写与参与介入社会的知性书写，不仅不相互排斥，而且小我之情和时代之感也往往具有互补作用。"诗化"与"杂语化"不仅代表台湾当代散文批评不同的话语特质，也代表有关散文的两种不同美学观点和价值判断。

　　在本书的最后一章，我认为有必要对台湾当代散文史的书写研究做爬梳,我想,要进一步研究台湾当代散文批评,这些陈述,或许有一定的意义。文学史观构建与文学史书写可以说是一个永恒的话题。台湾文学的多重复杂性和异质性,使台湾文学的研究历来充满了矛盾与争议。这种分歧也从对作家和作品的不同评价延伸到了对文学史的整体看法上,出现了关于文学史的观念对立,作为文学史构成成分的散文史自然也不例外。本章梳理了台湾当代散文史书写概况,这方面虽无专史出版,仍有一般文学史的相关历史论述,或自成一类的散文史论,或散落于单篇的散文史理论思考。此外,各类散文选集具有"档案全集""典律形塑"是"史的构建"的功用,亦构成对散文史的多元诠释。本书最后阐述了台湾当代学者从作家谱系学、现代性视角、"台湾文学主体性"的散文史观等丰富多元的视域构建了多元的台湾散文史观。拥有不同的史观,自然会写出不同的散文史。台湾当代散文史书写的多样化,更有利于学术研究的争鸣、繁荣。文学典律的重审与文化自我的多重履勘,已然成为这个时代更需要面对与持续重视的课题。摒弃党派立场和政治阵营,才能看清文学传承与超越的关系,才更有可能寻找到台湾散文的真正独特性所在,这也应该是台湾当代散文批评努力的方向。

行文至此,再回到本书绪论提出的问题:"在台湾当代社会文化嬗变的过程中,作品量与接受度都比小说、现代诗高的散文,能不能在以小说、现代诗为中心的文学史观外,展现其相应于社会与时代演进的独特言说? 台湾当代散文批评是否完成了文类秩序的重建? 能否作为一个环节体现中国散文批评传统的延续? "本书始终关注以上问题,并在梳理台湾当代散文批评的过程中对这些问题的答案进行积极思考。可以认为，台湾当代散文批评最大的历史贡献，在于其使散文批评从相对封闭的自我循环走向相对开放的他者对话，从而不断拓展散文批评发展新的可能。

首先，打通了海峡两岸的地域间隔，将中国现当代散文凝聚成一个有意义的整体。从文化发展变迁的视角来看，传统可以生长出现代性，现代性自然也会发展成为一种新的传统。台湾当代散文批评，不管是对散文"出位"的理论探索、对散文空间诗学的建构，还是对"杂语化"散文批评话语空间的拓展，抑或对台湾现代散文史的书写与散文史观的构建，都体现了其在特殊的历史脉络下对中国源远流长的散文批评传统的不断回望、呼应和发展，进而构建出台湾当代散文批评新的传统。

其次，打通了文学与哲学、社会历史学、文化地理学等学科的疆界，拓展了散文批评的话语空间，成就了散文批评的丰富性和开放性。台湾当代散文批评虽然尚未完成对散文象征体系和文类秩序的重建，但已充分展现其相应于社会与时代演进的独特言说。其突破传统散文批评的诠释典范，越界跨域，将文学与人类生活中的哲学、历史、政治、文化、环境等衔接起来，帮助我们从各种角度来认识文学。文学与非文学的学科对话、相互运用，打破了散文批评长期以来在文体研究里自我循环的格局，台湾当代散文批评获得了理论资源上的多重参考，进入一个全新的境界，成为中国当代散文批评一道独特的风景。

台湾当代散文批评至今还未建立一个相对完整的体系，一些概念、术语众说纷纭，难达共识，这是一个极其寻常的现象，也正因为如此，它更有建构的可能。散文批评的发展，其自身是一个流动的过程，必然跟随着时代的发展而不断变化、丰富、完善，也将会出现新的特征，提出新的要求。新兴的散文批评领域有许多待厘清的概念、待表述的方法论和待开发的研究视野。散文批评也应当引入更加多元、开放的研究方法。因此，在一个较具秩序的批评体系尚未建立之前，所有的批评和理论都还在建构之中。从"纵的继承"与"横的移植"、"古典传统"与"现代经验"、"散文本体"与"越界跨域"的良性互动中，一方面汲取养分，一方面建构系统，是台湾当代散文批评在现阶段努力的方向。

实际投入台湾当代散文批评的梳理和观省时，我已深感散文批评的研究确实是一条险径。面对散文，理论与文本之间产生的鸿沟，远比新诗或小说来得巨大而难以跨越，这也使得诠释这个复杂、多元、混融的台湾当代散文批评挑战性更高。当代散文批评的研究遭逢了许多问题，最明显的问题是，散文批评研究的缺乏，使研究者无法像其他诸如诗歌、小说批评领域已经拥有许多巨人的肩膀而导致后来者望而却步，相较之下，研究成果因缺乏而更加缺乏。立足当代，梳理、剖析、论证、总结和反思台湾当代散文批评的内涵、得失和流向，从而提供台湾当代散文批评的基本面貌和特征，对当代散文批评研究，以及对当代散文创作、促进散文文体建设和发展，都有启示意义。本书是在前人开拓的成果之上，试图将台湾当代散文批评涌现出的新话语、新维度勾勒得更为系统、更为清晰，并将关注的范畴再予以扩大。本书各章论述主题所涵盖的面向都相当广泛，如关于散文"出位"之思论述涵盖的时间长，内容涉及现代散文概念的界说、现代散文的发展变化、跨文类研究等，每个章节的主题在论述中有些论点难以全面顾及，有些内容显得较为粗略，未能深入，是为遗憾。若说本书对台湾当代散文批评研究能有什么贡献的话，那或许在于促进学界对于"台湾当代散文批评"的了解与认知，巩固基础的研究知识，让愿意投身相关领域的研究者也能有一个小小的阶梯。在摸索的过程之中，遗漏及未能尽善之处在所难免，有待后续研究予以补足与修正。

参考文献

一、专　著

（一）国内专著

[1]毕恒达.空间就是性别[M].台北:心灵工坊,2004.

[2]毕恒达.寻找空间的女人[M].台北:张老师文化事业股份有限公司,1996.

[3]陈伯轩.文本多维:台湾当代散文的空间意识及其书写型态[M].台北:秀威资讯科技股份有限公司,2010.

[4]陈剑晖.诗性想象——百年散文理论体系与文化话语建构[M].广州:广东人民出版社,2014.

[5]陈少廷.台湾新文学运动简史[M].台北:联经出版,1977.

[6]陈室如.相遇与对话——台湾现代旅行文学[M].李瑞腾主编.台湾文学史长编28.台南:台湾文学馆,2013.

[7]陈信元.中国现代散文初探[M].丰原:台中县立文化中心,1990.

[8]陈亚丽.散文批评三十年[M].武汉:武汉出版社,2015.

[9]陈亚丽.文化的截屏——现代散文面面观[M].广州:广东人民出版社,2017.

[10]丁晓原.精神的表情——现代散文论[M].广州:广东人民出版社,2017.

[11]杜十三.爱情笔记——杜十三散文选[M].北京:中国友谊出版社,1994.

[12]杜十三.人间笔记[M].台北:时报文化出版社,1984.

[13]范铭如.文学地理:台湾小说的空间阅读[M].台北:麦田城邦文化出版,2008.

[14]范培松.中国散文批评史[M].南京:江苏教育出版社,2000.

[15]方忠.台湾散文纵横论[M].南京:江苏教育出版社,2008.

[16]方梓.第四个房间[M].台北:健行文化,1999.

[17]方祖燊.散文创作鉴赏与批评[M].台北:"中央"文物供应社,1983.

[18]辜也平.多维牵掣下的苦心雕镂[M].北京:人民出版社,2015.

[19]古继堂.台湾新文学理论批评史[M].沈阳:春风文艺出版社,1993.

[20]古远清.台湾当代文学理论批评史[M].武汉:武汉出版社,1994.

[21]韩韩,马以工.我们只有一个地球[M].台北:九歌出版社,1983.

[22]何寄澎.当代台湾文学评论大系:散文批评卷[M].台北:正中

书局,1993.

[23]何寄澎.永远的搜索——台湾散文跨世纪观省录[M].台北:联经出版,2014.

[24]洪富连.当代主题散文研究[M].高雄:复文图书出版社,1998.

[25]洪子诚.中国当代文学史[M].北京:北京大学出版社,2007.

[26]黄科安.叩问美文——外国散文译介与中国散文的现代性转型[M].北京:北京大学出版社,2013.

[27]季薇.散文的艺术[M].台北:学生书局,1975.

[28]季薇.散文点线面[M].台北:立志出版社,1969.

[29]季薇.散文研究[M].台北:益智书局,1966.

[30]简义明.寂静之声——当代台湾自然书写的形成与发展(1979—2013)[M].李瑞腾主编.台湾文学长编 26.台南:台湾文学馆,2013.

[31]简媜.胭脂盆地[M].北京:九州出版社,2014.

[32]焦桐.台湾饮食文选Ⅱ[M].台北:二鱼文化事业有限公司,2006.

[33]李瑞腾.评论 30 家:台湾文学三十年菁英选(1978—2008)[M].台北:九歌出版社,2008.

[34]李瑞腾.中华现代文学大系(二)·台湾一九八九—二〇〇三(评论卷)[M].台北:九歌出版社,2003.

[35]李瑞腾.中华现代文学大系·一九七〇——一九八九(评论卷)[M].台北:九歌出版社,1989.

[36]李素伯.小品文研究[M].北京:新中国书局,1932.

[37]李晓虹.中国当代散文审美构建[M].深圳:海天出版社,1997.

[38]亮轩.从散文解读人生[M].台北:台湾新生报出版部,1994.

[39]廖炳惠.关键词200[M].台北:城邦文化事业股份有限公司,2003.

[40]林淇瀁.照见人间不平:台湾报导文学史论[M].李瑞腾主编.台湾文学长编23.台南:台湾文学馆,2013.

[41]林强.台湾当代散文空间诗学研究——以台北为中心[M].北京:人民出版社,2017.

[42]林双不.散文运动场[M].台北:兰亭书店,1983.

[43]林燿德.不安海域[M].台北:师大书苑,1988.

[44]林燿德.观念对话:当代诗言谈录[M].台北:汉光文化事业公司,1989.

[45]林燿德.一九四九以后[M].台北:尔雅出版社,1986.

[46]刘大杰.中国文学发展史[M].台北:华正书局,1975.

[47]刘登翰.跨域与越界[M].北京:人民出版社,2016年.

[48]刘小新.阐释台湾的焦虑[M].台北:人间出版社,2012.

[49]刘小新,朱立立.两岸文学与文化论集[M].镇江:江苏大学出版社,2013.

[50]鹿忆鹿.走看台湾九〇年代的散文[M].台北:学生书局,1998.

[51]吕正惠.战后台湾文学经验[M].台北:新地出版社,1992.

[52]梅逊.梅逊谈文学[M].台北:尔雅出版社,2012.

[53]梅逊.散文欣赏[M].台北:大江出版社,一集(1969)、二集

（1970）.

[54]孟樊,林燿德.世纪末偏航——八〇年代台湾文学论[M].台北:时报文化出版,1990.

[55]孟樊.文学史如何可能——台湾新文学史论[M].台北:扬智文化事业股份有限公司出版,2006.

[56]南帆.无名的能量[M].北京:人民文学出版社,2012.

[57]倪梁康.胡塞尔现象学概念通释[M].北京:生活·读书·新知三联书店,1999.

[58]倪梁康.胡塞尔选集[M].上海:上海三联书店,1997.

[59]彭瑞金.台湾新文学运动四十年[M].高雄:春晖出版社,1997.

[60]钱钟书.管锥编第三册[M].北京:中华书局,1979.

[61]邱燮友,方祖燊.散文结构[M].台北:兰台书局,1970.

[62]沈谦.独步散文国——现代散文评析[M].台北:读册文化事业有限公司,2002.

[63]孙绍振.审美、审丑与审智——百年散文理论探微与经典重读[M].广州:广东人民出版社,2014.

[64]腾永文.中国当代散文批评艺术的历史观照[M].北京:光明日报出版社,2017.

[65]汪文顶.无声的河流——现代散文论集[M].上海:远东出版社,2003.

[66]汪文顶.现代散文学初探[M].北京:人民出版社,2014.

[67]王鼎钧.文学种籽[M].台北:尔雅出版社,2003.

[68]王鼎钧.左心房漩涡[M].台北:尔雅出版社,1988.

[69]王岳川.后殖民主义与新历史主义文论[M].济南:山东教育出版社,1999.

[70]王兆胜.新时期散文的发展向度[M].广州:广东人民出版社,2018.

[71]王志弘.性别化流动的政治与诗学[M].台北:田园城市文化事业有限公司,2000.

[72]吴明益.以书写解放自然(1980—2002)1:台湾自然书写的探索[M].台北:大安出版社,2004.

[73]吴明益.以书写解放自然(1980—2002)2:台湾现代自然书写的作家论[M].新北:夏日出版社,2012.

[74]吴明益.以书写解放自然(1980—2002)3:自然之心——从自然书写到生态批评[M].新北:夏日出版社,2012.

[75]吴宁.日常生活批判——列斐伏尔哲学思想研究[M].北京:人民出版社,2007.

[76]吴周文.散文审美与学理性阐释[M].广州:广东人民出版社,2016.

[77]谢纳.空间生产与文化表征——空间转向视域中的文学研究[M].北京:中国人民大学出版社,2010.

[78]痖弦.散文的创造[M].台北:联经出版,1994.

[79]阎嘉主编.文学理论精粹读本[M].北京:中国人民大学出版社,2006.

［80］杨昌年.现代散文新风貌［M］.台北:东大图书股份有限公司,1998.

［81］杨牧.年轮［M］.台北:洪范书店,1982.

［82］杨牧.失去的乐土［M］.台北:洪范书店,2002.

［83］杨牧.文学的源流［M］.台北:洪范书店,1984.

［84］杨牧.现代中国散文选Ⅰ［M］.台北:洪范书店,1981.

［85］姚春树.中国现代杂文散文杂论［M］.北京:人民出版社,2014.

［86］姚春树.中外杂文散文综论［M］.福州:福建教育出版社,1997.

［87］隐地.荡着秋千喝咖啡［M］.台北:尔雅出版社,1998.

［88］应凤凰.漫游与独舞:九〇年代台湾女性散文论集［M］.台北:秀威资讯科技股份有限公司,2007.

［89］游唤.古典散文与现代散文(古典文学第五集)［M］.台北:学生书局,1983.

［90］余光中.分水岭上［M］.台北:九歌出版社,2009.

［91］俞元桂.中国现代散文理论［M］.南宁:广西人民出版社,1983.

［92］袁勇麟.当代汉语散文流变论［M］.上海:三联书店,2002.

［93］张春荣.现代散文广角镜［M］.台北.尔雅出版社,2001.

［94］张汉良.比较文学理论与实践［M］.台北:东大图书公司,2004.

［95］张清芳,陈爱强.台湾当代散文艺术流变史［M］.北京:人民出版社,2011.

［96］张瑞芬.春风梦田——台湾当代文学评论集［M］.台北:尔雅出版社,2011.

[97]张瑞芬.荷塘雨声——当代文学评论[M].台北:尔雅出版社, 2013.

[98]张瑞芬.狩猎月光:当代文学及散文论评[M].台北:联合文学 出版社,2007.

[99]张瑞芬.台湾当代女性散文史论[M].台北:麦田出版社,2007.

[100]张瑞芬.未竟的探访:瞭望文学新版图[M].台北:麦田出版 社,2002.

[101]张瑞芬.五十年来台湾女性散文·评论卷[M].台北:麦田出 版社,2006.

[102]张瑞芬.鸢尾盛开——文学评论与作家印象[M].台北:联合 文学出版社,2009.

[103]张堂锜.个人的声音——抒情审美意识与中国现代作家[M]. 台北:文史哲出版社,2011.

[104]张堂锜.跨越边界——现代散文的裂变与演化[M].台北:文 讯,1999.

[105]张堂锜.跨越边界——现代中文文学研究论丛[M].台北:文 史哲出版社,2002.

[106]张晓风.中华现代文学大系(二):台湾 1989-2003·散文卷 [M].台北:九歌出版社,1989.

[107]张晓风.中华现代文学大系(二)·台湾一九八九—二〇〇三 (散文卷)[M].台北:九歌出版社,2003.

[108]张雪茵.散文写作与欣赏[M].台北:学生书局,1977.

[109]郑家建.藏在纸背的眺望[M].福州:福建海峡文艺出版社,
2013.

[110]郑明娳.当代台湾都市文学论[M].台北:时报文化出版,
1995.

[111]郑明娳.当代台湾文学评论大系[M].台北:正中书局,2000.

[112]郑明娳,林燿德.时代之风——当代文学入门[M].台北:幼
狮文化公司,1991.

[113]郑明娳.现代散文构成论[M].台北:大安出版社,1989.

[114]郑明娳.现代散文类型论[M].台北:大安出版社,1987.

[115]郑明娳.现代散文理论垫脚石[M].广州:广东人民出版社,
2016.

[116]郑明娳.现代散文[M].台北:三民书局,1999.

[117]郑明娳.现代散文现象论[M].台北:大安出版社,1992.

[118]郑明娳.现代散文欣赏[M].台北:东大图书公司,1978.

[119]郑明娳.现代散文纵横论[M].台北:大安出版社,1986.

[120]郑明娳.现代小品[M].台北:五南图书出版社2004.

[121]郑毓瑜.文本风景:自我与空间的相互定义[M].台北:麦田
出版社,2005.

[122]钟怡雯.垂钓睡眠[M].台北:九歌出版社,1998.

[123]钟怡雯.后土绘测:当代散文论Ⅱ[M].台北:联经出版,2016.

[124]钟怡雯.经典的误读与定位:华文文学专题研究[M].台北:
万卷楼图书有限公司,2009.

[125]钟怡雯.无尽的追寻:当代散文的诠释与批评[M].台北:联合文学出版社,2004.

[126]钟怡雯.亚洲华文散文的中国图像[M].台北:万卷楼图书有限公司,2001.

[127]周芬伶.花房之歌[M].台北:九歌出版社,1989.

[128]周芬伶.散文课[M].台北:九歌出版社,2014.

[129]周振甫.文章例话卷二:写作编二[M].台北:五南图书出版社,1994.

[130]朱双一.台湾文学创作思潮简史[M].北京:九州出版社,2010.

[131]朱双一,张羽.海峡两岸新文学思潮的渊源和比较[M].厦门:厦门大学出版社,2006.

[132]子敏.爱喝咖啡的人[M].台北:尔雅出版社,1992.

(二)国外专著

[1][英]安东尼·纪登斯.现代性与自我认同[M].赵旭东,方文译.上海:三联书店,1998.

[2][苏联]巴赫金.巴赫金全集(第三卷)[M].白春仁、晓河译.石家庄:河北教育出版社,1998.

[3][英]本·海默尔.日常生活与文化理论导论[M].王志宏译.北京:商务印书馆,2008.

[4][德]海德格尔.存在与时间[M].陈嘉映,王庆节译.北京:商务

印书馆,2018.

　　[5][法]亨利·列斐伏尔.空间的生产[M].毛林林译.北京:北京师范大学出版社,2013.

　　[6][法]加斯东·巴什拉.空间的诗学[M].张逸婧译.上海:译文出版社,2009.

　　[7][法]加斯东·巴什拉.梦想的诗学[M].刘自强译.北京:三联书店,1996.

　　[8][美]克莱尔·库伯·马库斯.家屋:自我的一面镜子[M].徐诗思译.台北:张老师文化事业股份有限公司,2000.

　　[9][意]克罗齐.美学原理:美学纲要[M].朱光潜译.北京:外国文学出版社,1983.

　　[10][美]琳达·麦道威尔.性别、认同与地方——女性主义地理学概说[M].王志弘,徐苔玲译.台北:群学出版有限公司,2006.

　　[11][匈]卢卡奇.关于社会存在的本体论[M].白锡堃等译.重庆:重庆出版社,1993.

　　[12][匈]卢卡奇.审美特性[M].徐恒醇译.北京:中国社会科学出版社,1986.

　　[13][英]迈克·克朗.文化地理学[M].杨淑华,宋慧敏译.南京:南京大学出版社,2005.

　　[14][法]莫里斯·布朗肖.文学空间[M].顾嘉琛译.北京:商务印书馆,2003.

　　[15][美]乔治·雷可夫,马克·约翰逊.我们赖以生存的譬喻[M].

周世箴译.台北:联经出版,2006.

［16］［法］让－保罗·萨特.萨特文学论文集［M］.施康强等译.合肥:安徽文艺出版社,1998.

［17］［美］韦勒克·沃伦.文学理论［M］.刘象愚等译.上海:三联书店,1984.

［18］［法］雅克·德里达.文学行动.赵国兴等译［M］.北京:中国社会科学出版社,1998.

［19］［美］约瑟夫·弗兰克.现代小说的空间形式［M］.秦林芳译.北京:北京大学出版社,1991.

二、报刊论文

［1］蔡江珍.林燿德散文论述的文学史意义——兼及台湾散文史书写的一些问题［J］.闽江学院学报,2016,37(3):92-98.

［2］蔡江珍.台湾当代散文现象及文体理论的衍变［J］.东吴学术,2018(1):12-23.

［3］蔡玫姿.幸福空间,区隔女人,才女禁区——初论1960年后厨房空间的性别议题［J］.东海中文学报,2009(21):337-370.

［4］陈幸蕙.谈散文［J］.幼狮文艺,1987,66(6):111-113.

［5］单正平.散文批评的理论问题［J］.海南师范学院学报,2003(6):16-20.

［6］黄汉平,王希腾.文学空间的殖民/后殖民阐释——以詹姆逊对

现代主义文学的批评为例[J].广东社会科学,2017(5):160–166.

[7]黄锦树.面具的奥妙:现代抒情散文的主体问题[J].中山人文学报,2015(1):31–39.

[8]黄锦树.文心凋零?——抒情散文的伦理界限[N].中国时报,2013–5–20(4).

[9]黄如焄.当代散文选本与文学书写之考察——以 2000—2006 为范围[J].花大中文学报,2006(1):277–278.

[10]孔苏颜,刘小新.文化研究与台湾"重写文学史"思潮的耦合[J].南通大学学报(社会科学版),2018(6):88–92.

[11]廖玉惠.虚构与真实——谈散文创作与阅读的吊诡[J].世新大学人文学报,2000(2):95–116.

[12]林明昌.散文虚位[J].文学人,2008(16):64–65.

[13]林淑贞.九歌版年度散文选述评[J].台湾文学观察杂志,1991(4):97–119.

[14]林幸谦.九十年代台湾散文现象与理论走向[J].文艺理论研究,1997(5):69–70.

[15]林燿德.传统之轴与前卫之轮——半世纪的台湾散文面目[J].联合文学,1995,11(12):148–157.

[16]刘千美.差异与认同:当代中国散文书写的一个美学阅读[J].哲学与文化,2010,37(3):131–148.

[17]刘小新,朱立立.台湾"重写文学史"思潮:背景,路径与分歧(上)[J].福建论坛(人文社会科学版),2013(7):123–127.

[18]刘正忠.现代散文三题:本色·破体·出位[J].东吴中文学报,2003(9):181-207.

[19]罗青.论小品文[J].中外文学,1977,6(1):222-235.

[20]南帆.文类与散文[J].文学评论,1997(4):93-97.

[21]邱贵芬.评张瑞芬《台湾当代女性散文史论》[J].女学学志:妇女与性别研究.2007(24):195-203.

[22]唐捐.散文的逆袭[N].联合报,2013-6-20(D3).

[23]唐捐.他辨体,我破体——跟散文的"文心凋零"之说唱些反调[N].中国时报,2013-6-6(E4).

[24]滕淑芬.反映时代的声音——评介《一九八五台湾散文选》[J]光华,1986,11(7):46-48.

[25]王力."现代性"视野中的台湾文学史——评《20世纪台湾文学史论》[J].世界华文文学论坛,2005(1):74-76.

[26]吴孟昌.后现代之外:九〇年代台湾散文现象析论[J].东海中文学报,2014(27):195-213.

[27]吴庆军.社会·文化·超空间当代空间批评与文学的空间研究[J].广西社会科学,2010(10):103-107.

[28]向阳.被忽视者的重返:小论知性散文的时代意义[J].国文天地,1997,13(13):77-99.

[29]辛金顺.乌托邦的祭典——解读钟怡雯《河宴》中的童年书写[J].海外华文文学研究,2000(3):20-28.

[30]许达然.感到,赶到,敢到——散谈我们的散文[J].中外文学,

1977,6(1):185-191.

[31]许圣伦,夏铸九,翁注重.传统厨房炉灶的空间、性别与权力[J].妇研纵横,2004(72):52-65.

[32]颜崑阳.21世纪台湾现代散文首途的景象[J].文讯,2009(280):50-56.

[33]叶维廉.闲话散文的艺术[J].中外文学,1985,13(8):114-128.

[34]曾昭旭.谈散文的分类及杂文[J].文讯,1984(14):60-62.

[35]郑明娳.从半掩到大开的散文扇面——当前散文走向[N].《中国时报》,1994-7-28(42).

[36]钟文音.凡写出即已是虚构——评袁琼琼《暧昧情书》[J].文讯,2007(265):96-97.

[37]钟怡雯.旅行中的书写:一个次文类的成立[J].台北大学中文学报,2008(4):35-52.

三、学位论文

[1]陈明柔.典范的更替:消解与台湾八〇年代小说的感觉结构[博士学位论文][D].台中:东海大学,1999:79-81.

[2]陈巍仁.台湾当代文学跨文类写作现象研究[博士学位论文][D].台北:台湾师范大学,2008:158.

[3]林韵文.九〇年代以降台湾女性旅行书写的自我建构与空间[博士学位论文][D].台南:成功大学,2010:6.

[4]彭玉萍.见证者的散文诗学——省籍作家叶荣钟与洪炎秋散文研究[硕士学位论文][D]. 台北:清华大学,2013:7.

[5]温毓诗.静静的生命长河——解严以来台湾女性散文之主题研究[博士学位论文][D].嘉义:台湾中正大学,2009:134.

[6]吴孟昌.八〇年代年度散文选作品中的台湾意识与杂语性[博士学位论文][D].台中:东海大学,2013:172.

[7]许佩馨.五〇年代迁台女作家散文研究[博士学位论文][D].台北:台湾师范大学,2006:21.

后　记

　　本书得以完成,我要感谢许多默默在背后付出的师长和亲友。由于工作和生活的繁忙,本书的写作过程更像翻山越岭,异常辛苦。每当感到疲惫迷惘时,除了追求自我提升的初心不断鼓舞着我,身旁师长亲友的支持和关爱,更是我能坚持行脚至此最不可或缺的因素,我所获得的小小成果都由你们所赐予。

　　感谢我的指导老师朱立立教授能接纳我到其门下,以包容的态度让我以自己的步调完成论文,并不时为陷入写作瓶颈的我指点打气。感谢福建省社科院刘小新研究员谆谆教导、指点迷津。本书无论是选题、基本框架还是行文论述,处处都有朱立立和刘小新两位恩师细心点拨的痕迹。正因为袭用两位老师的智慧,本书的写作才得以完成。

　　感谢恩师汪文顶教授的学术启蒙,并引领我继续在散文领域深入研学,让我得以一窥文学的璀璨多彩与奥妙深刻。先生在散文领域有着高深的建树,耳濡目染先生的人格魅力和学术魅力,使我受益终生。感谢郑明娳教授的引荐、福建师范大学海峡两岸文化发展协同创新中心的选派和台湾文学发展基金会的邀请,让我得以赴台访学,进行博士论文资料的收集和实地调研。感恩郑明娳教授在我访学期间给予的帮助,并无私惠赐知识资产。感谢表妹台湾中山大学贺姿雅博士随时随地帮我查阅资料。

感谢授业恩师郑家建教授、姚春树教授、辜也平教授、袁勇麟教授、黄科安教授等。诸位先生学术精深、治学严谨，在我攻读博士学位期间不吝给予的教导与启迪引领我涵养多元创新的学术能量。在写作中，诸位恩师给予诸多宝贵的意见和建议，都令我受益匪浅。在此，敬上深深的感激之情。

感谢支持我求学的福建师范大学协和学院的领导和同事；感谢同门师兄弟姐妹，常常切磋交流，其乐融融；感谢同窗诸友郑海婷、尤妤冠、吴晓静、潘吉英、刘栋，共同探讨学术，分享生活。还有很多给予我支持的师友，他们总是热心地给予我无私地帮助与关心。在此，致以衷心的感谢！

感谢我的家人，他们对我无私的鼓励与支持，是我在学术领域继续耕耘最重要的动能与助力。公公、婆婆帮我担负起照顾两个孩子的重担，让我不致有家庭与学业两难取舍的遗憾。感谢我的爱人不畏一切风雨，总是与我并肩作战。无论何时何地，家人永远是我最坚强的后盾！

还有很多我无法一一列举姓名的师长和友人给了我指导和帮助，在此表示衷心的感谢。如果没有在求学之路上遇见你们，如果没有得到你们言传身教的启示和身体力行的帮助，也不会有我在学术道路上的这一点点收获。

谨以此文献给一切我要感谢的人。

林美貌
2024年1月15日

南京大学白先勇文化基金·博士文库"丛书书目

丛书主编:白先勇

执行主编:刘　俊

已出版

待出版